高校事変17

松岡圭祐

角川文庫
23902

1

休み時間、日暮里高校三年A組の教室内は、まだ閑散としていた。窓から降り注ぐ陽射しは脆くなり、秋の気配をいろ濃くしている。衣替えにはもうしばらくあるため、生徒たちはみな夏服だった。

窓辺から三列目、後方の席についた華奢な女子生徒は、その痩せぐあいからすると、半袖では寒そうに思える。しかしそれは見せかけにすぎない。じつはかなり身体を鍛え、筋肉を引き締めているため、基礎代謝量が多い。体温も高めで暑がりのはずだ。

それでも色白で薄幸そうな小顔、長い黒髪は可憐そのもので、クラスメイトらが心を許すのも無理はない。もともと国民的に有名な美少女であり、大富豪の令嬢としてマスコミに喧伝された。家族の悲劇が報じられたのちは、かつてのように注目を浴びることもなくなったが、いまも学校ばかりかこの界隈で同情を集めている。十九歳になっても高三でいる彼女を、揶揄する声もあがらない。

ただしいかに人気者とはいえ、二学期の初日から学業に復帰し、早一か月半が経過していた。彼女の机に取り巻きが群がるほどではない。クラスメイトらは雲英亜樹凪(きらあきな)の存在を意識しつつも、それぞれ談笑しながら動きまわっている。亜樹凪も淡々とした表情で教科書とノートをとりだし、机の上に並べ終えた。

そんな亜樹凪のようすを、優莉結衣(ゆうりゆい)は廊下に面した戸口に立ち、しばし見守っていた。視線がこちらに向くのをまつ気はない。結衣は教室に足を踏みいれ、さっさと亜樹凪のもとに近づいていった。

亜樹凪の前の席に、結衣は後ろ向きに腰掛けた。亜樹凪の顔がわずかにあがった。目はまだ結衣を見つめていない。端整な面立ちに険しさがひろがる。

まず服装をたしかめるように、亜樹凪は結衣の胸もとを一瞥(いちべつ)した。「日暮里高校の制服、よく似合ってる。買ったの？」

結衣は静かに応じた。「借りた」

「そう。残念」亜樹凪の冷ややかなまなざしが、まっすぐ結衣と向き合った。「同い年のクラスメイトができたかと思ったのに」

本心のはずがない。亜樹凪が右手を机のなかにいれていることを、結衣は承知済みだった。視線を落とさず、結衣は亜樹凪を見かえした。「対処としては正しい。雲英製作所の小型リボルバーなら、弾は机前面のアルミ板を貫通する」

「ハンマーを起こす音をきいた？」

「回転式弾倉が机のなかをこする音も。銃口はもうちょっと右。そこじゃ弾が脇腹を抉(えぐ)るだけで、即死は免れるかも」

「この場で銃殺されたらどうするの」

「トリガーにかけた指先に力がこもる前に、あなたを殺す」

「どうやって」

「知ったときにはもう死んでる」

周りから男子生徒のひそひそとささやく声がする。あれ誰？　ほかのクラスにあんな美人いたっけ。おい、あれ優莉結衣じゃね？　結衣って一個上だろ。ここにいるはずねえよ、武蔵小杉(むさしこすぎ)高校を卒業してるし。

　亜樹凪の頬筋がぴくっと痙攣(けいれん)した。物言いだけは穏やかに亜樹凪が声をかけた。

「篠崎(しのざき)君」

　男子生徒のひとりが歩み寄ってきた。「なに？」

「みんなを廊下にだしてくれない？」

「え？」篠崎と呼ばれた男子生徒が戸惑いをしめした。「でももうすぐ次の授業…

…」

「チャイムが鳴るまでのほんの数分でいいの。お願い」

「……わかった。みんなに話しとく」

篠崎が遠ざかり、まず自分の連れたちに小声で話す。次いで周りのいくつかのグループにも伝達する。誰もが怪訝な表情で振りかえりつつも、文句をいわず廊下へ立ち去った。

たいした人心掌握術だと結衣は思った。「スクールカースト上位の人気女子ってだけじゃ、ここまでクラスメイトを従わせられない」

亜樹凪がため息をついた。「ひとむかし前の少女漫画家って、脳が膿んでたのかしら。いち生徒のファンクラブが校内にあるとか、不良生徒たちが親衛隊を結成してるとか、馬鹿馬鹿しくて読んでられない」

「少年漫画にもくだらないのが多かった。大人たちに反抗して、暴走族に入ってイキるか、他校の不良と抗争するか、あるいは学校に立て籠もって、棒きれや投石や落とし穴で戦うか」

「小枝とゴムで作ったパチンコで、教師の頭に小石を撃って痛がらせて、悦にいってる低俗さでしょ。未成年の反抗はあんなものと思ってる。愚かしい。高三なら東大や京大、一橋大学の受験を控えてるのに、偏差値の低い大人は自分たちの尺度でしか考えられない。子供は子供らしくとか、大きなお世話」

「十八で成人」結衣はいった。「わたしたちは今年、もう十九。とっくに子供じゃなくなってる」

「そのとおり。留年して高校生をつづけてるってだけで、大人たちが見下げてきて頭にくる。特に中高年男性。性的好奇心でわたしたちを見る」

「自意識過剰かも」

「滅ぼしてやればよかった。人口が半減、世界専制君主制の実現。社会に役立たない大人は全員、ガス室送りにできたのに」

　その言いぐさこそ昭和か平成の漫画に思えるが、事実なのだから始末に負えない。EL累次体にとって渾身の一大事業が徒労に終わった。いまはなしえた規模の大きさだけが、亜樹凪のプライドを支えているようだ。十代女子でも核戦争勃発計画の一翼を担う立場にあった。ここしばらくのあいだ、亜樹凪がどう過ごしていたか想像がつく。不良少年少女の蛮行が描かれた漫画をむさぼり読み、己れのハイレベルさを再確認し、自信を取り戻そうと躍起になってきた。自己愛性パーソナリティ障害の片鱗がうかがえる。

「わたしを殺しにきた?」優莉さん」亜樹凪は真顔で見つめてきた。

「いえ。瑠那に会ったついでに寄っただけ」結衣は冷静に亜樹凪の目の動きを観察していた。絶えず窓に向きがちになる。あえて平然と結衣は警告した。「学校の隣、マンション三階の護衛兼スナイパーなら、もうこの世にいない」

亜樹凪の表情がこわばった。「人を殺したの? 卒業後は犯罪に手を染めないって、国家最高権力者に誓ったはずじゃなかった?」

「矢幡前総理が行方不明で、司法も機能不全を起こしてる以上、誓いもペンディングになる」結衣は油断なく問いかけた。「矢幡さんはどこ」

「なぜわたしにきくの」

「EL累次体には保守主義の信奉者やナショナリストが集結してる。思想面で矢幡さんに近い。特に政治家は矢幡さんを慕って参加してる手合いばかり」

「だから矢幡前総理がEL累次体の幹部、または首領だって想定してる?」

「してない。中国共産党のハン・シャウティンが幹部に名を連ねてる以上は」

「あなたも名簿を見たでしょ。極右や極左の過激派メンバーが大勢含まれてるの」

「矢幡さんは強い国家づくりに奔走したけど、こんななりふりかまわない、でたらめな組織を結成したりはしない」

「ね？」亜樹凪は動じたようすもなく、ただ同意をうながしてきた。「ほら、やっぱりそうでしょ。高校で地歴公民をしっかり勉強してるわたしたちは、一般的な大人より知性がある。なのに中高年男性は女子高生を軽視したがる。ああいう手合いは、核戦争さえ起きていれば、人類の最下層になる運命だったのに」

話をはぐらかすというより、亜樹凪は本気で持論に共感を求めてくる。結衣はその熱意を無視した。「誰かが矢幡さんの音声を捏造してＥＬ累次体を操ってる。誰だか知ってるの？」

「一周まわってじつは本当に矢幡前総理かも」

「ちがう。誰？」

「なぜわたしが知ってると思うの」

「矢幡前総理は革命支持の政治団体を複数つなぎとめておくための、いわば人寄せパンダにすぎない。それだけではＥＬ累次体メンバーの半数でしかない。残りの半数は別のことに引き寄せられてる」

亜樹凪の目は結衣に向けられていたが、しだいに焦点がぼやけ、虚空を眺めるまなざしになった。机のなかで金属音がした。人差し指でトリガーを引きつつも、親指で支えたハンマーを、そっと戻したとわかる。それが終わると亜樹凪は右手を机の上にだした。拳銃は握っていない。机のなかに残している。

「ねえ優莉さん」亜樹凪がじっと見つめてきた。「その睫ってエクステ？　綺麗」

「睫エクステなんかしてない」

「ホンジュラスでわたしを助けたのはまちがいだった？」

「……いいえ」結衣は答えた。「瑠那があなたを殺さなかった以上、わたしも後悔なんてしない」

「どうして瑠那はわたしを生かしたの？　ＥＬ累次体の内情を知りたかったから？」

「もう名簿を入手したからには、あなた以外にも内情を知るすべはたくさんある。雲英秀玄さんが幹部に加わってることも知ってる。あなたのおじいさんでしょ」

亜樹凪は話題が移っていくことに抵抗をしめさなかった。「父とちがって、祖父はわたしに本物の愛情を向けてくれたの。ちびまる子ちゃんのおじいさんと同じぐらいに」

「さくらももこが本当はおじいさんと仲悪かったって話は有名」

「『ちびまる子ちゃん』だけは、最近のアニメより連載当初のほうが面白くない？」

「『サザエさん』も昭和の四コマ連載のほうが興味深い」

「どれぐらい？　『学園アリス』や『砂漠のハレム』より面白い？」

「良家のお嬢様が漫画を読んだりするの」

「以前は全然読まなかった。父が死んで自由を得てから没頭したの。ハマったって言い方のほうが女子高生らしい？　沼ったのほうがいいかしら」

亜樹凪との会話は、凛香を相手にするときに似ている。結衣はそう感じた。他愛のない言葉の応酬に愛着をおぼえ、延々と無駄話をつづけたがる。たとえ殺し合いが前提であっても。

緊張や恐怖を和らげたがっているわけではなさそうだ。ただ高校生らしい友達づきあいへの憧れゆえか。結衣も少しは共感できた。なぜこんなときにお喋りをしたがるのか、理由はあきらかだった。気心の知れた仲間とみなせるのは、自分と同じ人殺しだけだからだ。

「優莉さん」亜樹凪が神妙につぶやいた。「体術って奥深いよね。わたしも体幹トレーニングを欠かさないけど、指導員が教えてくれることの一部しかできないの。あなたがその気になれば、わたしの首の骨なんて、瞬時に折れるでしょ」

「逆上する？」結衣は今後の亜樹凪の態度を予測した。「それとも泣き落とし？」

「どれでもない。わたしたちはどちらも猛毒親育ちでしょ。あなたとわたしを隔ててるものってなに？」

「お互い父親をぶっ殺したがってたのは同じ。だけどあなたは実行に移すチャンスに恵まれた」

「……優莉さんはできなくて可哀想。胸のつかえが下りたのに」

「そうならなくてよかったのかも」

「どうして？　大量殺戮魔になった自分を呪うとき、お父様のせいだと恨まない？あなた自身の手で、優莉匡太の命を奪えていたら、その後の人生はちがったかもしれない」

そこに亜樹凪のような生きざまがまっているのなら、むろんご免こうむる。そう思いながらも結衣はいった。「葬儀の有無が、あなたとわたしの感情のちがいにつながったことは、充分にありうる」

「あー……」亜樹凪は納得顔になった。「死刑囚の場合、遺族の大半が遺体や遺品の引き取りを希望しないそうね。葬儀もまず自分たちではおこなわない」

父の死刑が執行されたという報告なら法務省から来た。ふつうはその際に申しでれば、遺族が遺体を引き取り、通常の葬儀をあげられる。亜樹凪のいうとおり、たいていの遺族は遺体を引き取らないため、拘置所が葬儀を実施する。火葬後に無縁仏として納骨される。

優莉匡太の子は誰ひとり、葬儀をおこないたいかどうか、意思を問われなかった。連絡がつく兄弟姉妹は全員まだ子供だった。そうでなくとも当時の公安が許すはずがない。子に遺体や遺品を継がせ、半グレ同盟の復興や跡目争いにつながる混乱を、司法側は全力で避けたがった。

結衣はいっさい親しみをこめず、ぶっきらぼうな物言いできいた。「亜樹凪って呼んでいい？」

「もちろん」亜樹凪の目が鈍い輝きを帯びた。「わたしもあなたを結衣って呼びたかった。優莉さんじゃ凛香と混同するし」

「瑠那をEL累次体に誘ったでしょ。なんのため？」

「わたしの意思じゃないけど、上が強く望むから」亜樹凪が結衣を凝視した。「あなたとなら……」

「阿宗神社が丸焼けになった」結衣は淡々と告げた。「火を放ったのはあなたたちよね」

「火災保険に入ってたでしょ？」亜樹凪はやれやれといいたげな態度に転じた。「神社は毎年一月半ばにどんど焼きを催すし、たいてい木造だから、神社仏閣保険に加入するはず」

「杠葉（ゆずりは）夫妻は神社本庁が運営する神社賠償責任保険に入ってた」

「……でしょうね。民間より安いし、中小の神社なら」

「ところが保険が下りなくて、杠葉夫妻も瑠那も苦労してる」

「ああ……。ここへ来たのはそんな話？」

「亜樹凪。神社本庁の維天急進派（いてんきゅうしん）が横槍（よこやり）をいれるのをやめさせてよ。この期に及んで低レベルな嫌がらせとか、ＥＬ累次体はやることがセコい」

「たしかに」亜樹凪はため息まじりに平然といった。「迷惑かけてごめんなさい。ろくでもない前時代的な高齢者の多い組織だから、融通がきかないとこがあるかも」

「保険はいつ下りるようになる？」

「伝えとくけど、それをまつぐらいなら……。結衣。あなたの妹さんたちは、わたしから大金を奪ってる」

「いつの話よ」

「体育祭のすぐあと。パグェ経営の闇カジノから、わたしに渡るはずだった売上金を奪った。マクラーレンを爆破したうえ、木造アパートを襲って、うちの元ＮＰＡ四人を殺した」

　あれか。結衣は小さく鼻を鳴らした。「そんなことがあったとはきいた」

「瑠那は一億五千万円を持ち去った。それだけあれば、ひとまず住居と社務所は再建できるでしょ」

「金額までは知らない。たぶん凜香がヘソクってる」

亜樹凪の表情が曇りだした。「あなたと妹の問題。身内どうしでちゃんと話し合ってよ」

「凜香が応じたとしても杠葉夫妻が受けとらない」

「神社への匿名の寄付を装えばいい。ちがう？」

「杠葉夫妻がいきなりキャッシュで家を建てだしたら、税務署から睨まれる。そもそも凜香が稼いだ薄汚い金で神社を再建するとか論外。いいから保険を下ろさせて」

「だから伝えとくといってるでしょ」亜樹凪が椅子の背に身をあずけた。「でもね、結衣。ＥＬ累次体も深刻な資金不足に陥ってる」

「犯罪グループ向けの計画失敗保険があればよかったのに」

「前はあったそうよ。シビックがそういう保険を運営してたって。お兄さんには先見の明があったようね。あなたの一家は本当にすごい」

架禱斗の考えそうなビジネスだ。田代ファミリーもシビックから資金提供を受けつつ、その種の保険に加入していたのだろう。結局は敗退つづきで借入金のほうが多くなり破綻した。ＥＬ累次体にも遅かれ早かれ同じ未来がまっている。

亜樹凪はどこかうっとりとしたまなざしを向けてきた。「結衣。ホンジュラスでわたしたち、ボロボロだったでしょ。あなたは瀕死だったのに涙声を絞りだした。架禱斗を殺して自分も死ぬって。わたしあのとき胸がキュンとしちゃって」

本来は上品な言葉遣いしか知らないはずの亜樹凪が、妙に陳腐なフレーズを口にするのは、漫画の影響かもしれない。結衣はつぶやきを漏らした。「架禱斗は殺したけど、わたしはまだみっともなく生きてる」

「みっともなくなんかない」亜樹凪の声は切実な響きを帯びた。「あなたのことを想って、眠れない夜を過ごすこともある」

話がおかしなほうへ転がりだした。調子が狂ってくる。結衣は冷静に努めた。「架禱斗を共通の敵だったと強調したところで、いまの亜樹凪とは友達になれない」

「そんなこといわないで。わたし自分に目覚めてから、あなたがいっそう憧れの存在になったの。瑠那や凜香の上に結衣が立てば、ＥＬ累次体もかなわない。優莉家は着実に再興してる」

「やめてよ」結衣は低く咎めた。「冗談でも許せなくなる」

「あなたをＥＬ累次体に迎えたい。瑠那や凜香も一緒に。だけど本当は、わたしが優莉家に加わりたかったのかも」亜樹凪は心酔の面持ちを向けてきた。「結果は同じことだけど」

　同胞にさえなれれば、どこに属しようが関係ない、それが亜樹凪の主張だろうか。ひとつたしかなことがある。優莉家の殺戮姉妹に魅せられるようでは異常の極みだ。亜樹凪の心は歪みまくり、すでに荒みきっている。

　驚いたことに亜樹凪の目は潤みだしていた。震える声で亜樹凪がうったえてきた。

「お願い。結衣。わたしの姉になってほしい」

「同い年だし、あなたのほうが誕生日も早いでしょ」

「お姉さんとしてわたしを鍛えて。結衣になら身も心も捧げられる」

　結衣はなんら動じなかった。「亜樹凪がＥＬ累次体と縁を切って、凜香や瑠那と仲よく三人で人狼ゲームでもやれたら……」

「……やれたら？」

「シュヌレか生ドーナツを奢る」結衣は腰を浮かせた。「絶対にありえないだろうけど」

　亜樹凪が絶句する反応をしめしたのを、結衣は見逃さなかった。口ごもったままなにもいえずにいる。それが亜樹凪の本心だろうと結衣は思った。亜樹凪はＥＬ累次体の庇護から抜けだせない。凜香や瑠那への敵愾心も捨てられない。結衣は亜樹凪の机を離れると、ひとり戸口へと向かいだした。

「結衣」亜樹凪が呼びとめた。「父を失ったわたしにとって、あなたが生きるようすがなの。あなただけが心の支え。それをわかってほしい」

自然に足がとまったものの、振り向くには至らない。生きるようすがという表現には、亜樹凪の本来の語彙力や気品が感じられる。

父を失ったと亜樹凪はいった。誰かが聞き耳を立てていることを想定したうえでの物言いにちがいない。本音では父を殺した事実こそ、亜樹凪は自分を結衣に重ねている。結衣なら共感してくれるという期待感に留まらない。同じ意思を持つ結衣に果たせなかったことを自分は果たした、そんな屈折した自負ものぞく。

チャイムが鳴った。授業開始の時間を迎えた。結衣はいちども振り向かず戸口を抜けた。亜樹凪に背中を撃たれる恐怖はなかった。机のなかの拳銃を握れば微音が生じる。亜樹凪は両手を机の上に置いたまま、身じろぎひとつしていない。

廊下には三Aの生徒らがたむろしていた。みな亜樹凪の言いつけを守りながらも、チャイムが鳴ったいま、どうにも落ち着かない気分で待機していたようだ。結衣が廊下を歩いていくさまを、誰もが眉をひそめ見送ったのち、教室内へぞろぞろと入っていった。

　結衣は階段を駆け下りつつ、胸もとのリボンを緩めにかかった。もう制服は二度と着たくない。日暮里高校に潜入した結果、もやっとした気分だけが残る。亜樹凪のひとことが妙にひっかかる。結果は同じことだけど。なにか言外の意味が含まれているのではないか。穿ちすぎだろうか。

2

　夜が明けてきた。藍いろの空の下、静寂に包まれた江東区の住宅街に、まだ窓明かりは灯らない。紅葉瑠那はひとり路地にたたずんだ。

　太陽が昇る時刻が日ごとに遅くなる。早朝の空気も冷えきっていた。ただし制服は冬服に替わり、肌寒さは感じない。エンジとグレーのツートンカラーに洒落たシルエット。ジャケットの裾が締まっていて、スカートと一体化したワンピース姿に見える。やはり日暮里高校といえば冬服にかぎる。

　瑠那が立つ路地沿いに開けた土地があった。剝きだしの地面がひろがるものの、雑草は綺麗に刈りこまれている。以前は阿宗神社の本殿のほか、社務所とつながった自宅が存在した。いまは真んなかにぽつんと、四本の斎竹で正方形に囲んだ領域があるのみだ。斎竹には注連縄が張られている。

巫女としてあちこちの地鎮祭にでかけたが、自分の土地で同じ儀式をおこなうことになるとは、かつて予想もしなかった。この地域の氏神を招くのは、むろん阿宗神社の奉職の仕事になる。よって自分たちで地鎮祭を催した。斎服姿の義父母とともに、自宅兼勤め先の建築工事の無事を祈願するのは、とても楽しい行事だった。絶えず周りに警戒の目を向ける必要はあったが、なんの問題にも直面せずに済んだ。玉串を祭壇に捧げたのち、神饌を下げ、神様にお帰りいただくまで、妨害行為はいっさい生じなかった。

やがて建築業者が出入りし、資材を搬入し、基礎工事が始まる。それまでは斎竹と注連縄だけが、こうして微風に揺れつづける。瑠那は感慨とともに神域を眺めた。じきに真新しい鳥居が建つ。参道に石畳が敷かれ、手水舎も鼓楼も蘇る。

凛香の声がささやいた。「前とおんなじ神社にするなんてよ。せっかくだから家を大きくすりゃいいのに」

瑠那は振りかえった。同じ制服姿、ショートボブに丸顔の小柄な痩身。優莉凛香が通学カバンを提げていた。

「あ」瑠那は微笑した。「凜香お姉ちゃん。おはよう」

「おはよ」凜香が建設予定地を見渡しつつ歩み寄ってきた。「着工がきまってよかった」

「先月、急に保険が下りたんです」

「金なんてわたしが払ってやるといったのに」

「いいんです。でも神社本庁財政部が一転して、保険金の支払いに応じるなんて意外でした」

「結衣姉が亜樹凪を揺さぶったのが功を奏したんだろうぜ？　なんせ亜樹凪にとって結衣姉は命の恩人だからな。それをいいだしたら瑠那だってそうだけど」

「殺さなかっただけですよ」

「びびらせるには充分だったんじゃね？」

本当にそうだろうかと瑠那は疑問に思った。凜香とともに空き地に目を向ける。風が強く吹いた。四本の斎竹が大きくしなった。

凜香は伸びをした。「あーあ。演劇部の朝練ってこんなに早えのかよ。瑠那が『竹取物語』の主役ねえ。巫女だからぴったりだけど、ご苦労なこった」

亜樹凪が神社本庁の維天急進派を説き伏せるのは難題にちがいない。天敵たる杠葉家の火災保険をなぜ認める必要があるのか。議論が紛糾するどころか、最初から取り合わないのがふつうではないか。

瑠那は思いのままを口にした。「なんだか奇妙じゃないですか。EL累次体の計画はいつも詰めが甘くて、まるで壮大なスラップスティックです。わたしたちを故意に生かしてるようにも感じます」

「はぁ？」凜香は腑に落ちないという顔になった。「何百発と弾を食らうとこだったって記憶してるけどな。じつはボケっと突っ立ってても助かったとか？」

「そうはいいません。現場の実働部隊は真剣に動いてたと思います。わたしたちを本気で抹殺しに来てた。大量殺戮を謀ったり、核戦争を起こそうともしてた……。だけど不可解なのはEL累次体の意思です。計画が失敗に傾いたら放置するばかり」

「あー。そういうとこはあるよな。どんなボスか知らねえけど、手下を見限るのが早い。応援部隊を山ほど送りこんできたりしねえし、別班によるバックアップもろくにない。でもしくじった馬鹿な幹部を、さっさと切り捨ててるだけじゃねえの？」

「だけどフラフラになったわたしたちに、次から次へと兵力をつぎこめば、いつかは殺せるでしょう。なのにいつも計画が挫折した段階で、敵の攻撃はぴたりとやみ、無事に家に帰れる」

「あいつらも予算が底をつくんだろうよ」

「学校や家を本気で襲撃してこないですよね？」

「ロケットが飛んできたぜ？」

「一回だけです。どうしてすぐにあきらめるんでしょうか。この神社を焼いたのだって、わたしの命を奪おうとまではしなかったし、火災保険への妨害も切りあげちゃってる。凜香お姉ちゃんもいちど腕の骨を折られたのに……」

「あれは故意に殺さなかったんだろうよ。体育祭が中止になったんじゃ、亜樹凪の闇社会デビューも潰えちまっただろうし」

「そうも思いましたけど、よく考えてみると……。体育館にいた元NPAを皆殺しにされたのにですか？　まずわたしたちへの復讐を果たそうとするべきでしょう」

凜香が顔をしかめた。「瑠那、なにがいいてえんだよ？　少なくともあいつらは、若い女たちを攫って強制妊娠させたし、仲築間を中性子爆弾で吹っ飛ばそうとしたし、ウクライナに核搭載衛星を落とそうとしたぜ？　巫女学校で瑠那を襲ったのも、ただの余興だったってのかよ。EL累次体はいつも死にものぐるいだった」

「死にものぐるいだったのは実働部隊です。EL累次体は冷やかでした。半分は計画の成功を願いつつも、残りの半分は頓挫もやむなしと予見してたみたいで……」

「どういうことだよ。日本を明治時代みたいな全体主義国家に戻したがってるのが、EL累次体じゃねえのか」

「ええ。強い日本を理想郷とする団体で、革命のためテロ行為も辞さない主義なのはたしかです。ただし、そんなメンバーたちを動かしている中枢は？　EL累次体ってのはなんでしょうか」

「そいつらの寄り合い所帯をEL累次体って呼ぶんじゃねえのか。K-POPのファンダムにいちいち名前があるみてえによ」

瑠那はいまひとつ納得できずにいた。絶対的リーダーのいない同胞の集まりは、結成当初こそ血気盛んに燃えあがるが、じきに内部分裂を起こす。意見がまとまらず内ゲバの繰りかえしになる。イエメン紛争でもそうだった。

「凜香お姉ちゃん」瑠那はささやいた。「わたしには経験上わかることがあるんです。戦争って、じつは権力者が道楽半分に、命懸けの兵士たちを振りまわしていたりする……。本当の目的はほかのところにあったりします。たいてい権力者の利益に関わることで」

「核戦争を起こして世界征服する以上の目的が、ほかにあったってのかよ？」

「実現すれば御の字。でも仮に失敗しても、わたしたちの動向をたしかめられるっていうか……」

「なんだそりゃ。女子高生の動向を知りたがってるなんて、盗撮魔かストーカーじゃねえか」

「そこまで安易なものではないんですけど……。わたしたちは試されてるような気がするんです」

凜香が苦笑に似た笑いを浮かべた。「そりゃいままでがテストだってんなら、奴らが詰め甘だったことや、ふだん平穏に学校通いできてたことに説明がつくけどな。そうはいっても本気で殺しに来てた奴らは？　地球の支配者になりたがってた中国人のババアは？　じつはみんな捨て駒にすぎなかったって？」

いや。計画が成功していれば、新たな秩序が確立された世界で、ＥＬ累次体が実現するものも現にあったのだろう。けれどもそれだけがＥＬ累次体にとって悲願の目標だったようには思えない。彼らの計画はいつもゲームっぽかった。ＥＬ累次体に軍配があがれば、革命が果たされる一方、瑠那が敵の野望を打ち破った場合にも、試合は終了になる。同じ計画内容でのリターンマッチは仕掛けられない。どう決着がつこうとも勝敗がはっきりする。すなわちＥＬ累次体は、瑠那側の勝利を認めるのにやぶさかではない。なぜそんな生ぬるいスポーツマンシップを発揮しようとするのか。いまこうしているあいだにも、もういちど仲築間を吹き飛ばそうとしたり、別の手段で核戦争勃発を画策したりはしないのだろうか。なぜ同じことを繰りかえさない。どうして毎回ゲームクリア後、しばらくの安泰を約束する?

凜香はなんら深刻さを感じていないようだった。「全メンバーの名簿がこっちにあるから、あいつらも手だしできねえんだろ。瑠那もそういってたじゃねえか」

そのはずだった。しかしEL累次体は日暮里高校の生徒や教員を人質にとり、瑠那を窮地に追いこんだ。敵勢の動きはときおり瑠那の想像を超えてくる。にもかかわらずいちど崩れだすと、防御の脆さを露呈する。サウジアラビアとの国境付近でゲリラ部族の長老が教えてくれた、旧日本軍の欠点にぴたりと当てはまる気がする。整然と規律どおりに行動するが、作戦に不備があったとたん調和が乱れ、代替案での立て直しに考えが及ばない。EL累次体は明治への回帰を理想とするあまり、短所までも継承してしまったのだろうか。

もしくは官僚主義のデメリットが顕著なのか。大物政治家や省庁の要職が幹部に名を連ねているためか、計画の目的化ばかりにとらわれ、軍事作戦の確立に長けていない気がする。シャウティンを頼ったのもそのせいか。しかし中国共産党の謀反勢力と手を結んだのでは、仮に計画が成功した場合、リーダーシップを奪われる恐れがある。

そこまでの想像は及ばなかったのか。

凜香がきいた。「一Bの一時限目って英語コミュI？」

「えっ」瑠那は我にかえった。「ええ。そうですけど」

「一Cじゃ数学Iの小テストでさー。瑠那、悪いんだけどスマホで答え送ってくれね？　こっちで問題をこっそり撮って送るからさ。英語の授業なんて瑠那なら片手間でOKだろ？」

瑠那は苦笑した。「ちゃんとやったほうがいいです。二次関数は狙撃のとき、弾道の計算に役立ちますよ？」

「んなもん現場の勘で命中させられるだろが」凜香が頭を掻き歩きだした。「やれやれ、憂鬱きわまりねえな。女子高生らしく生きたいと思ってたけど、もう充分そうなのかも。早く帰って新大久保に韓国ワッフル買いに行きてえ」

瑠那は歩調を合わせた。「ボリュームありすぎとかいってませんでしたか？」

「このところ食欲がおさまらねえんだよ。メロンパンアイスも食いてえ。そろそろEL累次体の馬鹿どもが襲ってこねえと太っちまう」

つきあいで笑ってみせたものの、瑠那のなかに妙な胸騒ぎが生じてきた。幼少の記憶が蘇ってくる。定期的な敵勢の襲撃。かつて瑠那は難民キャンプ近くのテント内で経験した。
思いだしたくない過去のできごとが脳裏をよぎる。無意識からの警告に思えてならない。いったいなにを示唆しているのだろう。現状のどんな部分に注意を払うべきなのか。

3

異臭という概念を理解できたのはいつだったろう。サウジアラビアとの国境に近いイエメン領内、砂漠近くの難民キャンプでは、物心ついたときからさまざまなにおいを嗅いできた。それらが特に不快だと思ったことはない。のちに日本へ来て、なにもにおわないと気づいたとき、嗅覚異常を疑うほどだった。

九歳になったばかりの瑠那は、まだ日本名などなかった。大人たちからはアティーヤと呼ばれていた。幼児ばかりが押しこまれたテントのなかで育ったが、周りも家族のいない子ばかりで、それが当然だと思っていた。民族もさまざまだった。みな昼間は外を駆けまわるため、真っ黒に日焼けしていて、肌のいろのちがいは見てとれない。ただ青や緑の瞳をした子は、なんとなく羨ましかった。

おぼろに記憶にあるのは三歳ぐらいからだ。まだイスラムの仕来り(しきたり)を強制されず、好き勝手にできたころだった。食事は野菜や果物、米に小麦、日によっては豆類や魚介類、海藻類もつく。牛乳や卵はご馳走(ちそう)の部類に入る。量はごく少ないため、どの子供も痩(や)せていた。

四歳になる前に、テントに置いてあったアラブ語の教科書を、偶然手に取る機会があった。ほかの子たちが外で遊んでいるあいだ、アティーヤは教科書を読みあさった。イエメンの初等教育向け、すなわち日本の小学校レベルの教科書だったが、アティーヤはほどなく読みこなせるようになった。大人たちは驚き、難民キャンプ全体の騒ぎに発展した。幼児期にはけっして会えない長老のもとに連れて行かれたぐらいだ。

無理もないことだとのちに納得した。イエメンにおける成人識字率は男性七十六パーセント、女性三十九パーセント。初等教育の就学率も男性八十五パーセント、女性六十五パーセント。性差も激しいが、難民キャンプでは字が読める大人自体が少なかった。

六歳か七歳ぐらいになり、イスラム教のお祈りを義務づけられるころ、難民キャンプの子はみな仕事を始める。通学する代わりに、鶏を絞めたり、溶接作業場で鉄棒を切断したりする。初等教育と同等の授業をおこなうテントもあるが、出席する子は稀(まれ)

だ。アティーヤは別の理由で授業を受けなかった。六歳時点ですでに中学校を卒業できるぐらいの学力を得ていたからだった。

アティーヤは難民キャンプを守るゲリラ部隊に招かれた。黒いテントのなか、土嚢(どのう)に囲まれた茣蓙(ござ)の上に胡座(あぐら)をかき、AK47アサルトライフルを分解清掃する。服装は民族衣装の長袖(ながそで)に、シャルワールと呼ばれるズボン、革製のブーツを履いていた。子供用の防弾ベストを羽織り、肘(ひじ)や膝(ひざ)にはサポーターを巻く。肩にかかるていどに伸ばした黒髪は、ぼさぼさのままさらけだしていた。顔も覆ったりしない。女がアバヤで全身をすっぽり隠すのは十歳になってからだ。

深夜二時過ぎ、九歳のアティーヤはひとりいつものように、清掃後のAK47を組み立てていた。唯一の明かりはランタン。胡座をかくわきに、食べかけの皿が置いてある。サハーウィクはいわゆるサルサソースで、唐辛子やトマト、ニンニク、ハーブをベースにしている。浸した薄焼きパンが半分ほど残っていた。

ゲリラのひとり、アブドゥルカビールという名の青年が、出入口からのぞきこんだ。白装束の上から防弾ベストを重ね着し、弾帯をたすき掛けにしたうえ、肩にAK47をストラップで吊(つ)っている。ターバンを首から上に巻き、両目のみを露出させ、顔を隠していた。アブドゥルカビールがアラビア語で呼びかけた。「アティーヤ、来てく(タァーリーフ)

れ」

「いま行きます(アージィーディルワアティ)」アティーヤはＡＫ47を完成させると、弾倉を叩(たた)きこみ、ほかの同型の銃とともに壁に立てかけた。腰を浮かせるとアブドゥルカビールにつづいた。

テントの出入口を抜けても屋外ではない。ほかのいくつものテントと縦横に連結されている。通路を構成する木製の柱と梁(はり)には、布が隙間なく張ってあった。要塞(ようさい)と呼ぶにはいささか頼りないが、ゲリラの拠点として充分に機能している。

雑多な物が積まれた通路で、黒装束の女性たちとすれちがった。マントのようなアバヤは、肌をいっさい露出させないばかりでなく、身体の曲線が浮きあがらないことが重視される。髪はヒジャブ、顔はニカブで覆い、目もとだけをのぞかせる。アティーヤはときどき市街地のゲリラ部隊に出向するが、そこでも十歳以上の女は誰もがこういう装いをしている。

子供のわりに知性と身体能力が発達したアティーヤは、大人の男性らと同じようにゲリラ活動に参加していた。諸外国は事情がちがうこともよく理解できている。紛争や内戦のない国についてもテレビでよく観る。そこに生まれ育っていれば、こちらの事情は絵空事に等しく感じるのだろう。銃に触れた経験のない子供も、世界には多くいるらしい。サウジアラビアですら、リヤドに住む富裕層の子たちはそうだった。キングアブドゥルアジズ科学技術都市でテロが発生、複数の部族のゲリラが銃撃戦になったとき、現地の子供はみな泣き叫んで逃げまわるに終始した。

ふいに嘔吐感がこみあげた。胸のむかつきが激痛に変わってくる。またいつもの発作だった。うずくまるわけにはいかないが、前のめりになるのは抑えられない。アティーヤは咳きこんだ。

先を歩くアブドゥルカビールが振りかえった。「おい。だいじょうぶか」

「平気です」アティーヤはなおもむせながら、ふたたび歩きだした。そっと口もとを拭うと赤いものが付着していた。服にこすりつけるにあたり、めだたないように広く薄く延ばした。吐血の事実から目を背けて生きる。発作が軽度でおさまっているうちは、まだ緊急事態にはほど遠い。

近くで高齢のゲリラたちが輪になり議論を交わしていた。みなアティーヤには目もくれない。議論がたちまち罵り合いに発展し、つかみあいの喧嘩になる。そのうちひとりが拳銃を地面に向け発砲し、しんと静まりかえる。

アティーヤは素通りした。ここではよくある光景だった。沈黙をうながすための威嚇発砲。屋外なら地面でなく空に向ける。テント内では天井に穴を開けないため地面を撃つ。頭に血が上る一方で冷静な判断を下す。それがゲリラのすべてかもしれない。

この要衝において、玄関ホールの役割を果たすテントに足を踏みいれる。アブドゥルカビールのほかにも、ゲリラの大人たちが武装した姿で集合していた。円形に立ち捕虜を取り囲んでいる。ターバンからのぞく目が見下ろす先に、ひとりの部外者がひざまずいていた。

年齢は五十代ぐらいか。灰いろのサマースーツはぼろぼろになったうえ砂まみれで、ワイシャツの襟首も真っ黒に汚れている。ネクタイは失われていた。汗だくの顔に衰弱がみられるが、まだ痩せこけるには至っていない。日焼けのぐあいから察するに、クルマに乗らなくなって一日か二日といったところだ。白髪まじりの黒髪が薄くなってきている。今後も頭皮に紫外線を浴びつづければ、抜け毛が進んでしまうだろう。栄養失調が著しく、水分も足りていないようだ。

男は後ろ手に縛られていたが、恐怖に萎えしぼんだりはせず、気丈な態度をしめしていた。黒々とした目がアティーヤを見つめてくる。表情に驚きのいろが浮かんだ。十歳に満たない少女がいきなり現れたからだろう。

アティーヤは自分が呼ばれた理由を悟った。言葉が通じなければ通訳を求められる。人種のちがいも理解できていた。この男性は東アジア系と思われる。アティーヤは中国語できいた。「中国人ですか」

男は無言のままだったが、アティーヤを凝視しつづけた。喋(しゃべ)る少女がめずらしいといわんばかりのまなざしだった。

この辺りには外国人ジャーナリストがさまよいこむ。東アジア系で次に多くでくわす国籍も知れていた。アティーヤはその言語で問いかけた。「韓国人ですか(ハングクサーラミムニカ)」

また返事がない。アティーヤはため息とともにたずねた。「日本人ですか」

「ああ」男が目を瞠(みは)った。「ひょっとしてきみもか?」

「はい。長老からそうききました」

「なんでこんなところにいる? 日本のどこの出身だね?」

「知りません。ここで育っただけです」

「どうやって語学を……」

「テレビの外国チャンネルと参考書で勉強しました。あなたは?」

「……渡邊有恒(わたなべありつね)という者だ。MSF日本支局で働いてて、ここに派遣されたが、クルマが襲撃された。私はひとりさまよううち、この人たちに連行されて……」

アティーヤは周りのゲリラにアラビア語でいった。「国境なき医師団の日本人の(アナミナルファリークツテイツビール・ヤーバーニー)ようです(ビラーフドウード)」

一同がターバンで顔を隠していても、当然ながらアティーヤには全員が識別できている。いまここにいるなかでは年長者の四十代、アブドゥッラウーフが予想どおりの質問をしてきた。「手術の経験（アインダキヒブラトゥルアマリーヤ）はあるか？」

意訳するべきだろう。アティーヤは渡邊に目を戻した。「ベテラン外科医でなければ不要です」

「不要とは……？」渡邊はふと意味に気づいたらしく、慌てぎみに弁明した。「私は手術室救急医として派遣されてる。イラクや南スーダンにつづいて三か所めだ。だが正直ここは初めて知った。招かれた基地は十キロ以上先で、そこまでは不毛地帯のはず……」

十キロ以上先。アティーヤは声をひそめた。「ハーディー政権派の基地はたしかにその辺りですが、フーシ派のゲリラもたくさんいます。クルマでの横断は危険です」

「知らなかった……。きみらは？　どこに属している？」

「スンニ派ですがハーディー政権派とは距離を置いてます。独自に難民を守ってるんです。ゲリラの部族名はアルアハドといって……」

また急性発作の不快感が胸にこみあげてきた。堪（こら）えようとすると息が苦しくなる。アティーヤは激しく咳きこんだ。手で口を覆ったものの、おびただしい量の血が地面に飛散した。

ゲリラたちはなんの反応もしめさない。いつものことだからだ。けれども渡邉はちがった。大仰に思えるほどに目を見開き、アティーヤににじり寄ろうとした。「どうしたんだ。病気なのか」

「……いいんです」アティーヤは咳を鎮めようと躍起になった。「ほっといてください」

「そうはいかん。血痰じゃなく喀血だ。呼吸器に難があるかもしれん。治療が必要だよ」

「かまわないでください。病は気から、と日本でもいうでしょう。病状は精神力で抑制できます」

「その意見には賛成しかねるが、きみはいったいいくつだ？　老練な喋りが外見とまったく合致しない」

「渡邉さん」アティーヤは口もとの血を拭い去った。「ハーディー政権派の基地へ向かってたとおっしゃらないほうがいいです。生きて帰れなくなります」

「誤解しないでくれ。ＭＳＦは公平と中立をモットーにしている。ここにきみたちがいると知った以上は手を差し伸べられる。医療物資を提供しよう。医師や看護師の手配も」

　アティーヤはアブドゥッラウーフに通訳した。「医療物資をくれるといってます（イカツデイムウアシュヤーウテイツビーヤインシャーツラー）。医師や看護師も手配できると」

　アブドゥッラウーフは険しい声を響かせた。「周辺部族と話し合い、事情や背景が納得できてからだ。それまでは外にだせん。連れてけ」

　すかさずアブドゥルカビールらが包囲を狭め、渡邊を力ずくで引き立てた。突然の連行に渡邊が動揺をあらわにした。後ろ手に縛られたまま必死に身をよじる。

「落ち着いて」アティーヤは静かに話しかけた。「抵抗しないでください。水と食料はあたえられます。いまは休んでください」

「……生かしてくれるのか？」渡邊はかすかに安堵（あんど）をのぞかせた。「礼をいうべきかな。きみ、名前は？」

「アティーヤといいます」

「苗字（みょうじ）は？」

「ただのアティーヤです。親がいないので」

「日本人としての名前はないのか？　私がつけてもいいかな。真奈（まな）とか」

「マナ？　キリスト教の洗礼で配られるパンの意味にしかきこえません。殺されたくなければ二度とおっしゃらないほうがいいかと」

渡邊は緊張に顔を凍りつかせたまま、ふたりのゲリラに両脇を抱えあげられ、通路へと運ばれていった。

珍客だったが素性はたしかなようだった。翌日、渡邊と長老の協議に、アティーヤはまた通訳として呼ばれた。ゲリラには負傷者が多く、難民キャンプも病人ばかりを抱えている。三つの大きな勢力の狭間に位置する少数部族としては、物資が常に途絶えがちで、これまで医療援助もろくに受けられなかった。国境なき医師団とつながりを持てるのは、アルアハドにとってアラーの恵み以外のなにものでもない。

数日後には最初のトラック数台が到着し、薬品や食糧が提供された。女性の医師や看護師も複数派遣されてきた。イスラム教徒の多い国では、男女の病棟が分かれ、それぞれ同性の医療従事者にのみ身を委ねるからだ。

難民キャンプの住人らに笑顔が戻ったものの、トラックの動きはやはり周辺勢力に察知された。翌週には武力襲撃を受けた。

銃撃音が轟くとともにゲリラが臨戦態勢をとる。アティーヤもそこに加わろうとしたが、突如として発作に襲われた。大量の吐血とともに地面に突っ伏してしまった。

意識が朦朧とし、失神に至る寸前、渡邊が駆け寄ってくるのを目にした。

ふたたび覚醒状態に戻ったとき、アティーヤは医療テントのベッドに寝かされていた。戦闘は終了したものの、テントのなかは負傷者で満員だった。患者を収容するテントに、男女で分けられないほどの混乱があったのも、もはや一目瞭然（りょうぜん）だった。

枕元の椅子に腰掛けた渡邊は、疲れきった面持ちながら、まず真っ先にアティーヤの身を案じてきた。「肺アスペルギルス症に似ているが、もっと深刻な病かもしれない。精密検査と入院が必要だよ」

アティーヤは喉（のど）に絡む声で応じた。「そんなのは事実上無理でしょう」

「事実上無理、か。きみの達者すぎる語学力も気になる。いわゆるギフテッドとも異なるようだ。脳機能に偏りがあるため、体内にも悪影響を生じると考えられる」渡邊は少し言葉を切ったのち、ふいに語気を強めた。「いや。それ以前の問題だ。日本人とみられる子供がゲリラにいて見過ごせるはずがない。私はきみを即刻帰国させたい」

「わたしの家はここです」

「そういうわけにいかない。わかるだろ。きみを国外に脱出させなきゃならない」

「どこから？　近隣の空港はアルカイダに占領されてます」

渡邊が唸（うな）った。「そこが難題だ……。私たちは陸路を延々と走ってきた。ＭＳＦとしてサウジアラビア側の理解と協力を得られたが、難民の子を連れだすとなると、また事情がちがってくる」

サウジアラビアのアルカイダ支部がイエメンに拠点を移し、〝アラビア半島のアルカイダ〟なる組織を結成した。彼らが後押しするアンサール・アル＝シャリーアという勢力は、ハーディー政権派ともフーシ派とも対立している。新興勢力の台頭で戦乱が拡大しつつある。

アティーヤはささやいた。「アルカイダはサラフィー・ジハード主義者の集まりです。諸外国はイスラム過激派と呼んでいるでしょう。圧倒的な軍事力を誇ってます。襲撃は不可能です」

「戦争を仕掛けるなんていってない。話し合えば彼らも理解を……」

「きょう襲撃してきたのがアンサール・アル＝シャリーアですよ。アルカイダ系とはわかりあえません。ここイエメンは中東で唯一、石油のでない貧困国ですから……。物資の輸送を察知しただけでも襲ってくるんです」

「ますますきみをここには置いておけない」渡邊が身を乗りだした。「いいかね。私もアンサール・アル＝シャリーアについてはきいてる。最近、タリバンからアルカイダに移った日本人の少年が、いまはイエメンの戦線にいるそうだ」

「日本人の少年……」

「そうだよ。きみよりはかなり年上のようだがね。私たちは人道的組織だ。アンサール・アル＝シャリーアに接触し、少年を通して話をつけられないかと思う」

「十代の男の子じゃ一介の兵士でしかないでしょう」

「九歳のきみがいう台詞じゃないな。そりゃきみほどの天才じゃないかもしれないが、めきめき頭角を現わしてるとも噂されてる。とにかくきみの病状の深刻さだけは伝えたい。血液を採取させてくれないか」

「どこで検査するおつもりですか」

「アンサール・アル＝シャリーアに頼んで、血液を詳細に分析可能な国への空輸を、特別に許可してもらう。できれば日本に」

「そんなの許すはずが……」

「だから日本人少年を頼るんだよ。彼にも良心があるはずだ」渡邊はアティーヤをじっと見つめた。「私には子供がふたりいる。息子と娘だ。きみがどんな経緯でここに来たか知らないが、嘆かわしいことに、乳児の売買も横行するのが現代の世界だ……。先進国も無縁ではない。日本も例外じゃないんだ」

　女性看護師がアティーヤの腕に注射針をあてがい、血液を採取した。渡邊がＭＳＦの同僚とどう協議したか、アンサール・アル＝シャリーアとどのように交渉したか、細かいことはわからなかった。アティーヤは診療の時間以外、睡眠導入剤の点滴を受け、ずっとベッドで眠らされることになった。それが病状の進行を遅らせると渡邊が判断したからだ。のちにそんな対処法は無駄だと判明したが、その時点では有効と思われた。長老が同意した以上、アティーヤは従わざるをえなかった。

そこからアティーヤの記憶は途絶えがちになった。機銃の掃射音に意識が戻ったのはおぼえている。それでも身体の自由がきかず、ベッドから起きだせずにいた。テントのなかはパニック状態だった。ふだん女性用の医療テントには入ってこない、男性のゲリラたちが武装した姿で飛びこんできて、患者らの避難に手を貸している。

アティーヤをベッドから引き立てたのはアブドゥルカビールだった気がする。女性看護師が駆け寄ってきて、点滴が外れていない、大声でそううったえた。絆創膏を引き剥がされたときに、注射針が神経を傷つけたのか激痛が走った。そのせいでしばし五感が研ぎ澄まされた。火薬のにおいが濃厚に漂う。銃声が耳をつんざくほどに響き渡った。交戦はテントのすぐ外で繰り広げられているようだ。壁面の布を透過し閃光が走るのは、銃火にちがいない。断続的に衝撃が突き上げる。手榴弾の炸裂もそう遠くはないとわかる。

ゲリラに横抱きにされ、大急ぎで通路を運ばれていく。アッラー・アクバルという叫びをきいた。外で戦う誰かが怒鳴った。問題は発音だ。アルアハドではないうえ、アンサール・アル＝シャリーアともちがう。しかしアルカイダ系のみが用いる銃火器の発射音が、たびたび轟く。別の銃撃音が左右に展開するが、そちらは北部フーシ派の戦術に思えてならない。

　複数の勢力が同時に襲ってきたようだ。しかしそれならまず標的のアルアハドを殲滅してから、各勢力が戦利品の奪い合いを始める、そうなりがちではないか。三つ巴以上の戦闘は困難だからだ。しかし襲撃者たちは共同でアルアハドの砦を陥落させようとはせず、相互に撃ち合いを始めたらしい。なぜそんな道を選んだのか。

　朦朧とする意識をつなぎとめられない。アティーヤは眠りに落ちては、また目が覚めるのを繰りかえした。

　しかもいまになって、瑠那の脳裏にフラッシュバックするように、断片的に蘇る記憶があった。

　通路から飛びだし外気に触れた。テントに横付けされた幌なしの４ＷＤがアイドリング状態だった。アティーヤが後部座席に横たえられたのは、被弾を避けるためでもあったのだろう。周りにけたたましく鳴り響く銃撃音に、鼓膜が破れそうになる。爆発の閃光が連続するなか、前部座席で振りかえった渡邊の顔が浮かびあがった。初対面の夜以上に必死の形相だった。看護師らも次々に乗りこんでくる。

奇妙なのは戦闘の状況だった。こんなに近くまで攻めこまれたのなら、悠長にクルマに乗りこんでなどいられない。けれども北部フーシ派とみられる敵勢の最前線は、あとわずかの距離を詰められず、反撃に押しとどめられているようだ。アルアハドの防衛力だけでは、持ちこたえられるはずがない。まさかアンサール・アル＝シャリーアが難民キャンプを守っているのか。ありえない。アルカイダ系が味方にまわるなんて……。

よし行こう、渡邊が大声でそういった。クルマが急発進した。強く吹きつける風と絶え間ない振動に、猛烈なスピードで飛ばしていくのがわかる。しかしその記憶もやはり断続的だった。至近に火柱が立ち上り、車体が大きく揺さぶられた。耳鳴りが襲い、周りの音がろくにきこえなくなった。それでも走行は無事継続した。銃火の閃きは後方に遠ざかったように感じる。

次に意識が戻ったのは、喧噪が理由ではなく、逆に静寂のせいだった。異様な気配にアティーヤの注意は喚起された。暗がりのなかクルマは停まっていた。降車した渡邊に背負われていた。この記憶が蘇ったのは、いまが初めてかもしれない、瑠那はそう思った。

　渡邊の身の震えがじかに伝わってきた。包囲するゲリラはアルアハドではなかった。サラフィー・ジハード主義の冷やかさと血のにおいが、辺り一帯の空気に蔓延している。

　屈強そうな武装兵のなか、痩せた少年らしきシルエットを見てとった。すでに敵陣の奥深くなのか、建物の窓明かりを背に受けた兵士らは、みな真っ黒に人影が浮かぶのみだ。少年はアサルトライフルの銃口を地面に向けている。こちらを狙い澄ましてはいない。この少年が渡邊のいっていた日本人なのか。アティーヤは暗がりに目を凝らし、顔をたしかめようとした。けれどもまた意識が遠のきだす。睡眠導入剤の効力がやけに長く持続している。それだけ強烈な薬だったらしい。あるいはこれまでに蓄積された疲労が一気に表出したのか。この肝心なときに。

　覚醒状態を維持しようとしたが、もう限界だった。アティーヤの目は自然に閉じた。視野のすべてがブラックアウトした。

4

　瑠那ははっと息を呑み、その場に立ち尽くした。

夜明けが近い。住宅街の路地を歩く制服の背が遠ざかる。凛香は歩きながら不平を口にしていた。「文化祭まであとどれくらいだっけ。『竹取物語』なんてウケるのかな。通学につきあうわたしの身にもなれよ。ひとりで行けといいたいけど、このところちょいと危険だし……」

凛香がふと気づいたように足をとめ、こちらを振りかえった。妙な顔で凛香がたずねた。「どうかしたのかよ、瑠那」

心の奥底を激震が襲っていた。重く激しく揺さぶられた。瑠那は愕然とせざるをえなかった。ここまで記憶が蘇ったのは初めてだ。幻ではないと実感する。たしかにこの目で見た。なにもかも実際に経験したことだった。難民キャンプとゲリラの生活、そこから阿宗神社に育った日々、ずっと隔たりは埋まらなかった。いまはもうちがう。なにが起きたかを思いだした。だとするなら……。

焦燥ばかりが募ってくる。瑠那は震える声を絞りだした。「ごめん、凛香お姉ちゃん……。先に行ってて」

「なに？」凛香が眉をひそめた。「瑠那……」

瑠那は身を翻し、来た道を駆け戻りだした。すぐさま全力疾走に転じる。空気を切り裂かんばかりに瑠那は走った。甲高い風の音が耳もとで吹きすさぶ。

凜香の声が後方から呼びかけた。「おい瑠那！　ひとりじゃ危ねえって！」

姉からの警告は受けとめた。だが足はとめられない。人生に関わることだ。むしろ凜香を巻きこみたくない。ほかならぬ瑠那自身の問題だった。

阿宗神社の再建設現場前を通り過ぎ、住宅街の反対側へと走った。凜香が追ってくるようすはなかった。俊足の凜香が本気になれば追いつけるだろうが、そうしない理由を瑠那はよくわかっていた。父親が同じ姉妹であっても人生がちがいすぎる。ひとりでしかないと痛感するときがある。そんな思いにとらわれているあいだは、ほうっておいてほしいと強く感じる。だからこそ互いに譲りあう。ＥＬ累次体に神社を焼かれ、危険が常に身近に潜むとわかっていても、いまはひとりにしてくれるのが姉のやさしさにちがいない。

木造アパートの外階段を二階へ駆け上がった。２０１号室が当面、杠葉家の三人が暮らす家になっている。さっきでかけたばかりだったが、瑠那は早々に舞い戻った。ドアを開けると、靴脱ぎ場にしゃがんだ義父と目が合った。本業が公務員の義父は、ふだん区役所に勤めている。スーツ姿の杠葉功治が驚きの表情で仰ぎ見た。「なんだ？　瑠那。忘れ物か？」

瑠那は呼吸が乱れているのを自覚した。このていどの距離を走っただけなのに息切れとは、いまの自分はよほど切羽詰まっているのだろう。動揺を抑えきれないまま室内を見まわした。キッチンには普段着姿の義母、芳恵（よしえ）が立っていた。ふたりとも神社の復興までは神職を休んでいる。

芳恵が心配そうな顔になった。「瑠那……。どうかしたの？」

まだドアを閉めてもいない。戸口に立ったまま瑠那はささやいた。「わたしは誰から託されたんですか」

室内に沈黙がひろがった。義父母の顔がこわばった。功治は履きかけの靴を脱ぐと、ゆっくりと身体を起こし、フローリングの上へ戻った。低くつぶやくような声で功治がいった。「なかに入りなさい。ドアも閉めて」

瑠那はいわれたとおりにした。カバンはシューズボックスの上に置いた。靴を脱いで部屋にあがる。芳恵は神妙な面持ちで視線を落としていた。

火事が起きる前の家は純和風だったが、この仮住まいはＬＤＫが洋間で、ほかに六畳の和室がひと部屋ある。ダイニングテーブルの椅子を功治が引いた。座るよう目でうながしてくる。瑠那は黙って腰掛けた。

向かいに功治が着席すると、芳恵も同じくテーブルについた。食事以外にここで三人が揃うことはめずらしい。

功治が瑠那に問いかけてきた。「なにを思いだした？」

「……難民キャンプを離れた日のことです。ゲリラとの別れを惜しむ暇もなかった。みんな家族そのものだったのに」

イエメンでのできごとなど、義父母はあずかり知らないことにちがいない。それでもいわずにはいられなかった。別離の瞬間の記憶が、丸ごと抜け落ちていたせいで、ずっと感傷など生じずにいた。懐かしさをおぼえることも稀だった。その後の日々との落差が大きすぎ、感慨につながりにくかった。

いまはちがう。さまざまな思いが胸をよぎっていく。瑠那はつぶやいた。「いつから神社にいたのか、お義父さんやお義母さんと一緒に暮らす日々の、その始まりは思いだせません。でもわたしが境内に捨てられてたというのは、事実じゃないですよね」

空気が重く沈むように感じられる。義父母は困惑のいろを浮かべ、互いに顔を見合わせた。

芳恵が慎重に切りだした。「あのね、瑠那……。これだけははっきりいえる。あなたを引き取ってからいままでのあいだに、嘘や偽りはいっさいないの。お義母さんとお義父さんにとって、瑠那はかけがえのないひとり娘で……」

功治が片手をあげ芳恵を制した。「瑠那は天才だよ。そんなことはよくわかってると思う。欺こうとしたって気づくはずだ。ずっと一緒に暮らしてきたんだから」

事実であり真理だと瑠那は思った。義父母に隠しごとが可能な余地など少しもありはしなかった。瑠那にとって思春期は、知性の急激な発達の時期と、完全に重なっていた。欺かれることには敏感だったし、裏表のなさゆえ義父母を信じた。芳恵のいうように、瑠那が阿宗神社に引き取られたのち、義父母が瑠那に嘘をついたことはない。不審な点があればたちどころに気づく。

問題は引き取られる前のできごとだ。なにも思いだせない以上、これまでは義父母の説明を受けいれるしかなかった。境内で泣いている瑠那を功治が見つけ、捨て子だと解釈した。衰弱が激しかったため、救急車を呼ぶとともに、警察にも相談した。医療検査の結果、DNA型から優莉匡太の血を引いていると判明した。義父母はそんなふうに告げていた。

しかしいまはもう納得できない。瑠那の声は震えだした。「国境なき医師団の人が、わたしを帰国させようと奔走してくれました……。血液サンプルを日本へ送って、命にかかわる指定難病だという検査結果がでたんでしょう。でもアンサール・アル＝シャリーアがわたしの出国を手助けするなんて、本来ありえなかった」

芳恵が気遣いをしめした。「落ち着いて。瑠那」

「ましてフーシ派の武装攻撃からわたしを守ってくれるなんて……」

　功治は当惑のいろを深めた。「瑠那。外国でなにがあったのか、お義父さんたちは詳しく知らないんだよ」

　瑠那は語気を強めた。「タリバンからアルカイダに移ってきた日本人少年が、アンサール・アル＝シャリーアを説得した……。あれは優莉架禱斗だったんです」

　義父母のまなざしがいよいよ深刻のいろを濃くした。功治がおずおずと瑠那にきいた。「たしかな記憶なのか……?」

「顔ははっきりと見ませんでした。でも架禱斗以外にありえないと思います。血液を日本へ送って、判明したのは病状だけじゃなかった。わたしのDNA型もあきらかになったんです。架禱斗はアルアハドのゲリラのなかに、妹がいると知った……。しかも難病だと」

「……優莉架禱斗といえば血も涙もない男と報じられてる。シビック政変で日本じゅうに多大な犠牲を強いた青年だろう。その架禱斗が瑠那に情けをしめした?」

「まだ瑠那ではなくアティーヤでした」

「ああ、瑠那という名前は、阿宗神社の社務所でつけた。神様からの授かりものだ」

「わたしはアンサール・アル＝シャリーアが占領する空港から日本へ飛んだんです。渡航記録があればわかるはずだし、あれは正式な出国じゃなかった。架禱斗はまだ新参者の少年だったし、不法出国なんか手配できるわけがない。まして日本にも密入国させるなんて」

「瑠那。お義父さんも報道でしか知らないが、架禱斗の母親はたしか、矢幡元首相の奥さんだろう？　優莉匡太の逮捕直後、架禱斗が日本から脱出できてタリバンに入れたのも、美咲夫人が手をまわしたからだとか」

「そうです。わたしが日本に来れたのは、架禱斗が母親を頼った結果でしょう。ならお義父さんとお義母さんにわたしを託したのは、美咲夫人かその一味ですか」

「いや」功治は首を横に振った。「美咲夫人など知らないし面識もない。矢幡元総理やその関係者もだ。瑠那をうちに連れてきたのは……。そのう、架禱斗や美咲夫人の身内だとか仲間だとか、そんな人たちじゃなかった」

　瑠那は脈拍が亢進するのを感じた。「じゃあ誰なんですか」

　義父母は憂鬱そうに互いを見つめ合った。功治が芳恵に目でたずねる。芳恵がためらいがちにうなずく。ため息とともに功治が瑠那に向き直った。

「あるお医者さんだ」功治がいった。「いろんなツテをたどり、私たち夫婦が子供をほしがってることを知ったらしい」

「渡邊さんですか」

「それは国境なき医師団の人だな？　名前だけは伝えきいたが、会ったことはない。瑠那をうちに連れてきたのは、濱滝庸征という医師だよ」

思わず耳を疑った。衝撃に脳を激しく揺さぶられる。瑠那は愕然とし言葉を失った。

白髪頭の六十代が視野に浮かんでくる。濱滝庸征医師。ウルバレラ毒素菌をもとにした生物兵器、ミュゼ・パラノイザDV67の研究者。瑠那に手投げ弾と解毒剤を託してくれた人物。恒星天球教の元幹部、友里佐知子の右腕……。

瑠那は混乱にめまいをおぼえた。なぜそんなことになる。あの医師は九歳の瑠那、いや捨て子のアティーヤを知っていたというのか。しかも義父母のもとに連れてきたなんて。

5

二時限目の授業が終わり、休み時間になった。瑠那はひとり席を離れず、ずっと机の上に目を落としていた。

授業がまったく頭のなかに入ってこない。いまも放心状態に近かった。自分がここに存在している実感がない。目に映るものが映像のように思えるのは、幼少期以来ひさしぶりのことだった。なにもかもが幻のように感じられる。鮮明に蘇ったイエメンでの記憶と、現状があまりにも異なるからかもしれない。

男子生徒の呼びかける声がした。「杠葉さん。あのさ」

反応の鈍さを自覚する。瑠那は顔をあげ、ぼんやりとそちらを見た。童顔の鈴山耕貴が近くに立っていた。鈴山と同じぐらいおとなしい有沢兼人と、女子生徒の寺園夏美も一緒にいる。瑠那を含め、ふだんから仲のいい四人だが、きょうの鈴山はどこかそわそわしていた。

瑠那はきいた。「なに……？」

「もう二か月近く前になるけど、例の防災訓練」鈴山が声をひそめた。「全校生徒が有明の体育館へ行ったんだよね？　僕ら三人だけは行ってない」

「あー……。蓮實先生が借りたアパートの部屋にいたからでしょう。この学校の近くの」

「そう。それまでもなんだか妙な状況で、僕らだけ音楽室で人質にとられたって設定で」

有沢が緊張の面持ちで告げてきた。「怖かったよ。本当のテロかと思っちゃって」

「でも」夏美が腑に落ちない顔になった。「なんでわたしたちだけそんなふうにされたのかなって。C組の優莉凜香さんも飛びこんできて、そこから撃ち合いになって……。あれ本物の銃じゃないんでしょ？　だけど音がすごいリアル」

鈴山が瑠那を見つめてきた。「僕らに対してなんの教訓だったんだろ？　優莉匡太の娘が助けに来たように見えても信用しちゃいけないとか？　武蔵小杉高校事変の噂なんて眉唾だとか、そのへん学ばせたかったのかな」

いっそう不服そうに有沢が首を横に振った。「べつに僕ら優莉さんを頼りたいと思ったことなんてないし、だいいちうちの学校にいる優莉さんってのは凜香さんであって、結衣さんじゃないし……。蓮實先生にきいてもよくわからないんだよ」

瑠那はため息をついてみせた。「わたしだってよくわかりません」

「優莉凜香さんと仲がいいだろ？　きいといてくれないかな。あのドッキリ訓練にどんな意味があったのかって。なんで僕ら三人？　杠葉さんは選ばれなかったんだよね？」

あのとき瑠那は学校の敷地外へ抜けだし、近隣のビルの屋上でスナイパーを始末していた。全校生徒と教師陣はいまも防災訓練絡みの催しと信じている。なにもかも事実だったと知ったら、みなどんな顔になるだろう。

とはいえ心から案じるほどではない。いまのところ日暮里高校は平穏な日々がつづいている。むしろそちらのほうが不気味に感じられてくる。なぜ襲撃がやんでいるのか。瑠那による名簿の公開を恐れながらも、それを超える脅迫手段にうったえることが可能だと、EL累次体は学んだはずなのに。

じきに三時限目が始まる。瑠那のなかでじれったさが募りだした。授業を欠席したくはないが、じっとしてはいられない。いますぐにでも事実を追求しに行きたい。

チャイムが鳴った。廊下にいた生徒たちがぞろぞろと教室内に戻ってくる。もう躊躇する気になれなかった。瑠那は立ちあがると、カバンを手に席を離れた。

鈴山が問いかけてきた。「どこへ行くの？」

「ごめんなさい。早退します。先生にもそう伝えといて」瑠那は返事をまたず、足ばやに廊下へでた。

廊下はすでにがらんとしている。ほかのクラスもみな生徒らが授業の準備に入ったようだ。間もなく職員室から教師たちが出向いてくる。階段で鉢合わせする確率が高かった。

瑠那は窓を開けると、軽く跳躍し、外に身を躍らせた。片手で雨樋をつかむ。二階の高さだが、上履きの底を校舎の外壁に這わせ、登山における懸垂下降の要領で地面をめざす。縦に延びる雨樋に手を滑らせる。壁を蹴るたび、墜落荷重を発生させないていどに、身体を宙に浮かす。数回その動作を繰りかえし、あるていどの高さまで下降すると、瑠那は地面に飛び下りた。受け身の姿勢で転がり、衝撃を背中全体に逃がす。起き上がってすぐ、カバンから靴をとりだし履き替えた。昇降口のシューズボックスに靴をいれておいたのでは、いつも悪戯をされる。ふだんから靴は持ち歩くにかぎる。

ここは校舎裏の小庭だった。すばやくフェンスをよじ登り、敷地外の路地へ着地した。辺りに警戒の目を配ったが、ほかに人影は見てとれない。瑠那は歩きだそうとした。

ところが前方に向き直ったとたん、女子生徒の制服とぶつかりそうになった。瑠那は息を吞んだ。いつの間にか凜香が立ち塞がっていた。凜香も登下校時のようにカバンを提げている。

やれやれといいたげな顔で凜香が見つめてきた。「早退のわりには防犯カメラを避けようとしやがって。どこへ行こうってんだよ」

胸が痛くなる。瑠那はささやいた。「凜香お姉ちゃんには関係ないこと……」

ふいに凜香の右のこぶしが飛んできた。瑠那はとっさに左のてのひらで受けとめた。顔を殴られるのは阻めたものの、手に痺れるような痛みが走った。

凜香が睨みつけた。「甘えんなよ。瑠那の悩みはわたしの悩みなんだよ」

「……ほっといてくれるのも、姉妹がわかりあってる証ですよね」

「いまはそうじゃねえ。どうしてもひとりで行きてえのなら、わたしを殺してけ」

「そんなことできるわけが……」

「なら一緒に行く」凜香は澄まし顔に戻ると、右のこぶしをひっこめた。「早退なんて嬉しいイベントを独り占めにすんな。わたしもつきあわせろよ」

瑠那は黙って下を向いた。凜香の気遣いが心に染みる。初めて会ったときからそうだった。この国では義父母以外、誰ともわかり合えないと思っていたが、初めての例外に遭遇した。過去を伏せるための瑠那の嘘を知っても、凜香は笑って受け流した。姉を見習うべきかもしれない。瑠那も義父母の隠蔽を責めるべきではない。わが子を傷つけまいとする思いやりに偽りはなかったのだから。

まだ正午まで時間がある。山手線の外回り、上野・東京方面行きの電車内は空いていた。瑠那は凜香と並んで座った。

「あん?」凜香は頓狂な声を発した。「わけわかんねえ。架禱斗兄は友里佐知子を心底憎んでたろ。クソ親父の優莉匡太が、美咲からさっさと乗り換えた女だからな。美咲も友里を嫌ってた」

「ですよね……。架禱斗も美咲夫人も、友里佐知子とは反目し合ってたはずです。でも友里が教祖を務める恒星天球教で、濱滝医師は医学系の幹部でした」

「イエメンにいた架禱斗兄が、難病に冒された妹の存在を知り、母親の手を借りて脱出させた……。そこまではいいけどな。なんで瑠那が濱滝の手に渡るんだよ」

「わかりません。当時の濱滝医師は三年の服役期間を経て、すでに出所していましたが、まだ開業医になる前です。友里佐知子はすでに死亡していたし、濱滝医師は恒星天球教との関わりを絶ち、反省の日々を送ってきたとされます」

「なら恒星天球教と切れる一方で、美咲や架禱斗とは仲よくなってたとか？」

「それはありえないと思います。濱滝医師はシビックの脅威に対し、ミュゼ・パラノイザDV67の手投げ弾を作ったといってましたから……。架禱斗による日本支配を憎んでいたようです。過去にも関わりは見えてきません」

「でも瑠那を杠葉夫婦に託したのは、ほかならぬ濱滝医師だってんだろ？　なんでそんなことになる？　どうして美咲が恒星天球教の元幹部に瑠那を……？　友里佐知子とは犬猿の仲だったのに」

瑠那が濱滝と会ってから、まだ何か月も経っていない。彼のもとを訪ねたのは、結衣から勧められたからだ。ハン・シャウティン一味から日暮里高校を救うのに、濱滝の作った生物兵器の手投げ弾が必要だった。

事前に結衣から濱滝へ連絡はなされていた。思えば妙なことに濱滝は、たったそれだけの情報に基づき、ひと目見るなり瑠那と気づいた。突然の訪問者に対し、名を問いただそうともせず、濱滝のほうから杠葉瑠那さんと口にした。その後はいっさい疑うようすもなく、恐るべき大量殺戮の武器を、ためらいもなく瑠那に譲った。

あのとき濱滝の顔に蔭がさしたのをおぼえている。濱滝はいった。〝恒星天球教の罪を償えるとは思っとらんよ。きみのお母さんにも気の毒なことをした〟と。

大勢いた被害者の全員を、濱滝が記憶しているとは思えなかった。母という個人を認識していたわけではないのだろう、瑠那はそんなふうに臆測した。けれども濱滝が、幼少期の瑠那を知っていたとなれば、すべての意味は変わってくる。

友里佐知子による人体実験の犠牲者の娘。九歳当時の瑠那に濱滝は会っていた。償いとは瑠那と実母に向けた言葉だった。瑠那のすべてを知ればこそ、濱滝は秘蔵の手投げ弾と解毒剤を託した。

凜香が難しい顔になった。「濱滝って医者は恒星天球教と切れて、架禱斗兄のシビックも忌み嫌ってたんだろ？　ＥＬ累次体ともつながってないんだよな？」

「ええ。手投げ弾を託してくれたのは、ＥＬ累次体の陰謀を阻止するためだったんですし」

「友里が死んで、わたしたちのクソ親父もとっくに死刑になって、いまや無頼の医者だけが瑠那を支援してくれるってわけか。事情は不明だけど、貴重な味方にはちがいないよな」

「まだなんとも……」瑠那は言葉を濁した。「なぜ九歳のわたしが、美咲夫人側から濱滝医師のもとへと移されたのか、そこに至るまでの経緯がわからないことには」

「本人の口からきくしかねえな」

「ええ。それ以外にはありえません」

品川区小山台四の十二の六。武蔵小山駅からは距離がある住宅街の一角だった。平日の昼間だからか、付近にはひとけもなく、ただひっそりと静まりかえっている。コンビニは見あたらず、民家以外には月極駐車場だけが目につく。

二階建て住居の一階に、濱滝医院の看板が掲げてある。以前に瑠那が訪ねたときと、外観はなにも変わらない。ただしきょうここで濱滝医師に会えるとは期待していなかった。

濱滝はミュゼ・パラノイザＤＶ67の製造者だ。それによりＥＬ累次体は、巨額のコストを要する計画を挫折させられた。当然ながら濱滝はＥＬ累次体の恨みを買っている。どこかに身を隠すよう瑠那からも勧めておいた。いま瑠那と凜香がここへ来た理由は、濱滝の隠れ家を探すための手がかりを得る、ただそれだけが目的だった。制服姿の女子高生なら、近所の住民に話しかけても、さほど怪しまれはしない。もっとも、人の気配がないこの界隈で、まずどこから手をつけるべきかはわからない。来てみてから考えるつもりだったが、途方に暮れざるをえない状況に思える。

「おい」凜香は看板の前に立った。「なんだか妙じゃね……？」

瑠那も同感だった。診療施設に改築された一階部分、出入口のシャッターは上がり、磨りガラスのドアの向こうに照明が点いている。診療受付中の札も掛かっていた。

不穏な空気が濃厚になっていく。瑠那はグーグルで濱滝医院の履歴を検索したが、例の事件以降、昨日までは休業中と表示されていた。無事に雲隠れしているようだと安心したが、きょうはなぜ診療受付の時間内なのか。

凜香は建物を眺めた。「もとはふつうの民家だから、裏に勝手口がありそうだな」

「ええ」瑠那はうなずいた。「診療室の奥に狭い研究室があって、そこに裏口のドアがあったと記憶してます」

「外来の患者を受け付ける施設なんだから、わたしたちも堂々と入りゃいいよな」凜香がドアに歩を進めた。

瑠那は呼びとめた。「凜香お姉ちゃん。裏にまわったほうがよくないですか」

「女子高生を歓迎しない医者なんか日本じゅう探してもいねえって。だいじょうぶだよ、ついてきな」

ドアを押し開けた凜香がなかに足を踏みいれる。瑠那はすぐ後ろにつづいた。

診察室は六畳ていどの広さで、事務机や薬品棚、診察ベッドの配置は変わっていない。しかし奇妙なことに白衣姿の男性が三人もいる。濱滝の不在はひと目でわかった。三人とももっと若く、せいぜい三十代だった。マスクをしているため顔の下半分が覆われている。鋭いまなざしでこちらを睨みつける。ふたりは並んで前方に立った。もうひとりは背後にまわりドアを施錠した。動作の機敏さから鍛えた肉体はあきらかだった。

事情はすぐに呑みこめた。きょうひさしぶりに診察を再開したことを、濱滝は近所の人々に告げてあったのだろう。シャッターが下りたのでは不審がられるため、侵入者たちは診療時間内を装い、表を開けておいた。無関係の診察希望者が来れば追いかえす一方、獲物が飛びこんできたら逃がさない。むろん獲物とは瑠那たちだった。

凜香はカバンに片手を突っこんだ。「ちょうどよかった、EL累次体のザコども。ダイエットと運動不足解消に協力しやがれ」

ところが白衣のひとりは驚くべき速度で距離を詰めてきた。単に踏みこんだだけではない、なんとローラーシューズを履いているようだ。靴底の踵についた車輪で、すばやく滑るように接近するや、凜香の手からカバンを叩き落とした。カバンのなかにあった拳銃も飛んでしまった。

だがひるむ凜香ではなかった。すかさず姿勢を低くすると、キャスター付きの患者用椅子を蹴り、敵の向こうずねにぶつけた。つんのめりかけた男の顔面を、凜香の片脚が蹴り上げた。

瑠那に襲いかからんとする白衣は、コンバットナイフを逆手に握っている。ただちに瑠那は診療ベッドを踏み越え、薬品棚に飛びつきながら、肘鉄でガラスを割った。戸を開ける時間が惜しいからだ。メスをつかみとり、クエン酸のポリ容器とヘパリンのチューブ、ヒスタミンの錠剤をつづけざまに突いた。敵が猛然と背後に迫るのを感じる。瑠那は振り向きざまメスを投げた。白衣の男は片手で難なくメスを打ち払った。と思いきや、男の手から大量の血液が勢いよく噴出した。男は絶叫しながら両膝をつき、倒れこんでからも激しくのたうちまわった。もう一方の手で覆っても出血はとめれない。

　ゲリラの知恵だった。かすり傷だけでも命を奪う殺人刃は即席で作れる。クエン酸が血液の凝固に必要なカルシウムを阻害、ヘパリンの酸性ムコ多糖が血栓を溶解、ヒスタミンの血管拡張により出血量が急増。のみならず耐えがたい激痛をもたらす。

　いきなり熱風が押し寄せた。もうひとりの白衣が手投げ式の焼夷弾を床に投げつけた。室内が急に明るくなった。一気に炎が燃えひろがったからだ。倒れた仲間ふたりを見捨て、白衣ひとりが身を翻し、ドアへ駆け寄ろうとする。

　瑠那はアルコール消毒液の入ったスプレー缶を手にとった。燃え広がる火災に噴射し、そのまま白衣の背にも吹き付けた。たちまち炎が走り、白衣に燃え移った。男はのけぞり、火の粉を撒き散らしつつ暴れまわった。そのせいで診療室内のあちこちに引火しだした。

　立ちあがりかけた別の白衣に対し、凜香がスカートを翻し、強烈な回し蹴りを浴びせた。鞭のようにしなる脚が敵の顔面を蹴り飛ばし、炎の海へ転倒させる。

　業火のなかで三人の敵が溺れるように転げまわった。炎が間仕切りのカーテンを舐めていく。恐ろしいほどの熱さだった。もう火災の拡大には対処のしようがない。

　汗だくの凜香がカバンと拳銃を拾いあげた。瑠那もカバンを回収すると、凜香に声をかけた。「奥のドアです」

以前に瑠那がミュゼ・パラノイザＤＶ67を譲り受けた研究室がある。瑠那は凜香とともにドアへ駆け寄ると、すばやく開け放った。

雑然とした小部屋だった。開業医の物置に似つかわしくない、本格的な研究室の様相がある。一見して荒らされているとわかった。棚の上をガラスの破片が覆い尽くしている。シャーレや試験管、ビーカー、フラスコの類いは跡形もない。加熱および冷却機器、遠心分離機やコンプレッサーも叩き壊されていた。

床には赤い水たまりがひろがっていた。瑠那は思わず息を吞んだ。血に染まった白衣が仰向けに倒れている。白髪頭の六十代、まぎれもなく濱滝だった。苦悶の表情を浮かべ、虚ろな目で天井を仰ぎ、絶えず唇を痙攣させる。

瑠那はひざまずいた。「濱滝さん……」

濱滝の瞳孔は開ききっていたが、それでも虹彩に瑠那の顔が映りこんでいる。弱々しく咳きこみながら、濱滝が掠れ声で応じた。「ああ、きみか。……来てくれたか」

胸に悲哀がこみあげてくる。瑠那はうったえた。「こんなに早く診療所を再開するなんて。無茶ですよ」

「仕方ないんだよ。私にはこれしかない……」

「もう喋らないでください」瑠那は床に散らばったガーゼを掻き集め、濱滝の傷口に押し当てた。

だが刺し傷は無数にあった。もう止血は困難だった。瑠那は悲痛な思いにとらわれた。すでに打つ手はない。

それでも意思力のなせるわざか、濱滝は朦朧としつつも、なお意識をつなぎとめていた。濱滝の右手がわずかに浮いた。部屋の隅を指さす。その先には金庫があった。かつてたった一本の解毒剤が収められていた金庫だ。

診療室から黒煙が流入し、研究室にも充満しだした。ふたつの部屋を隔てるドアも燃え始めている。

濱滝が脱力しきった。瞼は自然に閉じていた。瑠那は濱滝の手首をつかんだ。目の前にいる誰かの生死をたしかめる。幼少のころから染みついた反射行動だった。

脈拍は失われていた。瑠那にとって命の恩人だったにちがいない、濱滝の死を看取った。第二の人生の始まりは、この医師によってもたらされた。どういう経緯があったかはわからない。でも善意のなせるわざだったにちがいない、瑠那はそう確信した。でなければこんなに安らかな寝顔はありえない。

凜香が金庫に駆け寄った。把っ手を引いたがびくともしないようすだった。じれったそうに凜香が唸った。「火がまわっちまう。なんとかしねえと」

動かなくなった濱滝に、心のなかで別れを告げる。瑠那は立ちあがった。足ばやに金庫へと歩み寄る。扉に備え付けられた回転式ダイヤルを眺めた。

濱滝医師が解毒剤を取りだしたとき、この金庫を開けるのを見た。観察する気がなくても条件反射的に注視してしまう。記憶するつもりがなくとも脳に焼きつく。まともでない自分の五感や思考が恨めしい。瑠那はダイヤルをつかみ、あのとき濱滝がやったとおり、左右に回した。数字をどこで止めるか、かすかな音とともにおぼえている。

把っ手を握った。金庫の扉はすんなりと開いた。

凜香が目を輝かせた。「さすが瑠那」

もう解毒剤の類いなどありはしない。黒革表紙のノートだけが内部に立てかけてあった。それを手にとる。ページを繰ると、びっしりと手書きの文章が埋め尽くしていた。各ページのヘッダーに日付の記載がある。これは濱滝の日記帳だった。

サイレンが遠くで湧いている。凜香が緊張とともにささやいた。「ずらかろうぜ」

返事をまたず凜香は裏口のドアに向かった。瑠那もつづいたものの、室内を振りかえらざるをえない、そんな心境にとらわれた。後ろ髪を引かれる思いで濱滝を見下ろす。すでに研究室に火がまわってきていた。ほどなくなにもかも灰になるだろう。瑠那と凜香がここにいた証拠はなくなる。自分のなかに蘇った思い出のひとつも失われていく。

凜香がドアを開け放った。瑠那は凜香とともに外へでた。住宅数軒の背面ばかりが突き合わされた裏手だった。周りに人の目はない。ふたりはすばやく駆けだした。

悲痛な感傷が長く尾を引く。物心ついたときからゲリラとして育った。望まずとも内なるものが鍛えられた、瑠那はそう自負してきた。時間とともにたちまち癒えるはずの哀感が、いまはいつまでも胸のうちに疼く。きょう記憶が戻ったのは偶然だろうか。ほんの少し早ければ悲劇が防げたかもしれないのに。

6

午後三時を過ぎれば、たいていの宿泊施設はチェックイン可能になる。板橋区にある藹々荘もそうだった。都内の格安宿を検索したところトップにでてきた。老朽化した純和風の平屋建てで、六畳一間の部屋はカビ臭い。それでも素泊まり以下の価格でデイユースが許されるのはありがたい。たぶん金のない大人がラブホ代わりに使うのだろうと凛香がいった。

カーテンを閉めきり、ささくれ立った畳の上で、瑠那と凛香はそれぞれ座っていた。凛香が壁に背をもたせかけ、膝の上の拳銃をいじっている。FNハイパーに十五発を装弾済みらしい。制服の下に隠すには、やや大きめのせいもあって、堂々と外にだしていた。状況を考えれば警戒しすぎとはいえない。EL累次体の一員に居場所を知らせてしまった以上は。

瑠那は部屋の真んなかに正座し、濱滝の日記に何度となく目を通していた。日付はかなり間隔を置いていて、この一冊に七年ぶんの記録がおさめられている。七年とはすなわち、瑠那が帰国してから現在に至るまでだった。

濱滝が贖罪の日々を送ってきたのは事実にちがいない。内面をすなおに綴っている。できごとのすべてが記載されたわけではないが、なにがあったかはおおよそ読みとれる。

恒星天球教の元幹部だった濱滝は出所後、己の罪深さを悔いた。医師免許はいったん剝奪されたが、十年を経て取り戻した。開業医として再出発することに、濱滝は新たな人生をみいだした。

瑠那ことアティーヤについては〝紫野佳苗さんの娘さん〟と書かれていた。実母の名を目にするや、瑠那の胸は痛んだ。友里佐知子の前頭葉切除手術により、意思を奪われた不幸な女性について、濱滝は強い罪悪感を抱いていた。胎児の時点でステロイドを投与され、脳にレーザーメスをいれられた娘にも。

ただし同じ被害を受けた人間は、死者を含めれば数千人にものぼる。濱滝が紫野佳苗の名を意識したのは、非合法に依頼された血液検査に取り組んだときだったという。

イエメンで採取された血液は濱滝に預けられた。医師免許を取り戻していない時期だったため、濱滝は闇雲に仕事を欲していた。ひそかに国内に持ちこまれた血液を検査できるプロはかぎられている。濱滝はそのひとりだった。

血液をイエメンから国外へ輸送したい、渡邊はアンサール・アル＝シャリーアにそう申しでた。少年兵だった架禱斗は同じ日本人として、ゲリラ仲間への仲介を務めたものの、その時点ではさほど熱心だったわけではないらしい。空輪にも関わっていなかったし、母親の美咲に話を通したりもしなかった。

よって日本側は公式に受け取りを拒否した。しかしMSF以外の人道的組織が、ボランティアで血液の獲得に動いたうえ、濱滝に分析検査を一任した。この段階でもやはり、日本側において架禱斗の母、美咲はなんら関わってはいなかった。

血液検査の結果、濱滝は指定難病と判断を下した。のみならずデータバンクでDN

A型を照会した。優莉匡太の子供であることがアンサール・アル＝シャリーアに伝えられると、ただちに架禱斗が反応した。新参者の少年兵の身ながら、先輩のゲリラたちを強く説得し、アティーヤの国外脱出に力を貸した。アルアハドと一時的に休戦し、北部フーシ派の攻撃に対しては、防御を買ってでるほどだった。

凜香がFNハイパーの銃身をいじりながらいった。「どうも腑に落ちねえ。架禱斗兄がそんなに妹想いかよ。あいつ、海辺にいたわたしと結衣姉に、弾道ミサイルを発射しやがったぜ？」

瑠那は日記から顔をあげなかった。「前にいってましたよね。凜香お姉ちゃんや結衣お姉ちゃんに、架禱斗がメロンパンを分けてくれたことがあるって」

「DVみたいなもんだよ」凜香は鼻を鳴らした。「気分しだいで妙にやさしいときもある。暴力を振るわれた側は混乱する。自分のほうが悪いんじゃないかと勘ちがいしちまったりもする」

では瑠那をイエメンから脱出させたのも気の迷いなのか。年端もいかない妹について、見殺しにはできない、それぐらいのことは思ったのかもしれない。

濱滝の日記によれば、架禱斗はアティーヤに同情をしめしたものの、美咲はそうでもなかったらしい。無理もないと瑠那は思った。架禱斗にとって瑠那は、父親を同じくする妹だが、美咲からすれば血のつながった娘ではない。よって美咲は架禱斗の頼みを聞きいれたものの、アティーヤを日本へ密入国させたのちは、干渉を完全に拒んだという。アティーヤは違法な存在のまま、未認可の施設に放置されそうになった。このままではふたたび人身売買の憂き目に遭わないともかぎらない。

なによりアティーヤは指定難病の症状に苦しんでいた。余命幾ばくもないことを、恒星天球教の元医学系幹部、濱滝はよく理解していた。

見かねた濱滝が名乗りをあげ、アティーヤの里親探しに奔走した。すでに美咲は手を引いていたため、濱滝はいちどたりとも顔を合わせなかった。ほどなく阿宗神社の杠葉夫妻に行き当たったようだが、そこまでのいきさつは書かれていない。

アティーヤの出生を偽ることはできない一方、イエメンから密入国した事実も明かせない。濱滝は杠葉夫妻に、神社の境内に捨てられていたことにすればいい、そんなふうに助言した。夫妻が捨て子を可哀想に思い、里親として引き取るのであれば、ごく自然な流れとなる。

瑠那と名付けられたアティーヤは、あらためて医療検査を受けた。ようやく公式な機関でＤＮＡ型が鑑定された。公安は瑠那が優莉匡太の子だと気づいた。と同時に、警察病院に入院中の不幸な女性、紫野佳苗の子であることも確認された。科学的に血縁が証明されたものの、九歳に至るまでの経緯があきらかでないため、世間への公表は差し控えた。

瑠那は暗く沈んだ思いとともにページを繰った。日記の最後のページに、瑠那に宛てたメッセージが綴られていた。

杠葉瑠那さんへ

貴方(あなた)が阿宗神社の杠葉夫妻のもとで育つことになった理由は、この日記に書いたとおりです。私が紫野佳苗さんと貴方に酷(ひど)いことをした人間の仲間であることは否定できません。私自身が手術に関わったのではありませんが、恒星天球教というカルト組織に身を寄せていた時点で、教祖を名乗る友里佐知子と同罪だったと思います。一生かかっても償いきれない罪を私は犯しました。

先日、貴方が診療所を訪ねてきたのは、人生二度目の大きな驚きでした。一度目の驚きは、血液検査をおこない、あなたがイエメンにいると知ったときです。友里佐知子が検体と呼んでいた乳児を、優莉匡太半グレ同盟のほかのメンバーが、外国の人身売買組織に売ったという噂はきいていました。それがまさか事実で、しかも貴方のことだとは思ってもみませんでした。私はなんとしても貴方に人並みの希望を取り戻してほしかったのです。余命わずかにちがいないと思えた貴方が、みずから寿命を延ばす手段をみいだしたと知り、私はわが子のことのように喜びました。

　不穏な勢力が台頭する昨今、ミュゼ・パラノイザDV67という物騒なしろものをあなたに預けるのは、またも罪を重ねているようで心苦しく感じました。それでも優莉結衣さんから、貴方の潔癖さや勇気、知性をうかがううち、託してみる気になったのです。いまではその判断が正しかったと、ほっと胸を撫で下ろしています。世界を戦乱の渦に巻きこむ、悪夢のような事態が回避されたのは貴方のおかげです。

　私から伝えられることはもうほとんどありませんが、最後にひとつだけ、藤澤尚武という人物の連絡先を記しておきます。彼は貴方にとって歓迎されざる人間に思えるでしょうが、私にしてみればここ数年来の友です。事情を知ればきっと力になってくれると思います。

　貴方がひとりの女性として成長しているのを、遠くからそっと見守るのが、私のささやかな望みでした。貴方はきっと立派な大人になるでしょう。願わくはそのころまでに、世のなかに真の平和が戻り、誰もが互いに信頼で結ばれますことを。

濱滝庸征

哀れみの感情が瑠那の胸を満たしていった。重い痛みとともに息苦しさをおぼえる。涙を堪えるため瑠那は唇を噛んだ。こんなに逆らいきれない情動に翻弄されるのはいつ以来だろう。

そっと日記を閉じる。濱滝医師の思いのすべてはここにある。恒星天球教の医学系幹部だった濱滝は、瑠那の知性や身体能力の発達について、当然予期できていただろう。濱滝はわざと瑠那の目の前で、あの金庫を開けてみせたにちがいない。むろんダイヤルの動きを瑠那が記憶するのを承知のうえで。

阿宗神社に育つことになった経緯はわかった。だがまだふたしかなこともある。九歳になっていたというのに、濱滝医師のもとに預けられ、杠葉夫妻に託された過程は記憶にない。ずっと眠っていたのだろうか。イエメンを発ってから長いこと、睡眠導入剤を点滴されつづけていたとは、どうも考えにくいのだが。

廊下を歩いてくる気配がする。摺り足だが瑠那の耳はごまかせなかった。凜香にとっても同様らしい。すかさず凜香は拳銃を片手に立ちあがった。瑠那も油断なく腰を浮かせた。

誰かが襖の向こうに立ちどまった。控えめにノックする音がきこえる。

「どうぞ」瑠那は声をかけた。

襖が横滑りに開いた。廊下に立っていたのは、七三分けに眼鏡、丸顔の小柄な中年男性だった。学校の教師によくいるタイプではある。ややくたびれたスーツもそれっぽいが、黒で統一しているのは喪服のつもりだろう。

男性は警戒の視線を室内に投げかけた。探るような目つきで、まず瑠那を見つめ、それから凜香に向き直る。男性の眉間に皺が寄った。凜香が拳銃で狙っているからだ。

沈黙はしばらくつづいた。三者が無言のうちに牽制しあうばかりの時間が流れた。いっこうに緊張が解けないのも無理はない。互いに天敵どうしだった。この男性の氏名は、例の名簿に含まれていた。住所は目黒区青葉台五－十六－七。氏名は……。

瑠那は男性にきいた。「藤澤尚武さんですか」

「……ああ」藤澤が硬い顔のまま応じた。「きみらのことはよく知ってる。顔写真を何十枚も見せられたから」

凜香がぞんざいにいった。「こっちはおっさんの名前だけ知ったばかりなんだよ。自己紹介しなよ。それが礼儀ってもんだろが」

「礼儀か。きみらのほうから呼びつけておいて、私のほうから礼儀をしめせというのか」

「ほかのEL累次体メンバーなら死体になってお帰り願うけどよ。あんたはそうならないかもしれねえってんだ。そこだけでも感謝してもらいてえな」

「なるほど。噂にきく優莉凜香の物言いそのものだな。無礼は許そう」藤澤は瑠那に視線を移した。「初めましてというべきかな。藤澤尚武、四十七歳。デジタル庁勤務のエンジニアだ」

凜香が声を張った。「重要な名乗りが抜けてる。EL累次体での所属は情報処理部門だろが」

藤澤はため息をついた。「それを承知で呼んだんだろう」

喧嘩腰になるつもりはない。瑠那は穏やかに話しかけた。「もうひとつ自己紹介に加えてほしいことがあります。濱滝さんの数年来の友人。事実ですか」

「……もちろん事実だ」藤澤は伏し目がちになった。「私はデータプロセシング、彼は医学と分野が異なるうえ、ずいぶん歳も離れていたが、とあるシンポジウムで意気投合してね」

すかさず凜香が刺々しく指摘した。「EL累次体が抜け目なく恒星天球教の元幹部に近づいてたのかよ。ミュゼ・パラノイザDV67を奪えなくて気の毒だったな」

藤澤が迷惑げな顔になった。「おい、杠葉瑠那さん。同い年のお姉さんを黙らせてくれないか。EL累次体ときくと、きみらは人殺しや破壊活動を辞さない連中を思い浮かべるだろうが……」

凜香がきいた。「ちがうのかよ」

「私たちEL累次体の側でも、優莉家の兄弟姉妹といえば、父親譲りの残忍な若者たちという認識だ。しかしきみらの立場で考えれば、そうでない者もいるんだろ？」

「そりゃ幼すぎてクソ親父の影響を受けてねえ弟や妹はいるけどよ。おっさんはそれと同じだってのか。いい歳こいて無理があるんじゃねえのか」

また藤澤の目が瑠那に向いた。「EL累次体はもともと、日本という国家を守ろうとする財界人と学者が中心の団体だった。神社本庁も参加する愛国心に溢れる者の集まり、それが本来のEL累次体だ」

瑠那は突っぱねた。「大量虐殺至上主義のテロ組織です」

「シビック政変があったからだ。神社本庁のなかでも維天急進派が台頭したり、幹部も右派より極右、左派より極左が権限を持ったりするようになった。現行法の下で憲法を改革していくのは遅すぎるとの考えが広まり、ときに過激な手段に打ってでようとする派閥が急拡大した」

「核搭載衛星をウクライナに落とすのは、過激どころかただの破滅行為でしょう」

「EL累次体の現状は、戦時中の日本とよく似ている。上層部は固定観念にばかりとらわれている。組織内に貢献意欲はあっても、目的の共有と、上下間での意思の疎通に難がある。組織の末端の情報や戦略、問題提起を中枢につなげるような、若い議論を許さない。つまり自己革新が起きにくい組織体質に凝り固まってる」

凛香が嘲るようにいった。「おっさん。あんたが率先して変えればいいんじゃね？」

「私が戦時中の一市民として、公務員の要職に就いていたとしよう。国の方針にはおおむね賛成していて、自分なりに職務で貢献しているが、軍事とは無縁の立場だ。情報もすべて入ってくるわけではない。そんなときどうする？　一部の急進的な動きに批判精神を持ちながらも、なにが起きているか詳細は不明。ただ国を支えたい信念はある」

「おいでなすった。責任転嫁だろ。大人たちの卑怯なやり方」

「軍関係者は国民のことを、戦争における人的資源だとみなすが、もちろん断じて賛成できん。ＥＬ累次体も同じ状況にあるんだ。やり方はまずいと思いながらも、理念はどうしようもなく正しい。ほかに頼れる組織もない。放置したらシビックのような勢力に、また侵略されてしまうんだ。改革そのものは急務だ。わかるだろう」

瑠那は静かに問いただした。「愛国心ゆえにＥＬ累次体に参加したけれども、現状には反対しているメンバーが、あなたを含め多々いるとおっしゃるんですか」

「そうとも。イスラム教徒とイスラム原理主義者の関係といえば、きみにはわかりやすいかな」

「まちがった方針の中心勢力を、内部から討ち倒す動きはないんですか」

「それでは内ゲバになってしまうだろう。組織はどんどん分裂するばかりになる。私はＥＬ累次体の信念には強く賛成してるんだ。皇室重視、新憲法の制定、自虐的で反国家的な教育の禁止。いずれも正しいと思わないか？」

「でもＥＬ累次体が公に胸を張れる組織ではなく、違法な秘密結社だという自覚はあるんですよね？」

「そりゃ改革のために、多少手荒な方策をとらねば、国家がいつまで経っても弱いままだという焦りはある……。だが現在のような過激な革命を画策するのは反対だ。とはいえ理念と方針には賛同していて……だからこそ歯がゆい」

凜香があきれたような声を発した。「おっさんが爆弾を持って、馬鹿な革命主義者どもに突撃すりゃいいだろが。ＥＬ累次体だけで殺し合ってろよ」

藤澤は憤りをのぞかせた。「いまの話をきいてなかったのか。内ゲバなんか好ましくない。最高会議に名を連ねるのが誰か、正確なところはわからないし……。なにより軍隊みたいな革命計画実行部隊は恐ろしい。刃向かったら殺される」

「でたよ。結局はそれだろ。怖がって従わされてるだけ。なのに組織を抜けだせず、下支えしつづけるからたちが悪い」

瑠那は濱滝の日記を藤澤に差しだした。「ここにあなたの名が」

「ああ……」藤澤が悲嘆に暮れた顔で受けとった。「立場がちがっていても、脛に傷を持つ者どうし、意気投合することはある。信念を交えず、私と彼は親友になった。彼は平和主義者だったよ。恒星天球教に関わったことを心から悔いていた」

凜香が頭を掻いた。「おっさんもそうしろよ」

「藤澤さん」瑠那はいった。「わたし、その日記はもう何度も目を通しました。濱滝さんの形見です。どうぞお持ちください」

「……いいのかね？　だがきみの出生について、まだEL累次体が知らない情報が含まれているかも……」

「わたしたち姉妹がふたりきりでいる場所を、EL累次体に知らせること自体が、とてつもない危険行為でしょう。でもあなたを信用して連絡をとるよう、濱滝さんがわたしに勧めたんです。いまのお話をきいて確信しました。EL累次体のなかにいてもわかりあえる人はいる。あなたがそのひとりだと」

凜香が顔をしかめた。「甘えって！　瑠那。グラブジャムンに餡子を塗りたくるぐれえ甘えぜ。どうせ襲撃部隊が手ぐすね引いてまちかまえてるよ。このおっさんがそのつもりじゃなくても、ＥＬ累次体はひそかに兵隊どもを派遣しやがる」

瑠那の考えはちがった。「藤澤さん、ここへはおひとりで来たでしょう。尾行もされないよう注意を払ったはずですよね。あなたにとってわたしたちは恐怖の対象だけど、会わねばならないと決断してくださったんです。わたしはそう信じます。あなたを信じて連絡をとるべきと、濱滝さんが書き遺した以上は」

藤澤が深く長いため息をついた。「そのとおりだよ。きみらの呼びだしに応じるかどうか、最後まで悩んだ。会うこと自体がとてつもなく怖かったし、ＥＬ累次体への裏切り行為になるんじゃないかと……。しかし私は濱滝さんを信じていた。その濱滝さんがきみらを信じるのなら、私もそれに倣おう」

なおも凜香は不満げに銃口を藤澤に向けている。藤澤が内ポケットをまさぐると、凜香が警戒のいろをあらわにした。だが藤澤が取りだしたのは、一枚のメモリーカードだった。それを瑠那に手渡してくる。

受け取りながら瑠那はきいた。「これは？」

「私はＥＬ累次体の核となる人物が、矢幡前総理だときいていた。大半のメンバーが矢幡さんを慕ってEL累次体に加わってる。しかし、どうもそれが……」

「事実はちがうとおっしゃるんですか」

「腑に落ちないんだよ。矢幡さんと面識はないが、こんな過激な計画を後押しするとは思えない。とはいえ実際にEL累次体の中枢に誰がいるか、私のような下っ端にはわからないんだ。ただし私はエンジニアとして、そのアプリの作成に協力した」

「なんのアプリでしょうか」

「私の口からいわせんでくれ……。それを活用する勇気も私にはない。しかしきみには渡しておきたい。濱滝さんもそう望んでいたんだと思う」

「……わかりました」瑠那はメモリーカードを握りしめた。「ありがとうございます」

「EL累次体の一員として、私はきみらのもとから生還できた、きわめてレアな人間にちがいないだろうな」藤澤が神妙な顔になった。「きみらを国家反逆者ときめつける向きも多い。だが少しずつでも理解しあえていけば……。閉塞的な現状を打開するすべが見つかるかもしれない」

「ええ」瑠那はうなずいた。「お気をつけて。藤澤さん」

藤澤はどこか名残惜しそうな表情で瑠那を見かえすと、軽く頭をさげた。濱滝の日記を大事そうに携え、藤澤は廊下に引き下がり、そっと襖を閉めた。立ち去っていく気配がある。

　凜香が拳銃のグリップを両手で握り締め、室内をうろつきだした。うわずった声で凜香はつぶやいた。「瑠那を信用してるからこそ一緒にいるけどよ。やっぱ敵が襲ってこねえともかぎらねえよな。十五発まで撃って、そこからどうすりゃいい。もしミサイルで宿ごと吹き飛ばされちゃ、拳銃じゃどうしようもねえし……」

「心配ありませんよ」瑠那はてのひらのなかのメモリーカードを眺めた。「いまにかぎっていえば、しめした勇気は向こうのほうが大きかったはずです。後ろめたい人にできることじゃありません」

7

日が暮れた。千代田区の外れにあるマンション、最上階の角部屋。７０１号室に優莉結衣は帰ってきていた。

　部屋着はそのまま外出できる長袖シャツにデニムだった。パジャマでのんびりくつろぐ夜など、もう久しく経験していない。デニムには細めで丈夫なベルトを通してある。緊急時にはいろいろ使えるからだ。

結衣はリビングルームの閉じきったカーテンに近づき、わずかに隙間を開けた。向かいのマンションのようすをうかがう。監視の公安が詰める部屋にも明かりが灯っていた。十人の刑事が昼夜問わず見張りつづける。結衣が窓辺に寄れば、こちらのカーテンに影が映るが、ときどきわざとそうしなければならない。不在を疑いだすと奴らは踏みこんでくる。令状なしでもおかまいなしだ。

ほかに脅威は見あたらない。結衣はぶらりと窓辺から離れた。大学の後期履修登録で、授業を前期より増やしたせいで、このところ多忙になっていた。後期試験は年明けだが、いまはじきに中間テストがある。学祭にいっさい声がかからないのは幸いだった。

ダイニングキッチンへ向かいかけたとき、大きな物音をきいた。あきらかに建物内、それも結衣の部屋の間取りのなかだった。バスルームからきこえたとわかる。

結衣はバックルを外し、ベルトを引き抜くと、左右の手に両端を巻きつけた。システマのロープファイティングの要領で、両手のあいだにベルトを張っておく。慎重に脱衣所のドアを開けた。なおもバスルームからは物音が響きつづける。

浴槽はいま乾ききっているが、そのなかを踏み荒らすような音が断続的にきこえてくる。誰かいるのはもう明白だった。

マンションの屋上から、換気ダクトを垂直に下りれば、バスルームの天井の点検口に入れる。結衣が公安を撒くのに用いる出入口でもある。ふたりのベトナム人、ディエン・チ・ナムとミン・フォンは、この秘密の通路を知っている。だがディエン・ファミリーの人間が勝手に入ってきたのなら、こんなにノイズを立てまくるのは、いささかドジな所業に思える。

結衣は足音を忍ばせながら、キッチンの壁にある給湯器リモコンに歩み寄った。吐水温度の上限は六十度だが、マンションの貯湯タンク内の水温はそれ以上になっている。結衣は自室の給湯設備を改造し、高温のまま蛇口に達するようにしてあった。作動時の警告音や合成音声も、基板をいじりオフにしてある。

結衣は風呂給湯ボタンを押した。いきなりの豪雨のような音とともに、悲鳴がきこえたときには、すでに結衣は脱衣所ドアのわきに駆け戻っていた。バスルームの折れ戸が開く音がし、シャワーの噴出音もにわかに大きくなった。湯気が立ちこめるなか、人影がダイニングルームに飛びだしてきた。結衣はすかさず背後に飛びつき、相手の首にベルトをかけると、絞め上げながらひざまずかせた。

「うぇ！」ずぶ濡れの凜香がのけぞりながら叫んだ。「やめろよ結衣姉！」

「凛香!?」結衣は面食らった。「なにやってんの。ここに入りこむなんて」

すると脱衣室からもうひとり濡れ鼠が姿を現した。凛香と同じ日暮里高校の制服姿だが、やはり土砂降りの雨のなかを突っ切ってきたようなありさまだった。

瑠那がおずおずと告げてきた。「結衣お姉ちゃん……。突然ごめんなさい」

結衣はあきれた気分で瑠那を眺めた。「あんたまでなに?」

「おい」凛香がベルトで首を絞められたままもがいた。「さっさとこれを緩めろよ。まさかわたしへの殺意がぶりかえしたんじゃねえだろな」

「こっちの台詞でしょ」結衣はベルトの拘束から凛香を解き放った。「殺しに来たんじゃないなら、なにが目的よ」

凛香は仏頂面でフローリングに尻餅をつき、やれやれとばかりに首を手で押さえた。

「また気道をうまいぐあいに全力で絞めてきやがる。一瞬だけど三途の川が浮かんで見えたぜ」

「向こう岸で架禱斗と仲良くやんなよ」

「なんでわたしに決め台詞なんか吐きやがるんだよ。本気で殺るつもりならこっちも容赦しねえからな」

「声が大きい」結衣はうんざりしながら壁のスイッチをいれた。ＬＤＫのすべての照明が消え、代わりに窓際で複数の電気スタンドがいっせいに灯った。電気スタンドのLED電球は、すべてカーテンを間近から照らしている。光源はそちらに限定されたため、室内は間接照明のごとく薄暗くなった。

「あー」凜香がゆっくりと立ちあがった。「LEDと同じ光量をカーテンに向けときゃ、外からはなんの変化もないように見えるよな。室内にいる人間の影はいっさいカーテンに映らねえ。考えたな」

結衣はため息をついた。「そうでもない。子供のころに教わった侵入盗の基本テクニックでしょ」

本来の照明でも、リビングルームで天井のダウンライトより向こうへ行かなければ、カーテンに影は映らない。さっき脱衣室からダイニングキッチンに飛びだした凜香と瑠那の影は、公安に見られずに済んだ。

「でも」結衣は小言を口にした。「あんたたちがマンションに入りこむのを、公安が見てたら意味ない」

「そこは心配いらねえよ。屋上にはこっそり上ったし、奴らには絶対に気づかれてねえって。換気ダクトが結衣姉の出入口だってのは一目瞭然だったから、よけいな動作はいっさいしなかったしよ」

「どうだか」

凛香がむっとした。「点検口から落ちる位置にシャワーヘッドを向けてあったろ。熱湯を浴びせられるよう魔改造しやがったな。大家にいいつけてやる」

四女との会話はいつもめんどくさい。結衣は瑠那に目を移した。「来たからにはよっぽどの理由があるんでしょ」

「はい」瑠那は制服の胸ポケットから、小さな透明ポリ袋をとりだした。「万が一を考えて、防水にしておいてよかったです」

「いい心がけ」結衣はポリ袋を受けとった。なかにメモリーカードが入っている。

凛香が室内を見まわした。「伊桜里もここへ来たんだってな」

結衣は凛香にたずねた。「なんで知ってるの」

「あいつが日暮里高校を受験したがってるって話をきいたんだよ。まだ会っちゃいねえけど、結衣姉が一時保護者だったとも知らされた。伊桜里のやつ、優莉姓になりたがってるって? なんでいまさら」

「本人に会ったら理由をきけば?」結衣は指先につまんだポリ袋を振った。「瑠那。これ、なにが記録されてるの?」

「EL累次体の情報処理部門に所属する人から、提供を受けたファイルです」

凜香が勝手知ったるわが家のごとく、ずかずかと脱衣所に入っていった。「結衣姉、バスタオルを借りるぜ。瑠那も要るだろ？」

戸口からバスタオルが飛んできた。瑠那はそれをキャッチすると、濡れた頭にかぶった。「ありがとう」

結衣はポリ袋をひっくりかえし、てのひらにメモリーカードを落とした。幸いにも水滴の付着はなく乾いている。結衣はきいた。「名簿より価値あるデータ？」

「アプリです」瑠那がバスタオルで頭を拭きつつ答えた。「高速フーリエ変換により、音声の周波数波形を規則化します。パワースペクトルを基調としたチューニングで声質を変えます。しかも周波数ごとに、携帯電話キャリア会社の固定コードブックを参照し、抽出するんです」

「あー」結衣は瑠那を見つめた。「高性能なボイスチェンジャー？　そもそもスマホで通話する場合も、相手にきこえるのは本人の声じゃなくて、たくさんある音声データから似た声が抽出されて、再現される仕組みよね」

「二の三十二乗、つまり約四十三億通りもの声が固定コードブックに記録されてます。ある特定の声だけを抽出しつづけるんじゃなくて、元の発声の周波数の高低だとか、反響の仕方によって、ほぼ一音ごとに固定コードブックの抽出対象が切り替わります。

用いられるパターンが多岐にわたるほど、元の声が自然に再現されるんです」

凜香がバスタオルを首にかけ、風呂上がりのようなすっぴん顔でドアをでてきた。「元の声が再現できるんなら、別人の声に変えることもできるよな」

現代の技術なら容易に可能だった。第一興商とヤマハは、有名歌手の声で歌えるカラオケを共同開発した。ただし単純な機構のボイスチェンジャーでは、録音した声にどこか不自然さがともなう。科学鑑定すれば本人でないことも容易に見抜ける。

誰かの声を、別の誰かの声に完璧に変換するためには、あらゆるパターンが網羅されていなければならない。ほんの一瞬の、ふだんは口にしないトーンでの発声が、変換に異常を生じさせてしまう。そういうミスはけっして許されない。両者の声をつぶさに分析、すべての段階の声量や周波数ごとに、固定コードブックからどのデータを抽出しどう組み合わせるか。完全無欠のプログラミングによるAIの構築が必要となる。

瑠那がいった。「このアプリは、何者かの声を矢幡元総理の声に変換するための、複雑かつ膨大なプログラムだと判明しました」

なるほど、これは重要なしろものだった。結衣は緊張とともにつぶやいた。「誰のために開発されたアプリか考えるまでもない」

「矢幡元総理を装い、ＥＬ累次体を巧みに操る人物です。愛国者同盟として急進的なところがあったＥＬ累次体ですが、最近の異常すぎる革命計画の実施は、この人物に扇動されたかと」

凜香が真顔で歩み寄ってきた。「結衣姉。矢幡元総理っぽい声の録音、まだ持ってるだろ？　瑠那の話じゃ、これを使って元の声に戻せるかもってよ」

いっそう神経が昂ぶってくる。結衣は瑠那に問いただした。「ほんとに？」

「はい」瑠那がうなずいた。「プログラムを解析し、可逆アプリに改造したファイルを上書きしておきました」

にわかに落ち着かなくなってきた。結衣はリビングルームの本棚からノートパソコンを取りだし、ダイニングテーブルに載せた。「ＩＣレコーダーの音声データなら、このＨＤＤのなかに移し替えてある。例の矢幡元総理っぽい声の演説」

「お借りします」瑠那が椅子に座った。ノートパソコンのスロットにメモリーカードを挿入する。キーボードに両手を這わせつつ瑠那はきいた。「音声データはどこですか」

「デスクトップにある。そのフォルダのなか」

「これですね」瑠那がタッチパッドに指先を走らせ、画面内のカーソルを縦横に操作した。メモリーカード内のアプリに、音声データファイルのアイコンを重ねることで、自動的に読みこませる。瑠那がつぶやいた。「さて。どんな声がきこえてくるか……」

凜香が真剣に耳を傾けている。結衣も聴覚を研ぎ澄まし再生をまった。本物の矢幡前総理は行方不明のままだ。矢幡になりすましている者こそ、すべての黒幕である可能性が高い。いまこの瞬間にその声がきける。

半年ほど前、EL累次体メンバーの志鎌弥一郎という男を脅し、矢幡前総理の声とされる録音を入手した。あれは変換後の声だったが、いま元の声に戻される。これからノートパソコンのスピーカーから再生される。

言いまわしや息づかいは、前にきいた音声のままだ。けれども声はまったく異なっていた。矢幡前総理の声に変換されない、元の人物の声が室内に響き渡った。「梅沢。目的は正しかった。方法がまちがっていただけだ。不変の滄海桑田と至近の接触を忘れるな。以上だ」

結衣は前後不覚に陥った。あまりに衝撃が強すぎ、かえって感覚が極度に鈍化する、そんな境地に立たされた。茫然と凜香の顔を見る。見かえす凜香の愕然とする表情は、過度の恐怖にとらわれ、もはや失神寸前に思えた。

瑠那ひとりだけが、ただ難しい顔でパソコンと向き合っている。ぶつぶつと瑠那はいった。「五十代後半ぐらいの声でしょうか。矢幡元総理よりずっと低くて、凄みのある声の響きですね」

「……ねえよ」凜香が目を瞠ったままつぶやいた。「なんだよこれ。ありえねえって」

「はい？」瑠那が驚きの顔を凜香に向けた。「どうかしたんですか？」

うろたえる凜香が結衣にも視線を向けてきた。いっそう困惑のいろを濃くしている。結衣も尋常ならざる動揺にとらわれていた。脳の芯までが痺れ、たったいま耳にした現実が受けいれられない。

「ど」瑠那があわてたように立ちあがった。「どうかしたんですか？　結衣お姉ちゃん。凜香お姉ちゃんも……」

凜香の顔からすっかり血の気が引いていた。痙攣にも似た震えを生じつつ、目に大粒の涙を膨れあがらせた。「ねえって。そんなの嫌だ。絶対にやだ！」

結衣も口がきけなかった。みずからの息づかいが乱れ、極端に苦しくなる。呼吸困難になりつつあった。両手をテーブルについたが、膝の震えがおさまらない。いまにもへたりこんでしまいそうだ。

「な、なんで」結衣の口をつぶやきが衝いてでた。「なんで……？」

「やだよ！」凛香が泣きじゃくった。今度は顔面が紅潮しだしている。幼少のころと同じぐらい、いやそれ以上に号泣し、凛香がわめき散らした。「瑠那！　この声も偽物なんだろ？　そうだといってくれよ！」

「……凛香お姉ちゃん」瑠那はわけがわからないようすで応じた。「元の声は、固定コードブックから抽出された声と明確にちがいます……。喉頭筋による声帯粘膜の調整を通じて発した声です。これは正真正銘、誰かの地声なんです」

「結衣姉！」凛香はテーブルにしがみついていた。「嘘だといってくれよ。これも誰かの陰謀なんだろ？　いつもみたいに状況をひっくりかえせよ！　こんなの……。こんなことってあるかよ」

絶望にとらわれる感覚を、このところ結衣は忘れかけていた。いまはっきり思いだした。慄然とするばかりで思考がまともに働かない。感情までも制御が不可能になる。猛獣を前にした小動物のようにすくみあがるだけだ。理性を喚起しようにもその勇気すら生じえない。たちまち死を覚悟させられ、屈服の心を余儀なくされてしまう。

魂が身体を離れ、散りぢりになって薄らいでいくのを感じる。結衣は小さな子供のころに戻っていた。涙が滲みだしてもどうにもできない。泣き叫ぶばかりの凛香の気持ちが痛いほどわかる。いま結衣のなかにある感情もまるで同じだった。

瑠那が結衣の両肩をつかんできた。「しっかりしてください！　どうしたっていうんですか。いまの声は……？」

「……そういえば」結衣は虚空を眺めながらつぶやいた。「わたしたち誰ひとり、見てないよね。死刑の瞬間も、死体も」

凜香が慟哭も同然に声を張りあげた。「んなこといわれたって！　親の死刑になんか立ち会えるわけがねえし。遺体も引き取ってねえし、葬式なんかしてねえし！」

「なっ」瑠那は絶句する反応をしめした。「まさか……。じゃ、この声は……」

結衣は涙がとめどなく溢れだすのをどうにもできずにいた。遠のきかけた意識を必死につなぎとめる。それしかできない自分が、もどかしさを通り越し、ただ哀れな存在に思えてならない。結衣はささやいた。「お父さんの声……」

8

窓辺の電気スタンドはカーテンに向けられ、ＬＤＫのなかは薄暗い。結衣はフローリングに座りこんでいた。背を壁にもたせかけ、動悸を落ち着かせようと躍起になっていた。

凛香は部屋の隅でうずくまり、毛布にくるまりながら震えている。瑠那がその隣に寄り添っていた。父親を同じくする三姉妹のなかで、瑠那だけがあるていどの冷静さを保ちつづける。

長いこと沈黙があった。優莉匡太の記憶がまったくないからだろう。そのうち凛香が震える声でささやいた。「架禱斗兄は知ってたのかな」

結衣は視線を落とした。「知るはずない。架禱斗も母親の美咲も、あんたの母親の市村凛も」

「なんでわかるんだよ」

「ウェイ五兄弟に捕まったとき、わたし自身が死を偽った。立ち会った市村凛はだまされてたし、報告を受けただけの架禱斗も美咲も信じきった。優莉匡太の死刑が事実でない認識があったなら、そんな思考はありえない」

「あー……。そうだよな」凛香の顔から不安のいろは消えなかった。「だけどこんなことって……」

死刑に立ち会える人数はかぎられている。イチかバチか欺けることはありうる、結衣は身をもってそれを経験した。もし架禱斗が父の生存を知っていたのなら、結衣の処刑にもみずから立ち会い、その目で死の瞬間を確認しようとしただろう。ウェイ五兄弟からの報告を鵜呑みにした時点で、死刑の偽装という考え自体が、架禱斗や美咲の頭になかったとわかる。誰も父の生存を知っていたはずがない。

とはいえ優莉匡太はどこでなにをしていたのだろう。架禱斗が組織したシビックに、優莉匡太が君臨していた気配はない。美咲も匡太を頼っているようには思えなかった。だがふたりとも自覚せずに後押しされていたとしたら？

「なあ、結衣姉」凜香が喉に絡む声できいた。「お父さんは最後まで逃走してたよな？　岐阜県中津川市に潜伏してたところを逮捕されたって。もしかしてあれは別人……」

「ちがう」結衣は首を横に振ってみせた。「お父さんの逮捕後、わたしはいちどだけ面会してる。お父さん本人だった」

「おい。なんでお父さんって呼ぶんだよ。あんな奴を」

「あんただってお父さんって呼んだでしょ」

「そんなもんは、ちょっとした気の迷いだろ」

「いつもみたいに呼びなよ」

「いつもってなんだよ」

クソ親父。凜香は父のことをそう罵ってきた。結衣は急かした。「早く」

「なんでわたしにいわそうとするんだよ。結衣姉が先にいえよ」

「呼び方なんかどうでもいい」

「ならいわそうとすんな！」

子供じみたきょうだい喧嘩に、どれだけうろたえているかを自覚する。生存の可能性を嗅ぎとった瞬間から萎縮してしまい、幼少期のように弱腰になってしまう。父の耳に届くはずのない、この室内での会話でさえ、無礼を働くのが怖い。馬鹿げているると思っても感情を抑えきれない。

瑠那が低い声でささやいた。「優莉匡太をクソ親父と呼べばいいんですか」

思わずびくっとする自分が腹立たしい。結衣と同じ反応を凜香もしめした。凜香は怯えきった顔を瑠那に向けた。「よせよ。やべえって」

少しばかりあきれた面持ちで瑠那はいった。「凜香お姉ちゃん。わたしにとっても実父は腹立たしい存在です。でもそんなに怖がらなくても」

「駄目なんだよ」凜香が情けない声を発した。「自分でもみっともないと思うけどさ。震えがとまんねえ。どうしたらいいかわかんねえ」

当惑のいろとともに瑠那が結衣に向き直った。「優莉匡太が収監されていたのは…

…？」

「東京拘置所」結衣は答えた。「逮捕された岐阜から都内へ移送されて、以後は最高裁判決まで、ずっとこっち。それ以降も」

「死刑に立ち会えるのは、検察官と検察事務官、拘置所長、それに……」

「刑務官と教誨師、死をたしかめる医師ぐらい」

「ごくわずかな人数ですね。それらの人たちと会ったことは？」

「ない。誰なのかもまったく知らされてない。死刑執行自体、昭和五十年ごろまでは前日に伝えられたから、身内が急いで面会に赴いたりしたそうだけど、現在では当日の朝に死刑囚に告げられるだけだし……」

「立ち会った検察官が、遺族のもとへ報告に来るわけでもないんですね」

「わたしたちはまだ小さかったし、公安からそれぞれの児童養護施設へ、伝言があっただけ。死刑が執行されたって。職員はしばらくいうのをためらってたけど、報道があったから……。兄弟姉妹はみんな知った」

「すると立ち会った人たちはいっさい不明、単なる報告だけで死を確信したんですか」

凜香が声を荒らげた。「仕方ねえだろ。警察も検事も弁護士も、信用ならねえ大人たちって認識だったけど、司法はちゃんと機能してると思ってたんだよ。あの時点ではな」

考えてみれば、その確信も揺らいで当然の世のなかになっている。政府は欺瞞ばかり、ＥＬ累次体の影が絶えずちらつく。いや政府そのものがＥＬ累次体だ。梅沢総理以下、複数の閣僚から官僚までが、名簿のなかに連なっているのだから。

だが優莉匡太が死刑になったころ、ＥＬ累次体の前身組織は、そこまでの力を持ちえたのだろうか。

死刑執行をきめるのは法務大臣だ。法務省内の手つづきを経たうえで、法務大臣の執行命令がでる。五日以内に指揮検察官が、死刑執行指揮書に基づき、拘置所長に執行を一任する。

死刑当日の父について、詳しいことは伝えられていない。ただ通常どおりの執行手順を踏んだとされている。通常どおりとは、すなわち午前九時ごろ、死刑囚へきょうの執行が告げられる。ただちに出房し、刑場へ連行後、一時間ほどの猶予があたえられる。教誨室で教誨師と話す自由がある。教誨師は宗教家で、死刑囚本人の信仰にもよるが、たいてい仏教の僧侶になるらしい。菓子やタバコをあたえられたりもする。遺言を書く最後の機会でもあるが、優莉匡太はなにも遺さなかった。

執行室の手前に、カーテンで仕切られた前室が存在する。そこで拘置所長から死刑執行命令が告げられる。目隠しをされ、手錠をかけられ、執行室へと移動する。踏み板の上に立ち、両足を拘束され、首に絞縄がかけられる。執行室はガラス張りだ。検察官らは立会室からガラス越しに、刑の執行を見守る。

あとはよく知られているように、別室の複数のボタンを、複数の刑務官が同時に押す。踏み板と連動するボタンはひとつだけだ。死刑囚は執行室の階下へ落ち、首吊り状態で死に至る。医師が死亡を確認してから、五分経過しなければ絞縄を解けない。

死刑に立ち会った検察事務官が執行始末書を作成する。検察官と拘置所長が署名押印……。報告の根拠となるのは、そのペラ紙一枚だ。書類の存在により、死刑執行の一部始終があったと、疑いもなく信じざるをえない。法治国家なら黙って受けいれるよりほかにない。

けれどもこの社会では、常識外の事態がしばしば起きる。極端な円安の進行で日本が弱体化し、信用ならない政府のもと、あらゆる局面で不正が横行する。EL累次体による支配も如実になったいま、権威性のなにが信じられるというのだろう。

凜香が物憂げにつぶやいた。「死刑当日に立ち会った奴ら、どうにかしてつきとめられねえのかな」

瑠那が深刻そうに応じた。「公務員の守秘義務のなかでも、死刑に関することは最重要機密らしいですから……。けっして口外されません。立会人の顔ぶれはわからないままでしょう。ただ……」

「なんだよ」

「死刑執行よりも前から、教誨師が立ち会います。教誨師とは定期的に会っていたかもしれません。その場合、教誨師の名については、死刑囚がほかの面会者との会話のなかで、ぽろっと明かすこともありえます」

結衣はうつむくしかなかった。「残念だけど……。わたしが面会したとき、優莉匡太は教誨師の名前なんて、ひとことも……」

瑠那も沈んだ面持ちになった。「そうですか……」

「畜生」凜香が両手で頭を抱えた。「誰でもいいから、本当に死んだといってくれよぉ」

そう願いたい気持ちは結衣も同じだった。けれども祈りや念で状況は変えられない。落ち着けと結衣は自分にいいきかせた。状況を冷静に判断できなければ前へ進めない。

父が死んでいなかった。世間は誰も知らなかったが、じつは優莉匡太が生存している、それを動かぬ事実と仮定してみる。そのうえでいままでなにがあったかを振りかえる。

　優莉匡太が岐阜で逮捕されるより早く、六本木オズヴァルドに機動隊が突入した。矢幡嘉寿郎の妻だった美咲は、外務省職員に裏で働きかけ、架禱斗の出国を手助けした。そこだが匡太と愛人の美咲とのあいだにできた長男、架禱斗は姿を消していた。矢幡嘉寿郎までは判明している。

　けれども十代半ばの少年だった架禱斗が、たったひとり中東へ逃亡できたとして、即座にタリバンに迎えられるだろうか。しかも架禱斗はすぐにアルカイダへ移り、少年兵ながら幾多の戦場を経験、たちまちリーダー格へとのしあがった。

「瑠那」結衣はきいた。「タリバンやアルカイダは、一介の少年兵にもチャンスをあたえる組織体質なの？」

「タリバンはちがいます」瑠那が慎重な物言いで答えた。「アルカイダはメンバーシップでなく、理念でつながるネットワークなので、組織によってさまざまです。でも架禱斗がいたアンサール・アル＝シャリーアの後ろ盾、アラビア半島のアルカイダは
……」

　凜香が口を挟んだ。「まった。あっちにいたころの架禱斗を知ってるのかよ」

「はい……。ぼんやりと思いだしたんです。ＭＳＦの医師が、わたしの血液サンプル

を日本へ送るにあたり、アンサール・アル＝シャリーアが実効支配する空港を経由しました。その後に非公式な出国の手筈が整えられたのも、架禱斗の口添えあってのことらしくて」

「マジで？」凜香が不審がる態度をしめした。「まだ架禱斗兄も向こうへ行って日が浅い少年兵だったのに？　影響力ありすぎじゃね？」

「架禱斗はその後、十八歳でテロ請負業者としてサイトを立ちあげ、二十四歳までに二千四百億ドルを集める、オンライン国際闇金融組織シビックに成長させました。当初からやり手だったと考えるべきじゃないでしょうか」

たしかに架禱斗は手広くやっていたが、その礎となる少年期にかぎれば、あまりに早く力を持ちすぎに思える。単なる日本脱出とちがい、タリバン入りやアルカイダへの移籍は、美咲の口利きでどうなるものでもない。

もはやじっくり考えるまでもなかった。海外テロ組織にキャリア少年兵として迎えられたのは、強いコネがあったからだ。優莉匡太の推薦あればこそ可能になった。以降のシビックの急拡大も、架禱斗が気づかないうちに、匡太が各方面へ根まわししていたとなれば腑に落ちる。

匡太は長男架禱斗のシビックを日本にけしかけた。その結果どうなったか。矢幡前総理を中心とする、国内最大の保守主義ナショナリスト団体が、より急進的なＥＬ累次体として再編された。しかも匡太は矢幡になりすまし、ＥＬ累次体を操り、過激な革命を志すよう仕向けた。

凜香が投げやりにぼやいた。「あんな滅茶苦茶な革命計画とやらを、クソ親父がやらせてるって？　なんの得があるんだよ」

結衣は思いのままを告げた。「計画の成功を悲願にしていたのは、梅沢総理以下、ＥＬ累次体のメンバーだけ。優莉匡太はＥＬ累次体が勝とうが負けようが、かまわず操りつづけた」

「その目的はなんだよ？」

ＥＬ累次体は現総理や閣僚が多数参加する、日本政府の裏の顔そのものだ。それゆえか旧日本軍のような欠点も随所に表れている。最前線を知らない政治家らが決定する、絵に描いた餅のような作戦計画の数々。巨額の予算をつぎこみ、慎重かつ几帳面に準備を進めるまでは、日本人気質が長所となる。だが一方で最前線の兵との連携がとれず、いったん計画が狂いだすと、臨機応変な対応への苦手さを露呈する。思考の凝り固まった上層部のせいで、無謀な計画のまま突っ走り、結果として敗退を繰りかえす。

中国人民解放軍の大物にして裏切り者、ハン・シャウティンのような誇大妄想狂と組むのも、ナチスのヒトラーと手を結んだ日本と変わらない。仮に同盟が戦果をあげたとして、それがのちにどんな結果を生むかも考えない。短絡的かつ近視眼的に、目の前の勝利だけを求めてしまう。

シビック政変のせいで追い詰められたからとはいえ、過激化したEL累次体を軸とする政府は、もはや自滅行為に走っている。国をあげての組織が理性を失い、狂気に至るはずがないとの見解は成り立たない。つい八十年ほど前、この単一民族国家は地獄をみたばかりだからだ。

優莉匡太はなにを望み、どんなことをしてきたか。もうあきらかだった。国がどうなろうが匡太は知ったことではない。

父は子を育ててきた。架禱斗、智沙子、結衣、篤志、凜香、瑠那を。なんのために幼少期から違法行為を身につけさせ、法に対する超然とした姿勢を、当然の感覚として学ばせてきたか。匡太は自分の夢、常々語っていた優莉ファミリーによる日本支配を、まず長男に託した。結衣が架禱斗を殺してからは、結衣を頂点とするファミリーを形成させた。すなわち結衣が、優莉匡太の後継者だった。

心のなかを掻きむしられるも同然の、激しい焦りばかりがひろがる。父親とは考え方がちがうと反発してきた、そのはずだった。しかしいまはどうだろう。政府、公安、警察。あらゆる国家権力に楯突き、裏をかき、打ちのめしてきた。結衣は体制を憎み、法を無視して生きるのがふつうになった。架禱斗を除く兄弟姉妹の信頼も徐々に得て、外部の仲間を増やしていった。いわばファミリーの拡大だった。

それでも父が死んだと信じればこそ、自立できたと感じていた。ところが事実はちがった。依然として父の手のなかだ。架禱斗との兄妹喧嘩は、どちらが優莉匡太の理想を実現するかを競う、後継者争いでしかなかった。勝者の結衣は、いつしか父の夢を叶えていた。

結衣はつぶやきを漏らした。「子供たちを試し、鍛え、育てていった。その結果、わたしたちは……。父親の思惑どおりに育った」

凜香は半泣きになっていた。「馬鹿いえ！　六本木オズヴァルドにいたころと同じだってのかよ。なにもかもあのころの延長かよ！」

瑠那が遠慮がちにささやいた。「結衣お姉ちゃん……。優莉匡太は結衣お姉ちゃんが、国家権力のトップと結びついてしまうのを避けるため、矢幡前総理を攫ったんです」

同感だった。そうにちがいないといまになってわかる。矢幡さんは美咲の夫だった。

美咲は優莉匡太の潜伏先を、匿名の手紙で夫の矢幡に教えた。矢幡が手紙を警察庁長官に届けたことで、匡太の逮捕につながった。つまり美咲は匡太を矢幡に売った。架禱斗を独占したかった思惑がうかがえる。匡太はあきらかに矢幡に対し憎悪を抱いている。

しかし匡太は死んでおらず、長男の成長を蔭で支えた。架禱斗が母親の美咲から離れないことや、父親を超えたと自負する態度に、匡太は苛立ちを募らせただろうか。取るに足らない事象にすぎなかったのかもしれない。匡太は遙かなる高みから、兄弟姉妹と日本政府を見下ろしていたからだ。

果てしなく気が鬱する。結衣はいった。「わたしと矢幡さんが信頼しあうのを妨害するため、お父さんは矢幡さんを攫った。お父さんにとって後継者は、反国家権力者でなければいけなかったから」

凜香が嚙みついてきた。「またお父さんとかいってやがる」

結衣は苛立ちを募らせた。「クソ親父っていおうが、種馬のクズって呼ぼうが、なんだって一緒でしょ。言葉の綾なんかどうでもいい」

瑠那が結衣を見つめてきた。「ＥＬ累次体の会議に出席してる政府閣僚たちは、矢幡さんが表と裏でうまく二枚舌を使い分けてると思ってたでしょう。いっさいＥＬ累次体について口外しない規律があるんだから、国会内や官邸内での言及を避けるのは自然です。しかもその後、本物の矢幡さんが失踪するに至って……」

「ＥＬ累次体での矢幡前総理の発言が、際限なく過激化の一途をたどった」結衣は深くため息をついた。「もちろん本当は優莉匡太の声。ＥＬ累次体は三体衛星を墜落させ、核戦争で東半球の勢力図を書き換えようとする、狂気のレベルまでエスカレートした」

愛国者同盟たるＥＬ累次体にしてみれば、優莉家の根絶は正義でしかない。しかし優莉匡太は、ＥＬ累次体を暴走させては、しばしば歯止めをかけさせた。匡太は子供たちを殺させまいとしつつ、絶えずテストし、鍛錬することに余念がなかった。

凜香が頭を掻きむしった。「誰も気づかなかったってのかよ！　矢幡がじつはクソ親父だってことに」

例外がいると結衣は思った。「亜樹凪は知ってた」

「なんだって」凜香が目を丸くした。「マジか」

亜樹凪は結衣にいった。〝あなたをＥＬ累次体に迎えたい。瑠那や凜香も一緒に。だけど本当は、わたしが優莉家に加わりたかったのかも。結果は同じことだけど〟

結果は同じことだけど。あのひとことの真の意味がこれだ。法を超越した反社ファミリー、優莉家に亜樹凪は加わりたがった。一方でEL累次体に結衣たちを迎えた場合でも、頂点にひそかに君臨するのは優莉匡太。どちらに転ぼうとも、亜樹凪と結衣たちが、匡太の子供どうしになる運命は変わらない。亜樹凪はそういいたかったのだろう。

すなわち亜樹凪は知っている。優莉匡太が生存し、EL累次体を牛耳る立場にあることを。

凜香はたまりかねたように床を這い、テーブルに近づくと、ノートパソコンからメモリーカードを引き抜いた。「このアプリをEL累次体の奴らにくれてやろうぜ。変換前のクソ親父の演説も付けてよ。あいつらの目を覚ますにはそれしかねえ」

瑠那が首を横に振った。「わたしたちから渡したら意味がありません。優莉家の子供たちが、父たる優莉匡太の声を披露するだけですよ。EL累次体の幹部陣は、優莉匡太の生存に驚くかもしれませんが、矢幡元総理の声が別人だとは信じません。そのように信じさせる優莉家の陰謀だと考えます」

「んな馬鹿な！」凜香が吐き捨てた。「閣僚どもは認知症の集団かよ。自分たちのトップは疑わないって？」

「そうです。上を根本的に否定しないのは、日本人組織の大きな特徴です。自分が属する集団の体制や信念、方針がひっくりかえされることを、日本人は好みません」

「正気の沙汰じゃねえだろ」

「だから戦時中も一億総玉砕という言葉がでてきた……。イエメンのゲリラからはそう教わりましたが、外国の目だけに偏ってるかもしれません。それでもEL累次体には当てはまる気がします」

「このアプリは現に、EL累次体の情報処理部門が手がけたんだろ！　関わった人間も大勢いるだろうし、物証も残ってるにちげえねえ。そこんとこをあいつらが理解すりゃ……」

　いきなり強い縦揺れが身体を突きあげてきた。結衣は息を呑み天井を仰ぎ見た。凜香と瑠那も床に伏せた。地震でないことは察しがついた。一秒ほど遅れて窓が激しく振動し、ブザーのような音を奏でたからだ。なんらかの衝撃波が窓を揺さぶった。音はすぐ小さくなっていった。

　結衣は跳ね起きると、キッチンの壁のスイッチを操作した。窓辺の電気スタンドが消灯し、室内は真っ暗になった。カーテンに歩み寄り、そっと隙間に目を近づける。凜香も這ってきた。瑠那も合流し、三人で外のようすをのぞく。

　七階の高さから見る千代田区の市街地。この辺りは低層住宅が多いが、遠方にはもっと高いビルも林立する。特徴的な形状の大型複合ビルから、真っ赤な火柱が立ち上り、夜空を焦がしていた。灰いろの煙が球状に膨張しつつ、辺り一帯に拡散すると、ネオンの光が曇りだした。

凛香が緊迫の声でささやいた。「近いな」

結衣はカーテンを閉めきった。「あれは東京ガーデンテラス紀尾井町。三十六階建ての、見たところ出火は二十階ぐらい。ここまで衝撃波が到達するぐらいの爆発があった」

「なにが入居してた？」

瑠那が答えた。「十九階と二十階はデジタル庁です……」

都心のできごとだ。ただちにマスコミが反応するにちがいない。結衣は寝室のドアを開けた。三人でそちらへ移動する。寝室の窓には、内側から防弾仕様の鉄板が嵌めてあるため、室内は真っ暗だった。ドアを閉めたのち、リモコンでテレビを点ける。いましがた窓から見たのと同じ光景が、別角度から画面に映しだされた。アナウンサーの声が興奮ぎみに告げる。「繰りかえしお伝えします。都内の少なくとも十数か所で、同時多発的に爆発が発生しました。東京ガーデンテラス紀尾井町ほか、元麻布や赤坂のマンション、田園調布や目黒区青葉台の住宅などが炎上中です。詳しいことはまだわかっておらず……」

　画面が切り替わった。夜の高級住宅地、豪邸が連なるなか、一軒が丸ごと炎に包まれていた。近所の住人がスマホカメラで中継する動画を、テレビ局が譲り受けたらしい。

　瑠那が驚きの声を発し、自分のスマホをとりだした。画面をタップする。

　結衣は瑠那にきいた。「釈迦に説法だけど、位置情報を探知されない？」

「だいじょうぶです。対策してあります」瑠那が画面を凝視したまま息を呑んだ。その画面を結衣に向けてくる。

　グーグルのストリートビューだった。昼間の住宅街だが、路地や街灯の位置を見比べると、テレビに映っている火事と同じ場所だとわかる。結衣は住所表示を読みあげた。「目黒区青葉台五の十六の七……」

「なっ」凜香が飛びつくように画面をのぞきこんだ。「なんてこった。藤澤のおっさん家じゃねえか」

　結衣にとっては知らない名だった。「藤澤？」

　瑠那が応じた。「藤澤尚武さん。デジタル庁勤務ですが、ＥＬ累次体のメンバーで、さっきの音声変換アプリを作成したチームのひとりです」

「……そう」結衣は重苦しい気分にとらわれた。「たぶんほかの爆発があった家々も……」

「ええ。アプリ作成チームの全員が標的になったんでしょう。デジタル庁のオフィスや専用サーバーも破壊されて……。あのアプリが作られた物的証拠は、証人とともに葬られました」

凜香が手にしたメモリーカードをしめした。「ここにアプリが丸ごと残ってるじゃねえか。あ、だけど……」

それがなんになるだろう。アプリが使用された証拠はなし。優莉匡太の音声を、その子供たちが持っているだけだ。公開すれば優莉家の脅威が増し、世間の恐怖を煽る。国家を挙げての優莉一族狩りにつながる。そんな未来しか見えない。

ふいにインターホンが鳴った。結衣はドアへ向かった。「ふたりとも寝室からでないで」

消灯したままのダイニングキッチンへ足を運ぶ。インターホン室内機の小さなモニターに、公安の馬鹿面が映っていた。

結衣はボタンを押し応答した。「はい？」

「優莉結衣か」公安の刑事がぞんざいな口調できいた。「いま部屋にいるのか？」

「当然でしょ」

「ほんとか？　スマホで遠隔応答してないか」

ため息をつき、結衣はリビングルームへ歩いていった。窓辺に立つとカーテンを開け放った。

向かいのマンションの窓に、複数の刑事らが雁首を揃え、こちらを監視している。暗がりのなかでも目が合った。しかめっ面の刑事たちが部屋の奥へひっこんでいく。

結衣はカーテンを閉じた。都内で大規模な惨事が発生した以上、公安は監視対象の動きを確認したがる。これで納得がいっただろう。結衣にはアリバイがある。いちいち爆発に関わっていると思ったら大まちがいだ。

……とはいえ間接的には関係も否定できない。結衣たちがいるからこんな災難が起きる。陰鬱な気分とともに、結衣は寝室に引きかえした。

凜香が不安をあらわにすり寄ってきた。「結衣姉……。これからどうすりゃいいんだよ」

言葉を失う。なにをすべきかまったく頭に浮かばない。結衣はつぶやいた。「わからない……」

「はあ？　わからねえってなんだよ。結衣姉、真剣に考えてくれよ。お父……親父はどうでる？　結衣の前に現れて、俺に従えって命令してくるとか？」

「いえ……。たぶん現れない。優莉匡太がわたしを従属させる必要なんて、もうありはしない。とっくにお父さんの望みどおりになってる。すでにお父さんが目的を達成してる」

「お父さんっていうなよ！　結衣姉。そりゃいったいどういう意味だよ。わたしたちはクソ親父の願いどおりに……。クソ娘に育っちまったってのか？」

　そのとおりだろう。国家に刃向かうだけでなく、まったく動じず、死体の山ばかりを積みあげていく子供たち。結衣と兄弟姉妹が、父の理想を具現化した。架禱斗が日本を恐慌状態に陥れ、泡を食った政府が狂気の組織に変貌し、血眼になって兄弟姉妹の討伐を企てる。だが優莉匡太の子供たちが、向かい来るＥＬ累次体の手先をものともせず、ひとり残らず皆殺しにしていく。法治国家が機能を失い、政府は無秩序状態となり、自滅的な革命計画ばかりを繰りかえす。

　優莉匡太が望んだとおり、子供たちが日本を滅ぼした……。架禱斗が外から、結衣は内から攻めた。この国を終末に向かわせたのは優莉匡太の子供たち。架禱斗亡きあと、兄弟姉妹の中心になったのが、ほかならぬ結衣だった。

　胸が抉られるほどの自責にさいなまれる。結衣はなすすべもなくたたずんだ。

「わたしたちだった」結衣は声にならない声でささやいた。「この国を悪化させ、腐らせていくのは、わたしたちだった……」

凜香があわてたように涙声を張りあげた。「結衣姉！　やめてくれよ。いまさらそんなこというな！」

父親の支配から脱したと信じればこそ、自分があると思ってきた。ところがどうだろう。いまも人生は父の意図したままだ。なにもありはしない。優莉結衣などいやしない。凜香も瑠那も、篤志や伊桜里もだ。優莉匡太の子供たちがいるだけだ。

そんなふうに感じた瞬間、悲哀ばかりが痛烈にこみあげてきた。胸のうちに留めようにも、泣きだそうとする衝動を抑えきれない。結衣の全身が震えだした。唇を嚙んだものの、いまにも涙が堰を切ってあふれそうだ。

瑠那が動揺をしめしながらも、急ぎ距離を詰めてきた。「結衣お姉ちゃん。まだわからないこともたくさん……。そんなに自分を責めないで。結衣お姉ちゃんは正しい」

そう思えるのは兄弟姉妹の一員だからだ。国を狂わせてしまい、破滅に向かわせるばかりの元凶に、自覚など芽生えなかった。それが結衣の生きざまだった。けれどもひとたび気づいてしまうと、もう堪えられない。

かろうじて自分をつなぎとめ、結衣はささやき声を絞りだした。「ふたりとも、外が明るくなる前に帰って」

妹たちの前で、あまり涙は見せたくないが、もう限界が近づいている。結衣が無言で立ち尽くすうち、瑠那は察したように、凜香をうながし隣のリビングへ向かいだした。凜香は寂しげなまなざしを結衣に投げかけたものの、なにもいわず瑠那とともにドアの向こうへ消えた。

明かりを点ける気になれない。結衣はベッドに座った。今度はテレビが目に入る。まだ緊急特別番組がつづいていた。リモコンを探す余裕もなく、結衣はシーツをかぶり、横向きに寝た。背を丸め、震えながら目を閉じ、心を鈍らせようと躍起になる。だが神経が昂ぶったまま、いっこうに休まらない。幼少期と同じだと結衣は思った。長いこと忘れかけていた感情にとらわれる。けっして抜けだせない。その感情がなんなのか、おぼろにわかってきた。恐怖だった。

9

今朝も暁どきを迎えようとしている。真っ暗だった夜空がわずかに明るくなってきていた。日の出がどんどん遅くなる。間近に迫る冬を冷えた空気に感じる。けれどもこの肌寒さは本当に、季節のせいだけだろうか。

瑠那は東日暮里四丁目界隈に来ていた。ひとけのない路地の両側には、三階から五階の低層ビルがひしめいている。どれも間口が狭く、奥行きもほとんどない。しかも建物の造りが古かった。庶民の住宅街で暮らしやすそうだが、地価が安くないとこうなりがちだった。建て替えるとセットバックを義務づけられるため、みな老朽化したまま住みつづける。

凜香が暮らす児童養護施設は、そんな街並みのなかに溶けこんでいた。ただし一軒だけ背が低い。外観は二階建て家屋にしか見えない。玄関のドアも民家そのものだが、いまは固く閉ざされていた。

日暮里高校の制服姿のまま、ふたりは路地にたたずんだ。凜香がためらいがちにつぶやいた。「こんなに露骨な朝帰りは久しぶりだしなぁ……。どう顔を見せりゃいいか」

都内同時多発の爆発のなかでも、結衣のマンションはガーデンテラス紀尾井町に近く、公安たちも駆りだされたらしい。午前三時すぎには、向かいの監視もかなり人を減らしていた。好機に浴室の天井から屋上へと抜けだし、見つからないように反対側の外壁を、ボルダリングの要領で下った。金持ちの凜香は、都内各所の自転車置き場に、逃走用の自転車を停めてある。そのうち二台でここまで来た。街頭防犯カメラを避けるのに苦労した。いちど乗った自転車は、少し離れた場所に放置してくるのが常だ。いまも三百メートルほど手前で乗り捨ててきた。しかし……。

瑠那は凜香にいった。「さっきの自転車で、うちのアパートに来ればいいですよ。どうせこのまま登校するでしょう？」

凜香が顔をしかめた。「施設長のオバハンがうるさくてさ。この時間に帰るだけでも大激怒だろうけど、ほっとくと通報までされかねなくて」

「そうなんですか……。わたしも一緒に謝りましょうか」

「いいって。さすがに小学生じゃねえんだし。だけどさ……」凜香は玄関に向かいかけたものの、そわそわした態度をしめし、また瑠那を振りかえった。「やべえ。寝るのも無理だし、悠長に学校へ行くなんてもっと無理」

瑠那はどういえばいいかわからなかった。優莉匡太が生きている。むろん瑠那にとってもショックだが、凜香の動揺は察するに余りある。幼少期から死と隣り合わせの虐待を受け、歪んだ情操教育のみならず、人殺しを学ばされた。父親の存在自体が条件反射的に恐怖を誘発するのだろう。凜香の心の一部は、幼少期に戻ってしまったように見える。結衣ですらそうだった。

「なあ瑠那」凜香が弱腰にささやいた。「親父が生きてるなら……。わたしたちになにをさせたい？　手下にして働かせるつもりかよ？」

　そうではないと瑠那は思った。「結衣お姉ちゃんもいってましたけど、優莉匡太はわたしたちと会う気はないでしょう。あれこれ指図したり、命令を下したりもしない。わたしたちはこれまでどおりに生きるんです」

「これまでどおりに……」

「EL累次体に染まった国家と抗争していく。しだいに政府が力を失い、治安が乱れ、経済も逼迫します。わたしたちはまだ若く、これからも法を無視して、やりたい放題やるでしょう。その振る舞いが国家を苦しめ、破綻に向かわせるんです」

「政府を正気に戻せないのかよ？」

「もともと架禱斗を筆頭に、わたしたち兄弟姉妹のような狂気と対峙するため、国の方針が捻じ曲げられたんですから……。少なくともわたしたちから声をかけても無駄です。EL累次体は優莉匡太が掌握し、意のままに操っているため、敵前逃亡は許されず、メンバーも背水の陣で挑んできます」

「抗争は永遠につづくってのか？」

「わたしたち兄弟姉妹の全員が死ぬか、政府が破綻するまでは……」

「畜生」凛香が悪態をついた。「わたしたちはこのまま玩ばれるだけか。クソ親父が下りてきて、わたしたちに向き合って、こうしろああしろと命令してくるってんなら、ワンチャン寝首を掻くチャンスもあらぁ。だけど放置だなんて」

「だから結衣お姉ちゃんも取り乱してたんだと思います……。わたしたちが生きていくためには、はみだし者のまま、ＥＬ累次体の襲撃を返り討ちにしつづけるしかない……。いまさら過去の罪を認めて、世間にすべてをぶちまけても、なんの意味もない。ＥＬ累次体が支配する警察に逮捕され、死刑になるだけだからです」

匡太は死を偽り、悪意を子供たちに託すとともに、国家を揺さぶりつづけた。結衣も凛香も権力に反発しながら育った。殺し合いを辞さず、法に背いたまま生きるすべをおぼえた。優莉家の存続が政府を狂わせ、手段をも選ばぬ革命に走らせた。文字どおり優莉の子供たちが国を滅ぼしていく。

凛香は泣きそうな顔で歯ぎしりした。「そもそも国のほうが悪いんじゃねえか！わたしたちがＥＬ累次体の奴らをぶっ殺すのには謂れがあるだろ」

「国が異常な方針に走りだしたのは、架禱斗のシビック政変がきっかけですから……。そもそも論はちがうかも」

「警察はわたしたちを小さいころから迫害してきたんだよ。架禱斗兄がああなっちまったのも国が悪い」

「優莉匡太が極悪人だったから、警察も強硬手段を辞さなくなったんです。武装半グレ集団のリーダーだっただけでなく、友里佐知子とつきあいだしてからは、本格的なテロの知識も得たのですから、優莉家への警戒は当然です」

「瑠那はどっちの味方だよ！」

「もちろん凜香お姉ちゃんの味方です！」瑠那の視野は涙で揺らぎだした。「わたしも優莉匡太の子供です。凜香お姉ちゃんの妹なんです！」

凜香が及び腰になったのは、怒鳴り声が施設にきこえてはまずい、そう思ったからだろう。けれども凜香は瑠那を責めたりはしなかった。ただしょんぼりと肩を落とし、憂鬱（ゆううつ）そうに下を向いた。「すまねえ……。瑠那は天才だからさ。わたしは凡人。だからとんでもなく不安で」

「そんなことありません。凜香お姉ちゃんはすごく強くてやさしい人です」

「狂犬みたいにいわれて、野良犬っぽい人生だと思ってたけど、じつは親父の庭で放し飼いにされてただけだったんだな」凜香の目はまた潤みだしていた。洟（はな）をすすりながら凜香がつぶやいた。「架禱斗兄が政府をいかれさせちまったのを発端に、わたしたちがそれを引き継いでるわけか。死ぬまで世を混乱させつづけろって？」

「ええ。国が疲弊し、警察が力を失い、法が有名無実となり……。凶悪犯罪が世にあふれます。ホンジュラスの数百倍ひどい状況でしょう。優莉家が嵐の中核となり、社会を混乱させ破滅に至らしめる。それが優莉匡太の狙いなんです」

架禱斗のシビックのように、独裁者として支配欲を突き詰める野望とは、根底からちがう。そもそも架禱斗は、匡太にとって盤上の駒のひとつ、最初の一手でしかなかった。架禱斗により幕が上がり、政府側では追い詰められた愛国者たちの、異常な迷走劇が始まった。彼らが強い日本をめざそうとするたび、優莉家の子供たちが妨害してきて、戦争並みの抗争となる。敗退しつつある旧日本軍のように切羽詰まったEL累次体はむきになり、いっそう過激化の一途をたどる。国は確実に壊れていく。

凜香は憔悴（しょうすい）のいろを漂わせていた。「わたしたちがみんな死ねばいいのかよ」

「いいえ」瑠那は胸を痛めながら否定した。「そうなったらEL累次体の無謀な革命が果たされます。世界人口を半減させるとか、健常者でない人たちを全員抹殺するとか、少子化解消のため若い女に妊娠を強制するとか……。国が乱心のまま突っ走るだけです」

「抗争からドロップアウトできねえってことか……」

「そうです……。永久に国と争いつづけるのが、優莉匡太が子に課した運命です」

「そんなことして、クソ親父はなにが嬉(うれ)しいんだよ」

「国を苦しめ、壊滅させることだけが目的です。それ以外にはなにもありません。優莉匡太はただ混乱だけを糧に生きています。たぶん人々が悶絶(もんぜつ)しながら死んでいくのが無類の楽しみなんでしょう」

「あー。当たってるよ……。小さかったころ見たクソ親父の顔が浮かんでくる。皆殺しが趣味だった。武装半グレとして金を稼ぐのも、さらに大勢を殺すためでよ」

「日本を滅ぼしたうえで、なにか野心を実現させようとか、そういう思考じゃありません。ただ滅ぼしたいだけなんです。だからわたしたちのもとへも下りてこないし、特になんの指示もない。なにもいわなくても、わたしたちは優莉匡太の望みどおりの存在だし、今後もそうありつづけるんですから」

「ざけんな」凜香が吐き捨てた。「クソ親父はどこにいるんだよ。ぶっ殺してやる」

瑠那は当惑をおぼえた。「もし会ったとして……。殺せますか？」

凜香の顔がこわばった。怯(おび)えのいろが濃くなっていく。ため息まじりに凜香がいった。「無理だよな……。想像するだけでも膝(ひざ)が震えちまう。情けねえ話、手も足もでねえだろ。小さいころから刷りこまれちまってるし」

「威圧してくるんでしょうか」

「いや」凜香が真顔で首を横に振った。「そんな生易しいもんじゃねえ。もし瑠那が親父と会ったとしたら、たぶん数分後には親父に取りこまれてる。最初は恐怖で屈服させられちまうけど、それと同時に奇妙な畏敬の念にとらわれたりしてよ」

「畏敬……？　幼少期の刷りこみがないわたしでもそうなるんですか」

「なるよ。こればっかりは言葉で説明してもわからねえだろな。赤の他人だろうが立派な大人だろうが、じっくり膝を交えて話せば、優莉匡太の虜になっちまう。ふしぎなワルの神通力っていうか、あれがあるから親父は怖えんだ」

瑠那のなかで困惑が深まった。イエメンやサウジアラビアのゲリラ部族にも、カリスマ的なリーダーは大勢いた。しかし彼らは揺るぎない信念をしめすことで同胞を魅了してきた。優莉匡太の気質は根本的に異なる。集団殺戮に興じるばかりの悪意の塊が、どうやって人心を掌握するというのか。だが現に優莉匡太は若いころから、多くの半グレ集団をまとめてきた。

より大きな懸念もある。瑠那は遠慮がちにいった。「凜香お姉ちゃん。優莉匡太を殺害したとしても……」

凜香が黙って視線を落とした。言葉にするまでもない。すでにEL累次体は暴走している。たとえいまさら矢幡の声が、じつは匡太だったと納得したとしても、ＥＬ累次体が犯した過去の罪は消えない。それゆえ退くに退けず猛進するばかりになる。架禱斗の妹や弟がいるかぎり、国家は非常事態に置かれたままと解釈し、日本を救うことを大義名分としながら、無謀な革命が継続される。

生きるも地獄、死ぬも地獄。このままでいるのが運命。それを受けいれる以外の選択肢がない。優莉匡太の子に生まれた以上は。

思いがそこに及び、どうにもならないと感じたのか、凜香はふいに吹っ切れた態度をしめした。「しょうがねえな。施設長のオバハンに怒られて、ちょっと寝て、学校へ行くか」

「凜香お姉ちゃん……」

「親父なんてもうたいしたことねえ、過去の人だと思ってたのにな。ぶっ殺した人数でもわたしたちのほうが勝ってるし、半グレ同盟の犯罪なんてカビくさくて、現代じゃまったく通じないって……。ところがじつは神様みたいに天空から見下ろしてやがったとはよ」

瑠那は黙っていた。運命を受けいれる、それはつまり絶望ではないのか。だが凜香はいつもどおり飄々（ひょうひょう）と振る舞いだした。ほかにどうしようもない、半泣きの微笑に、そんな感情が見え隠れする。

「じゃあな」凜香は唐突に別れを告げ、さっさと玄関へ向かっていった。

その背に瑠那は呼びかけた。「きょう学校へ行きますか?」

凜香は振りかえらなかった。「出席がそろそろやべえからな。でも瑠那の演劇部の朝練には、悪いけどつきあえねぇ」

ドアの向こうに凜香の後ろ姿が消えた。瑠那はひとり路地に残された。

胸に空いた穴に風が吹き抜ける、そんな空虚さが尾を引く。瑠那は踵をかえし歩きだした。結衣も凜香も目の前が真っ暗になったにちがいない。だが少なくともふたりは思いを共有できている。瑠那も同じように衝撃を受けたが、誰とも分かち合えない。

実母とともに瑠那は検体でしかなかった。イエメンでの悪夢の日々も、優莉匡太の課した鍛錬にすぎず、国にカオスをもたらす子供のひとりとして呼び戻された。それが事実だった。あとの運命は姉たちと同じだ。匡太の理想のまま、無意味な争いに生きつつ、死ぬのは許されない。こんな人生のために延命したのだろうか。

いまは義父母のもとに帰りたい。瑠那はそう思った。悲惨な生い立ちだが、可哀想な姉ふたりよりも、ほんの少しは恵まれているのかもしれない。愛情を持って迎えてくれる大人たちがいるのだから。

10

凛香は玄関のドアを入ったのち、そっと靴を脱いだ。明かりの消えた短い廊下がある。各部屋の襖は閉め切っている。足音を忍ばせながら廊下を歩きだす。

きのうからいちども帰っていないわけではない。結衣のマンションへ行く前、いったん立ち寄り、凛香の住む四人部屋にカバンを置いてきた。同室の女子中高生には、凛香がもう寝たと報告するよう頼んでおいたが、たぶん嘘はばれているだろう。夜十時の消灯前に点呼があるからだ。

廊下を何歩か進んだとき、襖がいきなり横滑りに開いた。中年女が腫れぼったい瞼の下に、鋭い眼光を光らせ、凛香を前に仁王立ちした。いつもなら寝間着姿で、鳥の巣のような頭にカーラーをつけているが、きょうはなぜか雑なメイクによそ行きの服だった。

施設長の吉波美園が鬼の形相で怒鳴った。「こんな時間までなにしてたの！」

「いや、その」凛香はへらへらと笑ってみせた。「友達ん家で一緒に勉強してたんだよ。ほら、前にもここへ連れてきたろ。一Bの杠葉瑠那って子」

「カバンを部屋に置いてったくせに勉強？」

「瑠那がタブレット貸してくれてよ。いまは教科書や参考書なんかなくても、ぜんぶデジタルなんだよ」

「門限を守らない時点で言いわけできない」

「なんで？　規則は守ってるじゃねえか。ちゃんと制服で外出してるしょ」

「その制服がめだつ。あんた、きのう板橋区の藹々荘に泊まったでしょ」

神経を微量の電気が刺激したように感じられる。凜香は油断なくきいた。「なんでそんなこと……」

「区の補導員さんから連絡があった。杠葉さんって子も一緒だったんでしょ。街なかをふらついて、勝手に宿で外泊して。どうしてそんな面倒ばっかり起こすの」

冗談ぬかせと凜香は内心思った。公安の尾行も撒ける自信があるのに、補導員ごときに尻尾をつかまれるわけがない。藹々荘のディユースも、何重にも予防線を張っておいた。情報が容易に漏れださないのは確認済みだった。

凜香は美園にきいた。「その補導員から伝えられたのはいつだよ」

「ついさっきよ。うちを気遣ってくださって、こんなに早くからわざわざお越しになって……」

雑なメイクとよそ行きの服はそのせいか。凜香がそう思ったとき、近くの襖が開いた。髪を刈りあげたスーツが歩みでてきた。鼻の穴がやたら大きく見えるのは、見上げるほどの巨漢なのと、西洋人のような鷲鼻ゆえだった。奥目が瞬きもせず凜香を凝視している。顎が突きだし、首は太く、肩幅も広い。補導員どころか私服警官にも、ここまで鍛えている男は滅多にいない。

ずかずかと向かってくる男に、美園が凜香への当てこすりのように、さも申しわけなさそうな声を張りあげた。「ああ漉磯さん、いま帰ってきましたよ。ほんとにもうしょうがない子で。よくいってきかせますから……」

漉磯なる巨漢の奥目が片時も逸れず接近してくる。両肘を曲げずに歩く姿に生じる違和感を、凜香はすでに察知していた。数歩後ずさった凜香は、玄関わきのシューズボックスの上から、殺虫剤の缶スプレーをつかみとった。手近に硬い物はそれしかなかったからだ。

ほぼ同時に漉磯の両袖から鉄棒が滑り落ちた。二本の鉄棒の柄をしっかりと握り、漉磯が縦横に打撃を食らわせてくる。フィリピン棒術のエスクリマだった。最初の二発は缶スプレーで防御したが、両手が痺れるほどの重い衝撃が伝わる。三発目は防ぎきれず、強烈なスイングを背中に浴びた。瞬時に前のめりになり威力を逃がしたものの、それでも激痛に思わず叫び、大きくのけぞった。

「ちょっと」美園が泡を食ったようすで漉磯に近づいた。「そんな暴力を振るっちゃ……」

漉磯は凜香のほうを向いたまま、すばやく後ろ蹴りを繰りだした。美園は吹き飛ばされ、背中から襖に激突した。外れた襖が美園ごと室内側に倒れる。それを乗り越えるように、ほかのスーツが続々と繰りだしてきた。ひとりはスキンヘッド、もうひとりは二十代ぐらいの女で、長い巻き髪が片目を覆い隠している。

こんな武闘派反社どもが補導員を名乗ったのを、疑いもせず受けいれる施設長が腹立たしい。だが悪態をつく暇もなかった。漉磯がエスクリマの奥義を駆使し、スイングに突きにと見舞ってくる攻撃を、必死に躱すだけで手いっぱいだった。凜香は床に前転し、漉磯の足もとをすり抜けたが、今度はスキンヘッドにつかまってしまった。襟の後ろとスカートベルトをつかまれた凜香は、俯せに持ちあげられ、廊下の先へ投げ飛ばされた。

凜香は別の襖を突き破り、児童たちの寝室のひとつに飛びこんだ。両脇の二段ベッドの谷間、畳の上に転がりつつ、年下の子供たちの悲鳴を耳にした。凜香が痛みを堪えながら跳ね起きたとき、パジャマ姿の小学生ふたりが廊下へ逃げていった。あとのふたりはベッドにうずくまったまま叫んでいる。

三人のスーツがリーダー格だと凜香は気づいた。バリスティックヘルメットにゴーグル、防弾ベストで武装した兵が、アサルトライフルを水平に構えながら入室してきたからだ。ザコ兵はふたりいたが、狭いため縦列にならざるをえない。凜香は猛然と距離を詰め、敵との間合いに潜りこむと、アサルトライフルを力ずくで蹴り上げた。兵はトリガーを引き、斜め上方を向いた銃口から閃光がほとばしった。けたたましい銃撃音が鳴り響き、被弾した天井板が裂けていく。

建物内に悲鳴がいっせいにこだました。二段ベッドの上段から男子児童が転がり落ちた。凜香は兵の腹に頭突きを食らわせつつ、両手で片脚の太腿をつかみあげた。小柄な凜香でも、重心を見極めることで、敵の体勢を崩しうる。兵が発砲しながら仰向けに倒れた。後方にいたもうひとりの敵は巻き添えを食い、ふたりとも廊下に転倒した。

凜香は仰向けの敵兵ふたりを乗り越え、すばやく廊下にでたが、そこは逃げ惑う小中学生らでパニック状態だった。狭い廊下ですし詰めに巻きこまれたのは凜香だけではない。漉磯ら三人のスーツも、なかなか凜香に近づけずにいる。身を翻した凜香は、奥のキッチンへ向かおうとしたが、暖簾の隙間に武装兵の数人を見てとった。勝手口から乗りこんできたらしい。　即座に凜香は直近の上り階段に転がりこみ、二階へと駆け上った。

二階の廊下では小中学生が泣き叫びながらへたりこんでいた。階段を下りればアサルトライフルの餌食になる恐れがある。全員の名前はおぼえきれていないが、同じ施設暮らしをつづけてきただけに、それなりに情が移っている。聖人君子にほど遠い性格でも、見殺しにできるかどうかといえば、まだ到底そんな段階ではない。

凜香は廊下の突き当たりに駆け寄り、サッシ窓を開け放った。二十三区内ゆえ隣との隙間はほとんどない。四階建てビルの非常用外階段へ乗り移れる。年少者たちを振りかえり凜香は指示した。「ここから逃げて」

小さな身体がいっせいに窓辺に殺到する。凜香はフラワースタンドを窓の下に引きずっていき、避難する子供らの足場代わりにした。最初の少年が窓の外に飛びだし、隣の外階段に乗り移るのを見ると、凜香は自分の住む四人部屋へ駆けこんだ。

左右の二段ベッドは無人だった。縦長のクローゼットのなかには、銃器類を溜めこんだ段ボール箱がある。手早くダイヤル錠の番号を合わせ、クローゼットの戸を開け放った。

自分の失態をまのあたりにした。なんとクローゼットのなかに武装兵ひとりが、すっぽりとおさまるように隠れていた。目の前に突きだされた拳銃に対し、凜香は敵の腕を抱えこみながら、わずかに身体を反らすことしかできなかった。視界を赤い閃光が染め、耳もとでけたたましい銃声が轟いた。

事前の備えがなかったも同然の状態で、百五十デシベルの音を至近できいた。甲高い耳鳴りとともに、片方の聴覚が失われた。鼓膜が無事かどうかはわからないが、激しい頭痛とめまいに見舞われた。それでも容赦なく敵兵がもう一方の手をこぶしに固め、凜香の脇腹を抉ってくる。また腰を引くことでダメージを和らげたが、敵の銃口を逸らすために両手で片腕をつかんでいるがゆえ、次は避けきれない。

凜香は敵兵のブーツを踏みつけ、両手で敵の腕をつかんだまま、身体ごと後方に倒れた。梃子の原理で敵兵は容易に倒れてきた。このままでは下敷きになるしかないが、斜めになった時点で凜香は敵の腹に膝蹴りを浴びせ、腰を深く落とした。柔道の裏投げに似た技で後方へ投げる。遠心力の助けを借りた。男の大きな身体、しかもフル装備の重量のほうが、かえって勢いよく飛ぶ。逆さまになった敵兵が背を二段ベッドに打ちつけた。下段のベッドをまっぷたつに割りながら、敵は仰向けに倒れこんだ。

忌々しさに唇を嚙んだ。二階の子供たちが無傷で廊下にいたせいで、まだ敵が上がってきていないと思ってしまった。突然の武力襲撃に対し、なにが起きたかを冷静に把握するのは、それなりの年齢になっても難しい。武装兵が部屋に突入してきたら、年少者は激しく取り乱し、ただ逃げだすのみだろう。むろん凛香に敵兵の存在を教える余裕も生じない。

ベッドの破片が散乱するなか、武装兵が起きあがろうとしている。凛香はクローゼットに駆け寄った。だが銃器類は段ボール箱ごと消えていた。

クソが。凛香は激しく憤った。上がってきた敵兵はひとりではなかった。少なくとも別のひとりが、凛香のコレクションを丸ごと持ち去った。腹立ちまぎれに凛香は吐き捨てた。「レア物も含まれてたのによ」

しかし銃器類以外のツール、侵入盗に使うバールや大型の鉄製ハンマーは残っていた。凛香はハンマーの長い柄の、下端近くを両手でつかんだ。陸上競技のハンマー投げの要領で、身体を大きく回転させつつ後方へハンマーを投げた。勢いのついたハンマーが直線状に、狙いどおり敵兵へ飛んだ。上半身を起こしかけた兵が拳銃で凛香を狙っていたが、銃撃より速くハンマーがゴーグルを直撃した。ゴーグルの割れる鋭い音がした。苦痛の呻きを発し、敵兵がまた仰向けに倒れ、拳銃が投げだされた。

なおも敵はストラップに吊り下げたアサルトライフルを構え直そうとしている。接近戦で長物の銃は不利きわまりない、すなわち凛香に勝機があった。凛香は飛びこむように床に前転し、拳銃を拾うや片膝をつき、間近から敵兵に二発発砲した。割れたゴーグルが防弾性能を失っている、その目もとを容赦なく狙った。顔面を血に染めた敵兵が脱力し、その場にのけぞった。

凜香は両手で拳銃を水平に構え、廊下への出入口に向けた。拳銃はシグ・ザウエルM17だった。凜香の手にはでかすぎるグリップだが、贅沢はいっていられない。喧噪は階下からきこえてくる。二階が妙に静かなのが気になる。襖が開け放たれた向こう、廊下にもひとけは感じられない。銃口を行く手に向け、凜香は慎重に歩を進めた。

廊下にでた瞬間、鞭のようにしなる物が猛然と眼前に飛んできた。女の蹴りだとわかった。敵兵ばかりでなくスーツどもも靴を履いていた。硬いヒールが凜香の手の甲を蹴り飛ばした。とっさに骨折を避けるため、腕の力を抜かざるをえず、そのため大きく振られた手から拳銃が離れてしまった。床に跳ねた拳銃を追う余裕もあたえられない。廊下にいたもうひとりのスーツ、スキンヘッドがテコンドーの連続蹴りを浴びせてきた。凜香は数発を両手で払いのけたものの、痺れた手が満足に動かない。そのうち脇腹を抉るような蹴りをまともに食らった。同時に女が左右の手刀を振り下ろしてくる。胸部に打撃をもろに受け、凜香は廊下の床に叩きつけられた。

一瞬息がとまり、激しく咳きこみながら、凜香は死にかけの虫のように俯せに這った。ふたりのスーツは悠然と見下ろし、ゆっくりと歩み寄ってくる。

　だが凛香がダメージを実際以上に大きく見せているのは、手の痺れが消えるまでの時間稼ぎゆえだった。廊下の床の隅に置いてある、小さな円筒容器にじりじりと近づく。アース製薬の〝押すだけノーマット〟ワイド、スプレータイプのプロプレミアム120日分。左手はなにげなくそちらに投げだしておく。右手は身体の下で、半ばめくれあがったスカートの裾(すそ)の奥、太腿に伸ばす。背後の敵との距離は足音で測る。スーツのふたりが徐々に近づいてくる。

　凛香は円筒容器をつかむと、仰向けになり敵に投げた。女とスキンヘッドがこわばった顔で静止する。太腿のベルトに挿してあったカード大の物体、ライフカード22LRを片手で開く。二発まで発射可能な小型拳銃のトリガーを引いた。軽い銃声とともに反動が生じる。宙に舞う円筒容器を狙った。

　〝押すだけノーマット〟は高圧のLPガスを内包する。弾丸の命中とともに火花が散り、瞬時に爆発の炎が放射状に広がった。湿気(しけ)りぎみの手榴弾(しゅりゅうだん)ていどには威力があった。スーツふたりが大きく体勢を崩し、両腕で顔と胸もとを覆った。とっさの反応でも身体のどこを庇(かば)うか、正確にわきまえている。

　だがそんなふたりの挙動を逐一観察している暇はない。爆風に後押しされるように、凛香は跳ね起きるや、廊下の奥のサッシ窓へ駆けだした。

窓枠へ足をかけられるまであと数歩。ところが背後にあわただしい靴音をきいた。凛香は走りながら振りかえった。スーツふたりが床に伏せ、その向こうには階段を上ってきた武装兵が立っていた。アサルトライフルがフルオートで掃射された。

落雷に等しい騒音が鳴り響き、木造の壁材や床材が粉砕され、無数の細かな破片と化し飛び散った。凛香は飛び退いたものの、足もとがいきなり崩れだした。

もともと民家を改装しただけの施設にすぎない。梁も柱も弾が貫通し、容易に壊れてしまう。弾幕が床面を広範囲に裂き、凛香は落下した。周りにつかまろうとしても、あらゆる建材どうしの結合すべてが破断し、凛香とともに落ちていく。数メートル下の一階床に全身を打ちつけた直後、大小の木片が猛烈に降り注いできた。凛香はうずくまり、両手で頭を抱え防御したが、おびただしい量の砂埃をかぶるのは避けられない。轟音がフェードアウトすると、辺りは霧のごとく灰いろに染まっていた。極端な視界不良の状態にある。目を開けているだけで激痛が走る。

それでも落ちた場所がキッチンなのを凛香は把握済みだった。砂埃が充満する室内に、レーザー照準器が放つ赤い光線が、十数本も蠢く。ここは勝手口から突入した武装兵らの巣窟と化していた。アサルトライフルが標的を求め、あちこちに向きを変えているが、まだ凛香の姿をとらえられないらしい。

凛香は弾けるように跳ね起き、調理台に飛びついた。ガスを噴出させるには時間的余裕がなさすぎる。コンロを点火し、カセットボンベを火のなかに放りこんだ。凛香の動作に気づいた敵兵らが一斉射撃を開始する。だがレーザー光が制服を照らすより早く、凛香は調理台の上の小窓に体当たりした。ガラスを突き破り、狭い窓枠をぎりぎりすり抜け、屋外の狭い場所に転がった。ここは児童養護施設の裏手だった。すぐさま凛香はエアコン室外機の前にうずくまった。爆発が起きれば木造の壁など遮蔽物にならない。

間髪をいれず稲妻のような閃光が走り、凄まじい爆風が外壁を突き破ってきた。キッチンにあった雑多な物とともに、武装兵らも吹き飛ばされてくる。激しい振動が襲い、噴煙が辺りを包んだ。

凛香は爆発の寸前に両手で耳を塞いでいた。手を離すと聴覚が戻りつつあるのがわかった。近くに転がった兵士の首筋には、無数のガラス片が突き刺さっている。凛香は自分の身体をたしかめた。制服は砂だらけで、擦り傷はいたるところに目につくが、致命傷はない。ぼろぼろになった室外機が、かろうじて衝撃を防いでくれた。

ただし足に履いているのは靴下だけだった。玄関で靴を脱いでしまったのが悔やまれる。

いまの爆発は想像以上の威力だったが、敵が全滅するはずもない。あくまで一時しのぎにすぎなかった。砂煙がまだ辺りを覆っているうちに凜香は立ちあがった。

児童養護施設と隣の低層ビルの隙間はほとんどない。しかし裏に建つ別の民家とのあいだは、幅一メートル近くも開いていた。そこを駆けていくと車道にでられる。いま行く手に見える車道には赤色灯が点滅していた。

パトカー数台がすでに駆けつけている。ＥＬ累次体の息が直接かかっていない所轄だろう。敵は大胆にも完全武装の兵らを差し向けてきた。いまはいったん身柄を確保されたほうが、一時的にも難を逃れられる。凜香は痛む片足をひきずりながら車道へ急いだ。

車道では制服警官らがあわただしく降車中だった。そこへ武装兵たちが繰りだした。警官らはぎょっとする反応をしめした。凜香は息を呑んだ。あろうことか武装兵はアサルトライフルで一斉射撃を開始し、警官隊とパトカーを蜂の巣にした。路地のあちこちで血飛沫があがり、人体が粉砕され、肉片が撒き散らされた。

凜香は肝を冷やした。いま来たばかりの家々の狭間を駆け戻る。

ＥＬ累次体はこれまで、支配しきれていない警察組織の末端に対し、関わりを避けてきた。ところがいま禁を破り直接攻撃にでた。あきらかに方針を変えている。それも問答無用に皆殺しとは、見境がなく容赦もない。

砂煙の向こうから武装兵が押し寄せてくるのを目にした。このままでは挟み撃ちにされる。凜香は低層ビルの裏手にある鉄製ドアに向き直った。ノブをつかんだが施錠されている。凜香はヘアピンを二本外しピッキングにかかった。武装兵は走ってこない。靴音から察するに、じりじりと前進してくる。濃霧のような視界がまだ晴れないからだろう。狂犬に対し警戒をしめすだけ利口だった。女子高生と侮ってくる馬鹿どもなら、とっくに返り討ちにできている。

シリンダーを奥から一本ずつ回していき、かちりという金属音とともに解錠に至った。凜香はドアを開け放ち、すぐさまなかに転がりこんだ。

児童養護施設の周辺なら、一軒残らず事前に忍びこみ、構造を網羅してある。この小ぶりなビルの一階は階段ホールだけでしかない。コンクリート壁に囲まれた空間に階段があり、住民が大慌てで駆け下りてきては、玄関から飛びだしていく。裏手のドアとは逆方向の路地へと住民らが退避しつづける。

凜香は階段下にある清掃用具から金属製の缶をつかみとった。軽く握力を加えると潰(つぶ)れそうになった。アルミ製だとわかる。蓋(ふた)をこじ開け、中身の工具を床にぶちまけると、強アルカリ性洗剤のボトルを缶の口にあてがい、液体を注入する。缶の容積に対し、目で液体の分量を推し量ろうとしたとき、父親の怒鳴り声がきこえる気がした。半分を超えんな。んなこともわからねえのかクソガキ。

思わずぶるっと身震いする。幼少期の恐怖が蘇ったからではない。これまで危機を乗り越えようとするたび、いつも父の教えがあった、その事実を強く悟ったからだ。

クソ親父によって生かされている。いままで自分の力だけで切り抜けたと、心の底から断言できる例があっただろうか。なにもかも優莉匡太の教えのままではないのか。

裏手のドアを駆けこんでくる靴音がした。武装兵のひとりが露払いに突入してきた。凜香はアルミ缶の蓋を強く閉め、手首のスナップで縦回転を加えつつ、全力で敵兵に投げつけた。

高速回転する缶のなかで、シェイクされた強アルカリ性洗剤が化学反応を起こし、水素ガスが充満する。敵兵は目の前に飛んできた缶に対し、アサルトライフルを水平にスイングし、満身の力で撥ね除けようとした。だが缶を打ち払った瞬間、銃声をも凌駕する大音量の破裂音が響き渡った。爆発した缶の無数の破片が飛散する。凜香は階段下の物陰でやり過ごした。破片の大半は兵を直撃し、屈強そうな身体が仰向けに転倒した。

凜香は滑りこむやアサルトライフルをひったくった。ストラップのせいで銃を兵から引き離せないのは承知のうえだった。それでも銃口を敵兵の顎に押しつけることはできる。凜香はトリガーを引き絞った。セミオートで三発が連続発射され、バリスティックヘルメットが鈍い音とともに振動した。敵の脳髄は粉砕された。

ストラップの金具を外し、ぐったりと横たわる死体から、アサルトライフルを奪いとった。チェストリグにおさまった手榴弾を引き抜き、スカートベルトに挟んだ。

外の武装兵が異変を察知し、戸口へ押し寄せてくる。凜香は伏せたまま仰角に銃撃した。三人の顔面をつづけざまに狙い撃つ。突入寸前だった三人が屋外にくずおれた。すかさず凜香はビルから飛びだし、地面に前転した。敵兵の群れが片側にしかいないのを視界の端に見てとる。積み重なった死体の蔭で片膝をつき、フルオート掃射を敵陣に浴びせた。敵兵の顔のみを狙った。優莉匡太による地獄の教練で仕込まれた射撃の腕は、たしかな自信となって身についている。十人近くの武装兵を一掃し、即死に至らしめた。命のとりあいはいつもハイリスクだが瞬時に終わる。全員がいっせいに崩れ落ち、地面に突っ伏した。

即座に身を翻し、凜香は反対方向も警戒した。どこかの住民がびくっとしながら手をあげ、悲鳴とともに逃げ去った。ほかにひとけはなく、敵の姿も見あたらない。砂煙がかなり晴れてきている。凜香が手にしたアサルトライフルは、わりと使いやすいTAR21だった。プラスチックとアルミ製のボディで軽いのがありがたい。

アサルトライフルを水平に構えたまま、ゆっくりと腰を浮かし、周囲に注意を払いつつ前進しだした。

一瞬だけ陽射しが変化した。陽光が遮られたように点滅する。まだ頭上を警戒していなかった。凜香が自分の失敗を呪ったとき、なにか強烈な力が垂直に打ち下ろされた。アサルトライフルが地面に叩きつけられ、凜香はその場に突っ伏した。

黒い靴がアサルトライフルを踏みつけている。凜香は苦々しい思いで視線を上に向けた。スーツ姿の漉磯が冷やかに見下ろしていた。児童養護施設の屋根の上から、あとふたりのスーツ、スキンヘッドと女が飛び下りてきた。三人ともでかい図体だが、軽い身のこなしだ。なぜか架禱斗や篤志、結衣を彷彿させる。

奥目の巨漢、漉磯は三十代ぐらいに見えるが、スキンヘッドはもう少し若く、さらに機敏だった。眉まで剃っているあたり、優莉匡太半グレ同盟にいた大人を思いだす。女も二十代半ばから後半で、肩にかかる巻き髪で片目が隠れている。小顔に見せたいのかもしれないが、殴り合いのときに邪魔だろうに。

漉磯がスキンヘッドと女の順に紹介してきた。「こいつは芦鷹。それに猟子と呼んでやってくれ。狩猟の猟だ」

凜香は鼻を鳴らしてみせた。「あー。クソ親父がそうやって偽名をきめさせてたっけ。たいてい暴走族みたいな寒いネーミングの奴らが多くてよ」

「おまえの父親は、俺たちにとっての名付け親でもある」

神経を逆撫でされた気がする。畏怖や緊張を遠ざけるべく、凜香はあえて冗談めかした。「親父が側近を育ててたって？　赤石山脈でムササビみたいに飛ぶ練習もしたかよ」

「より苛酷なパキスタンのK2で習得済みだ」漉磯が片足でアサルトライフルを踏んだまま、もう一方の足で凜香をしたたかに蹴った。

凜香は両手でキックを防ぎながら身を退かせ、衝撃を和らげたものの、蹴撃の重さは想像以上だった。思いのほか後方に飛ばされ、凜香は地面に転がった。腕に強烈な痺れが残る。

スキンヘッドの芦鷹が近づいてきて、ローキックを連続で見舞ってきた。凜香はまだ起きあがっていなかったが、尻餅をついたまま後退し躱しつづけた。すると猟子が駆けてきて後方にまわりこみ、そちらからも蹴りを浴びせてくる。凜香は防ぎきれず打ちのめされた。激痛に全身の神経が麻痺し、無防備に突っ伏してしまった時点でやばいと感じる。あとはもう両手で頭を保護し、矢継ぎ早のローキックでボコられるしかない。身体をひねり衝撃を逃がすのにも限度がある。たちまち凜香は複数本の硬い棒で、滅多打ちにされるも同然のありさまになった。身体を丸め凌ぐだけでは充分な対処になりえない。

凜香はスカートベルトから手榴弾をつかみとり、ピンを引き抜いた。痺れた手に感触がないせいで、いまにも取り落としそうだ。危惧したのは凜香だけではなかった。芦鷹と猟子がすばやく身を引いた。

この場で爆発させてもふたりを道連れにできるが、まだ死ぬ気はない。少し離れた場所に立つ漉磯めがけ、凜香は手榴弾をぶん投げた。

ところが漉磯は涼しい顔で半身に構えると、バッターボックスに立つ打者のように、アサルトライフルをバットに見立て、両手で構えた。理想的なバッティングのフォームにより、アサルトライフルを勢いよくスイングさせ、手榴弾を大きく打ちあげた。ピンを抜いてからの秒数を、漉磯は正確に計っていたらしい。頭上に高々と舞う手榴弾が、花火に似た轟音とともに爆発した。炎はわずかだったが、熱を帯びた爆風が、衝撃波とともに放射状にひろがる。だがほぼ真下にいた漉磯は、飛散した金属片が上空の風に流されるのを考慮済みだったらしい。まったく動じるようすもなくたたずんでいる。事実として無数の破片は、漉磯からわずかに逸(そ)れた場所に降り注いだ。ありえないぐらいに泰然自若とした態度。絶句した凜香を、猟子がつかみあげるように引き立てた。そのまま芦鷹のほうへ突き飛ばす。凜香はふらふらと芦鷹に近づかざるをえなかった。芦鷹が容赦なく左右のこぶしで縦横に殴ってきた。ほとんど無防備に連打を食らい、最後のアッパーで顎を突きあげられ、凜香は宙に浮いた。背中から地面に叩きつけられたが、あまりの激痛に身じろぎひとつできない。敵が間近にいるとわかっていて、だらしなく仰向けに横たわるしかなかった。

自分の呻(うめ)きが内耳に籠(こ)もってきこえる。かろうじて身体を横向きに丸めると、制服はあちこち擦り切れ、のぞく地肌も傷だらけで血が滲(にじ)んでいた。口内にも血の味がある。吐きだした唾(つば)が赤く染まっているのを目にした。

自分の意思に反し、凜香は地面から浮きあがった。猟子に羽交い締めにされたと気づいたものの、凜香の意識は遠のきかけていた。視野もぼやけている。つかつかと歩み寄ってくるふたりのスーツが、架禱斗と篤志に見えた。だがそんなはずはない。架禱斗は死んだし、篤志が凜香を苦しめるはずがなかった。なにより篤志にしては痩(や)せている。髪もない。そんな混沌(こんとん)とした思考にとらわれるほど、凜香は衰弱しつつあった。

漉磯が間近から凝視してきた。実験動物でも観察するような目つきで漉磯がつぶやいた。「弱いな。十六ながら強いときいたが年相応だ。あの人にとって実の娘であっても、才能は充分に引き継いでないな」

凜香は喉に絡む声で応じた。「まあまあ動けるおめえらが、中華ババアに加勢してやりゃよかったのに」

いきなり漉磯の右手が凜香の喉もとをつかんだ。容赦なく握力を加えてくる。気管が潰れそうだった。息ができない。

奥目に燃えあがるような憤りの炎が見てとれる。漉磯がいった。「俺たちはおまえの父親のそばで働いてる。ＥＬ累次体など国家の末期をしめす愚鈍な勢力にすぎん。おまえらは偉大な父親を見習って、全力で政府の権力に抗ってろ」

凜香は必死にかすかな声を絞りだした。「わたしの人生を勝手にきめんな」

すると漉磯のまなざしはいっそう冷やかに尖りだした。「凜香。俺たちはあの人を父親のように慕ってる。つまりおまえらとはきょうだいだ。年下の小娘のくせに、なんでいうことがきけない」

頸椎を砕かんばかりに強く絞めあげてくる。凜香は手足をばたつかせることもできなかった。ただ朦朧とする意識のなかで喘ぎつつ、自分にいいきかせた。早く死ね。

さっさと死んじまえ。こんな世のなか、死んだほうがましだ。アイヴのウォニョンみたいな女に生まれ変わりたい。現世がこのありさまじゃ、来世にも期待できないかもしれないが。

とにかく死にたい。凜香は地獄の苦しみに悶絶しながら切望した。死にやがれ。生まれからしてろくなもんじゃなかった。やり直せないともよくわかった。だから消えてしまいたい。可愛いといってほしかった。愛されたいと心から願った。果たされないのなら生きていても仕方がない。いまは絶望もなにも感じられない、ただの無に帰したい。

11

夜が明け始めた。瑠那はいったん乗り捨てた自転車にまた乗り、ひとり仮住まいのアパートを目指していた。学校へ行く前に自室へ戻り、カバンをとってこなければならない。義父母は心配しているだろうか。

いまのところ学校の緊急連絡アプリに、休校の報せは届いていない。都内各地の爆発は、荒川区から離れたところばかりで起きているが、さすがに全校一斉休校となってもふしぎではない。とはいえまだ連絡がない以上、登校の準備は整えておきたかった。

静寂に包まれた住宅街の路地を走り抜ける。瑠那は自転車のブレーキをかけた。走行音が邪魔に思えたからだ。聴覚が異変を察知したように感じる。風の音のなかに耳を澄ました。

サイレンが湧いている。しかも徐々に大きくなる。パトカーが複数台。それに救急車も交ざっていた。別の方角からもサイレンが鳴り響く。音の重なりぐあいからすると十数台になった。いや数十台か。四方八方から接近しつつある。めざすはこの近辺のようだ。

昨晩からつづく非常事態に加え、また新たな被害がでたのだろうか。だが付近で建物を破壊するほどの爆発があったとは考えにくい。衝撃波も震動も感じなかった。それでも緊急車両がたしかに集まってくる……。

瑠那ははっとし、自転車を急転回させ、いま来た道を引きかえした。猛然とペダルを漕ぎ、凜香と別れた児童養護施設へと向かう。どのサイレンもあの辺りを目的地にしているようだ。

ところが突然、視界を爆煙が覆った。アスファルトを突き破り、火柱が立ち上る。

熱風が正面から叩きつけてきた。猛烈な向かい風に、自転車の前輪が浮きあがり、瑠那は吹き飛ばされた。街並みが灰いろに染まる。轟音に耳がきこえなくなった。気づいたときには自転車ごと転倒し、吹き荒れる嵐のなか、瓦礫の山に半ば埋もれかけていた。

わずかな時間だが気を失っていたかもしれない。瑠那は我にかえった。粉砕されたアスファルトの欠片が、火山の噴石のように降り注いでくる。舗装された道路が割れ、剝きだしになった地面に、瑠那は横たわっていた。水道管が破断したのか、土は泥濘に変わっている。制服も泥まみれだった。

瑠那は顔をあげた。聴覚が少しずつ回復してくる。絶叫や悲鳴がこだましていた。灰いろの煙が漂うなか、路地の両脇の家屋から住民らが駆けだし、死にものぐるいに退避していく。ほとんどが寝間着姿だった。窓明かりはひとつも点いていない。辺り一帯が停電したのかもしれない。

それでも明け方だけに、完全な闇に覆われはしない。瑠那は前方に目を向けた。煙が晴れつつある路地に、うっすら浮かびあがる人影がある。

女子高生らしき痩身。ナチュラルボブの黒髪が微風になびく。見たことのない制服だった。紺いろのブレザーに赤いネクタイ、スカートはチェック柄とオーソドックスだが、この近辺で見たことがない。

しだいに顔がはっきりしてきた。頬がやけにふっくらとした、赤ん坊のような面立ちだった。黒目がちのつぶらな瞳も幼く見える。小さくすぼめた唇が丸みを帯びていた。顔だけ撮れば七五三の記念写真に思えるかもしれない。

あまりに童顔すぎるせいで年齢不詳だった。しかしおそらく女子高生、それも一年生か二年生だろう。すなわち瑠那と変わらない。

前方に立つのは少女ひとりではなかった。左右に武装兵の群れを従えている。全員がアサルトライフル・ルの銃口をこちらに向けていた。TAR21のようだった。装備一式、どこの国の軍隊にも当てはまらない。ハン・シャウティン配下の部隊にくらべ、かなりの経験を感じさせる。瑠那に悟られず潜伏していたにちがいないからだ。

ずきずきと痛む片膝を立てると、瑠那はゆっくり起きあがった。殺伐とした状況がイエメンを思い起こさせる。民家が軒を連ねる地域でも、銃撃戦が定期的に発生していた。シビック政変以来、日本も確実に治安が悪化しつつある。

瑠那は少女にいった。「先を急いでるんですけど」

膨らんだ両頬が醸しだすあどけなさのまま、幼児のような声質ながら、物騒な物言いを少女が口にした。「余計なことをするなら殺す」

「余計なことって？」

「アパートへ帰ってカバンを持ったら学校へ行く。それだけでしょ。なのになんでUターンなんかすんの」

その言いぐさから察するに、武装兵の部隊は周囲に展開しつつ、瑠那の移動した跡を尾けてきたようだ。法治国家にあって大胆な所業だった。急転回した瑠那を敵が阻んだのは、凜香に会わせないためだ。いま凜香は危機的な状況にあるとみるべきだろう。

「なら」瑠那のなかに闘争心が宿りだした。「是が非でも児童養護施設へ戻らなきゃいけません」

「なんで？」少女が平然と警告した。「やめときなって」

「わたしの自由だと思いますけど」

「未成年なんだから自由はない。保護者のいうこときかないと」

幼児のような顔と声の少女がいう台詞としては滑稽だが、瑠那は笑う気にならなかった。「義父母はわたしの意思を尊重してくれると思いますけど」

「じゃなくて、あんたの実の父親」

「……あなたは優莉匡太の何なんですか」

「子供みたいなもの」

「姉妹ってことですか？　どっちが上なんでしょうか」

「こう見えて十七。わたし恩河日登美。石川県立荒渡高校二年」

「日登美さん。血がつながってなくても姉妹なら、わたしが凜香お姉ちゃんを大事に思う気持ち、わかりますよね。実の姉妹だからそっちのほうが優先です」

「実の姉妹？」日登美の目が怪しく光った。「母親はちがうでしょ。共通してるのはあの人の娘ってだけ」

「優莉匡太は嫌いです。子供たちが好き勝手に暴れて、治安を乱して国家を破綻させるのを父が願うのなら、今後わたしは逆に法を遵守して生きようかと思います」

「いま凜香を助けに行くつもりでしょ。暴力を振るった時点で違法じゃん」

「最後の暴力沙汰にします。実父の思惑どおりには生きたくありません。実父に与するあなたたちの意向にも従いません」

「矛盾してんじゃん」日登美は無表情のままだった。「いままで大勢殺してきて、いまも父親を同じくする姉のために命を張るんでしょ。そんな生き方はこれからもずっと変わりゃしない。世に災厄をもたらす優莉匡太の子供たちが、国を滅ぼすまで暴れつづける」

「そんなことはしません」

「割りきって優莉匡太の後継者だと宣言しなよ。あんたたちが抗争を拒否すれば、EL累次体が国をおかしなほうへ向かわせちゃうよ？　宣言するならここを通してやる。しないなら通さない」

妙な要求だと瑠那は思った。「宣言なんかしません。でも通ります」

「ふざけてんの」

「ふざけてません」

「あのさ。なんでわたしがでてくる羽目になったかわかる？　あの人が生きてるって、あんたたちが気づいたせい。おかげであの人の説教を伝えに来なきゃならなくなった。あの人の子供らしく生きなよ。あんたが誓ってくれればわたしの役割も終わるから」

「誓わなくてもあなたの役割はもうすぐ終わります。この世での役割が」

日登美が軽蔑のまなざしを向けてきた。「それ優莉家に特有の決め台詞ってやつ？　いってすぐ蜂の巣にされたら、かっこ悪いことこのうえないよね」

「試したらどうですか」

「いわれなくてももちろん試す」日登美が瑠那に顎をしゃくった。

武装兵らのフルオート掃射の開始を、瑠那は正確に予測していた。それも瑠那に狙いを定めるのは部隊の三分の一で、ほかは瑠那の左右に銃口を向けた兵が半々になる。掃射の直後に逃げだした瑠那を確実に仕留めるためだ。隙のないチームワークが部隊の鍛錬の日々を物語る。だが瑠那には別の逃げ場があった。

　さっきの爆発によりマンホールの蓋がずれていた。瑠那の細い身体なら飛びこめる、そう見当をつけておいた。アサルトライフルがいっせいに火を噴いたとき、瑠那はすばやく身体を滑りこませ、内部の鉄梯子に身を這わせた。

　縦穴の直径はよくある六十センチの仕様。においで電気と通信ケーブル専用だと気づいた。下水でないのは幸いだった。引火性のメタンガスが充満していたら危険だ。頭上に跳弾の火花が散るが、そのうち一斉射撃がやみ、銃声が散発的になった。

　なにが起きているのかは想像がつく。爆発物付きドローンを縦穴のなかに降下させてくるだろう。ドローンを撃ってしまわないように一斉射撃を控え、威嚇発砲だけに留めている。セオリーどおりの攻撃だった。敵兵のうち数名が前進し、手榴弾を投げこむ戦術は、瑠那の銃器所持を想定し、控えるにちがいない。もっとも、瑠那は凜香の勧めに従わず、ふだん飛び道具を携帯していなかった。ふつうの女子高生になりたいのだから武装はしていない。こういう場合は窮地に立たされるが、それでも打開策はある。

穴は半分ほどマンホールの蓋が塞いでいた。瑠那は蓋を両手で上方へ押しつつ伸びあがった。この大きさの蓋は鋳鉄製で約四十キログラムときまっている。人間ひとりが持てる重さの限界がそれぐらいだからだ。胎児のころから母体へのステロイド注射により、瑠那は痩身ながら筋肉が異常発達していた。もちろん限界はあるが、成人男性ぐらいの腕力を発揮し、蓋を垂直に立てるのは容易に可能だった。

鉄梯子を蹴り跳躍し、蓋の蔭で身体を丸め小さくする。異変に気づいた敵の銃撃が再開し、弾が蓋に当たり、けたたましい音を奏でる。凌げるのは二秒足らずだが、それだけあれば充分だった。

羽音をきさつけた。瑠那が穴から飛びだす前に、ドローンが間近に降下してきている。宙に浮くドローンを瑠那はつかんだ。ただちに路面に叩きつけ、メインローターを破壊すると、敵陣へ勢いよく投げた。

手榴弾はバウンドした衝撃で爆発しない構造だが、ドローンに備え付けの爆発物はちがう。電波が届かなくなっても兵器としての務めを果たせるよう、なにかにぶつかれば起爆する。放物線を描いて飛ぶドローンに対し、武装兵らがいっせいに後退しだした。閃光とともにC４の強烈な爆発が生じた。路面から煙柱の束を噴出させ、轟音が大地を揺るがす。まるで激震と台風だった。辺りの民家の窓ガラスがいっせいに割れ、剥がれた屋根瓦が空高く舞いあがった。
灼熱の烈風のなか、瑠那はマンホールの蓋の蔭から飛びだし、付近の家屋へ逃げこもうとした。

　ところが異常な風圧を感じた。なんらかの大きな影が、水平方向から急速に迫ってきて、瑠那にぶつかった。細い鉄棒が縦横に組み合わさった、まったく予想もしない物体が、路面すれすれを飛ぶ。しかも途中で向きを変え、ふたたび瑠那を襲った。瑠那は衝突を余儀なくされ、路上で払い倒された。

　地面に叩きつけられ、全身に鈍重な痛みが走る。瑠那は歯を食いしばった。さっきの爆発にともなう焦げくさい臭いが漂う。銃声はやんでいたが、物体が風を切る音が反復しつづける。

　瑠那は身体を起こすや愕然とした。飛びまわっているのはテレビのアンテナだった。近くの家の屋根から落ちてきた物だろうか。アンテナに連結されたケーブルを巧みに操り、遠心力で路上に振りまわす者がいる。制服姿の女子高生、日登美だった。

　陽炎のように揺らぐ視界のなか、日登美は片腕をまっすぐ上に伸ばし、ケーブルを水平に振り、アンテナを飛ばしつづける。ケーブルの長さは十メートル前後にも達していたが、けっして武装兵らに当たることはなく、常に頭上をかすめ飛ぶ。そのうえで縦へ横へと自在に操作している。

信じられない光景だった。十代半ばの女子に可能なわざとは思えない。だが痩せているように見えても、それだけ引き締まった筋肉を身につけ、同時に並外れた運動神経を発揮することはありうる。瑠那自身がそうだからだ。

痛みに耐えながら瑠那は立ちあがった。「あなたも……」

日登美はみずからを中心に、半径約十メートルの円周上にアンテナを振りまわしつつ、平然とした面持ちでいった。「友里佐知子に脳を刻まれステロイド注射された胎児は、何千人も死んでる。生き延びた数人も成人前に死ぬのが常だったけど、おまえが治療法を見つけた」

どうやってそれを知ったのだろう。瑠那は盗んだ医薬品を調合し作った治療薬を、自室の机のなかにしまっておいた。発作が完全におさまってからは残りを処分した。調合法を知る恒星天球教の残党が、ＥＬ累次体に身を寄せていたが、とっくに死んだ。化学式も瑠那が消した。誰にも治療薬は作れないはずだ。

疑問より先にききたいことがあった。瑠那は日登美を見つめた。「人体実験の材料にされて、優莉匡太を恨まないんですか」

「こんなふうになったのは友里佐知子のせい。あの人はちがう」日登美はケーブルを握った手を、目にもとまらぬ速さで大きく縦横斜めに振った。
でたらめな操作に見えて、アンテナは生き物のように宙を飛び、瑠那めがけ急接近してきた。瑠那がステップで躱そうとすると、その動きを読んでいたかのように、アンテナが弧を描き迫ってきた。今度は避けられず、瑠那はアンテナの餌食になった。強烈に衝突し、よろめいた瑠那が片膝をついたとき、アンテナが逆方向から襲った。瑠那は撥ね飛ばされたように宙に浮き、地面に転がった。なおも執拗にアンテナが周囲を飛びまわり、瑠那を滅多打ちにしてくる。アンテナの尖った部分が、身体に突き刺さるのを回避するのがやっとだった。服ごと肌を切り刻まれるのは防げなかった。絶え間なく連続する打撃をもろに食らった。サンドバッグ状態の瑠那は仰向けに倒れた。

　アンテナが遠ざかったのがわかる。日登美が力いっぱい引き戻したらしい。瑠那はその隙を突き、麻痺する全身に無理やり力をこめ、跳ね起きるように立ちあがった。

　ところが日登美は、手もとに戻ってきたアンテナを、片足で蹴り返した。ふたたびケーブルが延び、アンテナが猛然と迫ってくる。瑠那はアンテナとまともにぶつかり、後方へ弾き飛ばされた。自分の鼻血が宙に舞うのをまのあたりにした。

　激しく地面を転がり、ようやく静止したとき、瑠那は動けなくなっていた。日登美はただ闇雲にアンテナをぶつけてきたわけではない。神経の末端を的確に捉え、瑠那を打ちのめした。感覚を喪失した瑠那の全身は痙攣し、意思をまったく受けつけない。まるで死人だった。

　武装兵らが銃撃を控えるなか、日登美がケーブルを振りまわし、徐々に距離を詰めてくる。アンテナが瑠那の身体の上を、一秒か二秒の間隔を置いて飛ぶ。回転の高度がわずかでも下がれば八つ裂きにされそうだ。瑠那は肝を冷やした。かつて味わったことのない恐怖にとらわれている、頭の片隅でそう自覚した。

日登美がケーブルを振りあげた。アンテナも同調するように垂直方向へ跳ねあがる。鞭打つ動作で日登美が前のめりに片腕を振り下ろした。アンテナが瑠那の眼前に落下してくる。

だが衝突の寸前、間近で何者かがアンテナを横方向に弾いた。むろん素手ではない。アンテナを垂直落下から水平飛行へと弾いたのは、大型の鰐口クリップだった。しかも鰐口クリップはいまもアンテナを嚙んでいる。そこから太いケーブルが延びていた。

青白い閃光が走った。瑠那の頭はようやく向きを変えられた。民家の庭先で、EV車のボンネットが跳ねあがり、エンジンルームからケーブルが延びている。誰かがバッテリーからの配線を延長させた。鰐口クリップをすばやくアンテナにつなぎ、日登美を感電に至らしめた。

その人物はすぐ近くに立っていた。黒のワンピースが風に泳ぐ。結衣が瑠那を見下ろした。「だいじょうぶ？」

瑠那は結衣の差し伸べた手をつかんだ。激痛を堪えながら立ちあがった。視野に涙が滲んでくる。喋ろうとしても舌の感覚が麻痺し、言葉が発せられない。

EV車の高電圧バッテリーに感電し、日登美は卒倒した……はずだった。だが日登美はふらつきもしていなかった。童顔の両頰を膨らませ、不快そうに日登美がケーブルを投げだした。「痛っ」

結衣が息を吞んだことに瑠那は気づいた。目を瞠る結衣の横顔など、これまでに見たおぼえはなかった。当然ながら結衣も、日登美にダメージをあたえられると信じていたようだ。

武装兵らがいっせいにアサルトライフルを構えた。瑠那は緊張したが、一斉射撃で蜂の巣にされる恐怖はおぼえなかった。結衣がEV車に細工した以上、ほかにも奇襲のための罠を仕掛けている。武装兵の群れに対し、打つ手なしで現れるわけがない。

予想どおり結衣の手のなかには、エンジンスターター用のリモコンが握られていた。結衣がスイッチをいれると、敵陣の脇の民家から、無人のトラックが急発進し、武装兵の一部を薙ぎ倒した。配線をいじり、シフトレバーをDにいれたうえで、アクセルもベタ踏み状態で固定してあったのだろう。あわてた武装兵らがトラックを銃撃したが、EV車でなくガソリン車のうえ、荷台にはプロパンガスのボンベがいくつも載せてあった。トラックはたちまち爆発を起こし、大勢の武装兵を巻き添えにした。路上に爆風が吹き荒れ、火の粉が無数に舞い落ちてくる。

それでも敵の全滅にはほど遠い。燃え盛る路上にフルオート掃射の銃撃音が響く。結衣は瑠那の手を引き、民家の庭へ駆けこんだ。瑠那の制服も結衣のワンピースも、あちこちに火がついている。だが消火より避難が優先する。泥水を吸った服の全体にはなかなか燃えひろがらない。しばらく凌げれば問題ない。

ここの玄関ドアが施錠されていないことを、結衣は事前にたしかめてあったらしい。ドアを開け放ち、瑠那を先になかへいれた。結衣が内側からドアを閉め施錠する。

瑠那は結衣にきいた。「日登美のスカートを見ましたか」

「日登美っていまの女?」結衣がたずねかえした。「わかってる。裾の折りかえしに硬貨をいれてたよね。ヒダごとに一枚ずつ、ぐるりと」

ふつうに考えれば、女子中高生あるあるのひとつ、スカートをめくれにくくするための錘代わり。だが日登美の場合はそれだけが理由とは思えない。

いきなり玄関ドアが手前に倒れてきた。錠も蝶番も外れ、家のなかに倒れたドアを踏み越え、日登美が平然と立ち入ってくる。彼女の制服は燃えるどころか、焦げひとつ見あたらない。一撃でドアを蹴破るとは常軌を逸している。

日登美の右手はスカートの裾をつかみ、太腿より上までまくりあげていた。その手から親指の力だけで、硬貨が弾き飛ばされた。威力は銃撃さながらだった。瑠那の耳もとをかすめ飛んだ硬貨が、後ろの壁に突き刺さり、深々とめりこんだ。日登美はスカートを回転させながら、給弾ベルトのように裾のなかの硬貨を一枚ずつ、機銃掃射のように撃ちだしてきた。瑠那と結衣は廊下を転げまわり、必死に回避した。

そのうち結衣が床に置いてあった殺虫剤の缶スプレーをつかんだ。結衣自身の燃える袖を経由しつつ、日登美に引火性の成分を噴射した。火炎が直線状に噴出され、日登美めがけ飛んでいく。

しかし日登美は無表情に左手を突きだし、別の缶スプレーを噴射した。ほかの家のキッチンから持ってきたのか、エアゾール式の簡易消火スプレーだった。日登美は結衣の攻撃を予期していたばかりか、噴射する炎が狙う位置までも把握済みだった。炎と消火剤がふたりのあいだでぶつかりあう。たちまち両者は缶の中身を使いきったらしく、双方の噴射が途絶えた。結衣による火炎放射は難なく無力化されてしまった。

日登美は缶スプレーを投げだすと、にこりともせずにいった。「お父さんに習った、教わった。それがあんたの命をつないできた知識でしょ、結衣。だけどわたしたちも同じことを教わってきた。しかも幼少期に留(とど)まらない」

瑠那は慄然(りつぜん)とした。日登美は瑠那と同じ生い立ちというばかりではない。優莉匡太による指南を受けている。

結衣も内心動揺しているにちがいない。だがわずかに表情を険しくしただけで、なんらうろたえる素振りを見せなかった。結衣はあっさりと受け流した。「本家より暖(の)簾(れん)分けのほうが上を行くこともある。ほんの一時的に」

今度は日登美の童顔が硬くなった。結衣はふいに姿勢を低くし片膝をついた。火の消えた袖に代わり、缶スプレーを彼女自身のワンピースの裾に噴きつけた。スプレーはまだ空になっていなかった。裾にくすぶっていた火がたちまち大きくなり、ふたたび火炎放射が日登美を襲った。日登美は瞬時のステップで横移動し、すんなりと炎を避(よ)けた。炎は玄関脇のシューズボックスに引火し、たちまち燃えひろがった。

だがシューズボックスの半開きになった扉の奥に、プロパンガスボンベが横たわっているのを見て、瑠那は驚いた。日登美もそこに目を向け、ようやくむっとした。誰がこんなところにボンベを隠しておいたか、あらためて考えるまでもなかった。

結衣が身を翻しつつ瑠那の手を引いた。「走って!」

瑠那も結衣に倣い、廊下を奥へと駆けだした。玄関に背を向けたため、日登美がどう行動したかは視認できない。数秒と経たないうちに、後方で凄まじい爆発が発生し、家屋全体が吹き飛ばされた。轟音が耳をつんざくなか、宅内を構成するあらゆる素材が、粉々の木片と化していく。瑠那は結衣とともに烈風に押され、つんのめるように前方へ飛んだ。壁という壁が砕け散り、在来工法の柱と梁だけが残される。スカスカになった家の内部から、ふたりは裏庭に投げだされた。

芝生の上に転がり、仰向けになった瑠那は、骨組のみを残す家屋が焼け落ちていくさまを眺めた。舞い散る火の粉が熱い。早くも起きあがった結衣が瑠那を立たせた。一本裏に入った路地をふたりで駆け抜けていく。服を燃やす火が爆風で消えたのは幸いだった。

聴覚は極度に鈍化し、あらゆる音が籠もってきこえるが、そのなかにサイレンが交ざっていた。どの緊急車両か識別すべく、瑠那が必死に耳を澄まそうとしたとき、だしぬけに銃撃音が鳴り響いた。音圧のせいか唐突に聴覚が戻った。数十丁のアサルトライフルがフルオートの掃射音を奏でている。

結衣が足をとめ、瑠那にしゃがむよううながした。ふたりで姿勢を低くし、民家の隙間から、さっきの路地を観察する。赤色灯を点滅させるパトカーが駆けつけるたび、武装兵らによる一斉射撃の餌食になっている。地獄絵図と喩えるのも生ぬるい凄惨な光景だった。なんとか降車した警官も蜂の巣にされた。盾を掲げる機動隊員には容赦なく手榴弾が投げこまれる。爆発とともに大勢の四肢がちぎれ飛び散った。息も絶えだえの生存者に対しても、とどめの銃撃が浴びせられる。

日登美は武装兵らに合流していた。さっきの爆発にダメージを受けたようすはない。無傷でけろりとしたまま、手鏡で顔を眺め、前髪を気にしている。近くの兵がなにか話しかけた。日登美は目を細めながら談笑した。童顔だけに無邪気な笑みだった。女子高生の部活を遠目に眺めるのと似ている。むろんこの場では異常きわまりない素振りだった。

結衣が忌々しげにささやいた。「瑠那とおんなじ生い立ちっぽい」

「そうです。しかも優莉匡太の教えを受けてるとなると……」

「わたしや凜香とも同じ穴の貉。最悪のろくでなし」

「凜香お姉ちゃんが心配です」

「行こ」結衣が動きだした。「ここにかまってばかりはいられない」

瑠那も身体を浮かせた。家々の狭間を一瞥する。武装兵ふたりが瀕死の警官ひとりを引きずりだし、日登美の前にひざまずかせた。兵から拳銃を受けとった日登美が、警官の眉間を撃ち抜いた。

吐き気をもよおすような不快感に怒りが重なる。瑠那はすばやく退避しつつも、ひとつの思いを胸に刻んだ。あんな危険な女を野放しにはしておけない。瑠那自身が死ぬより先に日登美を殺す。たとえ刺し違えたとしても、一秒でも長く生き、日登美の死を看取ってやる。

12

日の出時刻が迫り、空には朝焼けがひろがった。凜香の住む児童養護施設周辺は入り組んだ路地だが、数十台のパトカーが集結し、規制線が張られていた。上空には五機か六機のヘリが旋回しながら飛ぶ。警視庁の機体もあるが、ほとんどはマスコミが飛ばしたのだろう。これだけの事態になって、報道特別番組が流れていないほうがおかしい。

瑠那は結衣とともに、もぬけの殻になった家屋の庭で、ブロック塀の陰に身を潜めた。門柱の向こうは規制線の内側に位置する。ひしめきあう緊急車両の群れと、一戸建て住宅然とした児童養護施設が見えている。さっきの戦場と同じ、焦げ臭(くさ)いにおいが漂っていた。建物の裏手から黒煙が立ち上る。消防隊員がしきりに動きまわり、消火活動を始めていた。

そこかしこの民家の外壁に弾痕(だんこん)が見える。アサルトライフルのフルオート掃射にちがいない。瑠那はささやいた。「たぶん凜香お姉ちゃんも武装襲撃を受けて……」

結衣がうなずいた。「硝煙のにおいが消えてない。ついさっきのことでしょ」

同時に襲われたのか。瑠那はひりつく太腿(ふともも)をさすった。泥まみれのスカートがずたずたに切り裂かれ、のぞく地肌に血が滲(にじ)んでいる。ブレザーやブラウスも同じありさまだった。結衣のワンピースもさほど変わらない。致命傷を負っていないだけでもマシと考えるべきだろう。

ここにも被弾したパトカーや、救急車で運ばれる警官らの姿が見てとれる。緊急車両の大半は、武装兵たちが撤収したのちに駆けつけたようだ。

建物内から凜香が連れだされてくる気配はない。急襲部隊がいかに狡猾(こうかつ)であっても、攻撃の規模が大きいほど、小柄な凜香は巧みに危機を掻(か)いくぐる。逃げおおせただろうか。そう甘くはないと瑠那は思った。武装兵以外にも、日登美のようなリーダー格がいた可能性が高い。

瑠那は重苦しい気分にとらわれた。「優莉匡太の教えを受けた人間が、ほかにもいるんでしょうか」

結衣が曇りがちな表情で応じた。「そりゃ父が生きてるんなら、いまも後進を育てるのに余念がないでしょ。あのあともボコボコと子供を作ったかも」

匡太が健在であるかぎり優莉家の教育を施せる。狂暴さと奸智を備えた集団がさらに数を増していく。いや、それでもこの兄弟姉妹に匹敵するほど素質のある者となると、ごくひと握りだろう。少数の精鋭が各々に部隊を率い、瑠那や凜香を襲ったのか。

規制線は近くに張られている。その外には報道陣や野次馬が群がっていた。テレビのリポーターの声がきこえる。「東日暮里四丁目の現場に来ています。この児童養護施設には、故・優莉匡太元死刑囚の四女、十六歳が住んでいたとのことです。きょう未明、武力行使事件が発生し、警察官が多数犠牲になる一方、四女は行方不明になっています。警察は施設長や職員、子供たちに話をきいていますが、要領を得ないとのことで……」

いまさら四女の実名を伏せたところで、瑠那を除き兄弟姉妹のほとんどが、マスコミにより氏名と年齢を公表済みだ。ネットにはどうせ凜香の名が溢れかえっているだろう。

胸ポケットのなかでスマホが震えた。とりだしてみると、画面にラインのメッセージが表示されていた。日暮里高校の緊急連絡網だった。本日は休校とある。当然の判断だった。都内各所の爆発のみならず、在学生の凜香に関わる事件が報じられた以上は。

瑠那は小声でいった。「結衣お姉ちゃんも有名人だし、世間に顔が知られてます。一瞬でもテレビに映りこんだらまずいかも」

結衣が硬い顔で動きだした。規制線の近くにいては、カメラにとらえられる確率が高まる、そう思ったのだろう。野次馬の多くもスマホカメラを掲げている。結衣は頭を低くし、門から路上へでると、パトカーの陰に隠れながら進んだ。「瑠那、ついてきて」

いわれたとおり瑠那も結衣につづいた。周囲の視線を意識する直感力も、死角に身を隠すすべも、ふたりには充分に備わっている。誰かの目にとまるヘマはしない。規制線から遠ざかり、封鎖された区画の奥へと歩を進める。

ふいに結衣が制止した。パトカーが密集し駐車するなか、一台のセダンをじっと見つめている。日産スカイラインの覆面パトカーで、赤色灯はマグネット装着式だった。運転席から私服がひとり降り立ち、児童養護施設へと向かっていく。まだ若手の刑事のようだ。助手席に人影が居残る。後部のサイドウィンドウとリアウィンドウには、スモークフィルムが貼ってあるため、乗員の有無はわからない。

結衣はそちらを指さすと、姿勢を低く保ったまま、クルマへと接近していった。瑠那もそれに倣った。刑事の乗る車両に近づくのを無謀な行為とは思わない。このていどの動作で騒動が起きるようなら、ふたりともいままで生きてはこられなかった。

いたるところに私服と制服の警官がいて、しきりに歩きまわっているが、車両どうしの隙間にはさほど注意を払っていない。人目を避けつつ、結衣がくだんのセダンの後部ドアに近づいた。瑠那もその脇に並ぶと、車体側面後方の給油口の蓋に手を伸ばし、軽く押しこんだ。蓋がわずかに開いた。瑠那は結衣に目配せした。結衣もうなずいた。

スカイラインの給油口はドアロックと連動している。蓋が開くということはドアも施錠されていない。結衣がそっと伸びあがり、スモークの貼られたサイドウィンドウをのぞきこんだ。反射を抑えられるぐらい、目をガラスに近づければ、車内は視認できる。

後部座席が無人なのをたしかめられたらしい。結衣がドアの把っ手に手を伸ばした。瞬時に開け放つと、結衣はするりと車内に飛びこんだ。間髪をいれず瑠那も乗車し、ただちにドアを閉めた。要した時間は一秒に満たない。

助手席にいた中年のスーツが、物音に驚いたようすで、ようやく振りかえった。灰いろの髪の生え際が後退し、広くなった額に無数の横皺が刻まれている。捜査一課長の坂東志郎が目を丸くした。「なんだ!?　どうやってここに現れた?」

瑠那と結衣は後部座席に並んでおさまっている。軽く会釈しながら瑠那は挨拶した。

「おひさしぶりです」

坂東はまだ茫然としていたが、はっと我にかえったようすで、険しい顔でスーツの下をまさぐった。ホルスターから拳銃を抜こうとしている。

結衣が落ち着いた声を響かせた。「やめてもらえますか」

「なにをいってる。大勢の警察官が殉職した事態に凜香が関わってるんだぞ」

「印旛沼で凜香に殺されかけたのをまだ根に持ってますか」

「個人的な感情じゃない。きみらも逮捕しなきゃならん」

すると結衣は尻を前にずらし、シートに浅く座ることで、頭の位置を低くした。

「話をきいてからにしてもらいたいんですけど」

後部座席の横と後ろがスモークフィルムに覆われていても、車体前方から見れば後部座席の乗員が目にとまる。視線を避けるには結衣と同じ姿勢をとるしかない。瑠那も深く沈みこんだ。

坂東が怒りのいろを浮かべた。「話なら本庁できく」

結衣の声はなおも冷静だった。「前を向いててもらえませんか。わたしたちが乗ってるのがバレる」

「協力などできん。きみらのその惨状はなんだ？　まさか警察官と撃ち合ったのか」

「冗談はよしてください。ここでの戦闘には関わってません」

「ここでの？　ほかにどこで暴れてきた？」

「坂東さん。奥様と娘さんはお元気ですか」

「……ああ。きみには感謝してる。満里奈は大学生だ。きみもだろ。家内の尚美も変わらず過ごしてる。ふたりとも元気だ。だが一家三人の命を奪おうとしたのはきみの妹だ」

「架禱斗が死んだあと恩赦があったときいてますが」

瑠那は口を挟んだ。「坂東さん。奥多摩でのできごとを伏せていただいて感謝してます。EL累次体が警察組織を浸食しつつあるなか、正しいおこないを貫かれている坂東さんを、わたしは尊敬します」

坂東がじれったそうにいった。「俺のほうは後悔しきりだ。たしかに妙な勢力の台頭で、腐敗が進んでいるのは嘆かわしい。それでもきみらの犯罪に対し、見て見ぬふりをするのには抵抗がある。女子大生や女子高生による大量虐殺を伏せるなど……」

フロントガラスの向こう、若い刑事が戻ってくるのが見える。瑠那はいっそう頭を低くした。

結衣も前部座席の背に隠れながらささやいた。「坂東さんにだけ話があります」

「駄目だ。今度ばかりは絶対に……」

「父に関わることなんです」

坂東の表情がこわばった。前方に向き直る。接近する部下を迎えるべきかどうか、多少なりとも迷う素振りをしめした。バックミラーに映る坂東の目つきが険しさを増す。

やがて意を決したように、坂東が助手席のドアを半開きにし、車外へ顔をのぞかせた。「井村(いむら)！　鑑識に建物内の動画を撮らせろ。おまえもつきあえ」

足をとめた若手刑事が戸惑いをしめした。「動画なら各部屋ごとに撮ってありますが」

「玄関から二階の隅々まで位置関係がわかるよう、いちども途切れることなく撮った動画がほしい」

「みんな手が空いていないようで……」

「ならおまえが自分のスマホカメラで撮れ。慎重にな。撮りこぼしがないように頼む」

井村と呼ばれた若手は不満げな反応をしめした。だがやむをえないとばかりに踵(きびす)をかえし、ふたたび玄関へと向かいだした。

瑠那はほっとした。「心から感謝します、坂東さん」

坂東が忌々(いまいま)しげに振りかえった。「ゆうべから都内のあちこちで爆発。けさは武力攻撃。まだ朝の早いうちだったし、付近の街頭防犯カメラが破壊され、詳細はなにもわからん。いったいなにが起きてる？」

結衣はシートに深く潜ったまま坂東を見上げた。「単刀直入にききます。優莉匡太が生きてる可能性を、少しでも疑ったことはありますか」

車内が沈黙した。坂東は絶句したのち、困惑とともに口ごもった。「なぜそんなことをきく？　きみらの父親は死刑執行された」

「たしかなことなんですか」

「検察事務官の執行始末書が……」

「ほかに根拠は？　執行の瞬間をとらえた映像はないですよね」

「撮影なんかしない。立会人が死刑執行の証言者だ」

「それが誰かも公にされてない」

「なにがいいたいんだ。優莉匡太が生きていて、こんな騒ぎを起こしたとでも……」

結衣が淡々といった。「父は生存してるし、育てた後継者でわたしたちを殺そうとしました。矢幡元総理になりすました父がEL累次体を操ってます」

坂東の顔に驚愕（きょうがく）のいろがひろがったが、ことの重大さを考慮してか、むしろ澄まし顔で前方に向き直った。バックミラーに映る坂東の目はさかんに泳いでいる。

「……そうか」坂東がため息をついた。「法務大臣の承認の下、国家公務員たちによる刑の執行だ。少人数体制で密室内のできごととしても、疑う余地はないと思ってた。しかし確たる証拠があるかといえば、ただ信じるしかなかったのが現実だ」

信念の揺らぎは、EL累次体の跋扈（ばっこ）する社会を知る以上、当然かもしれなかった。国家のお墨付きや権力による裏打ちは、すでに有名無実と化している。シビック政変の前からそんな素地がこの国になかったと、どうしていえるだろう。近代史において政治家の汚職など、空気のように蔓延（まんえん）していたのに。

坂東はバックミラー越しに後部座席の結衣を眺めた。「凛香はどうなった？」

「殺されたか連れ去られたかです」結衣が視線を落とした。「坂東さん。印旛沼での凜香は自制心を失ってました。母親を求めるあまり、市村凜と心を通じ合おうとして、際限なく混乱してた。あのころの狂犬ぶりは……」

「いまはないとでもいうのか」

「あのころの狂犬ぶりをピットブルとすると、いまはロットワイラーです」

「充分に狂暴じゃないか。嚙みつきで死亡例も多発してる犬種だぞ」

「気分しだいですなおにもなります。まさにロットワイラー」

瑠那は弁護した。「坂東さん、わたしにとって凜香お姉ちゃんは頼れる存在です。孤立するばかりの人生を理解し、心から共感してくれます」

「そりゃあいつがいっそう孤独なはぐれ者だからだろ」坂東は吐き捨てたものの、語気はトーンダウンした。「凜香が変わってきたのは認める。奥多摩での働きだけでも勲章もんだ。ただし法治国家じゃ凶悪犯になる」

結衣がささやいた。「法治国家が健全な機能を取り戻してから裁けばいいかと。わたしも凜香も」

「わたしも」瑠那も同意してみせた。

「ったく」坂東はてのひらでステアリングを叩いた。「いろいろ考えた。印旛沼で凜香が俺たち家族を襲い、結衣が助けた。じつは姉妹の共謀によるマッチポンプで、俺を信用させるための罠じゃないかってな。だがきみらを不審がろうとしても、尚美や満里奈が反対する。特に満里奈は結衣の信奉者だ。友達にすらなりたがってる」

結衣が憂いのいろを浮かべた。「問題があるでしょう。捜査一課長の娘さんが凶悪犯の娘と通じてたら」

「連絡先を知ってるかと娘からきかれたが、俺は知らないと答えた。もう結衣はそれぐらい、うちの娘にとって大きな存在なんだよ。おかげで俺も迷ってばかりだ。法に準拠する職業のはずが、もはや逸脱してる」

「満里奈さんの思いを汲んであげることが、坂東さんにとっての正義じゃないですか」

「凶悪犯にいいくるめられるようじゃ俺も終わってるな。だがこんな世のなかじゃ国家権力を拠りどころにできん。少なくとも俺が出世して、妻や娘が新居を喜んでくれたのは、結衣のおかげだ」

「坂東さんが命を張ったからですよ」

「俺はきみらを少しは理解してるつもりだ」クルマの周りに人がいないからだろう、坂東がまた後部座席を振りかえった。「いまなにが起きてるか、どうやって真実を究明する？　優莉匡太が生きてるってのも寝耳に水だ。にわかに信じられん」

瑠那はいった。「EL累次体が作成させたアプリは、優莉匡太の声を矢幡元総理の声に変換する仕組みでした。可逆機能に改造したところ、EL累次体の会議で録音された矢幡元総理っぽい声が、優莉匡太の声に戻りました」

坂東が眉(まゆ)をひそめ結衣を見つめた。「たしかなのか?」

「父の声です」結衣が応じた。「あとでアプリのファイルをメールに添付して送ります。科捜研かなにか、信頼できる専門家に分析させてください。優莉匡太の生存はそれで証明されるでしょう」

「なにも俺にこっそり提供しなくても……」

「優莉の子供が父親の声を公表しても、世間を震撼(しんかん)させるだけでしかありません。坂東さんはEL累次体に取りこまれてないので」

「俺を信頼してくれるのは優莉家の子供たちばかりか」坂東が前方を向いた。「妻子が祝ってくれる誕生日にも帰れなかった。仕事人間の自覚はあったが、まさか孤立無援で戦う羽目になるとはな」

坂東が肩を落としている。瑠那はその後ろ姿に話しかけた。「誕生日ならわたしたちが祝いますよ」

バックミラーのなかの坂東の目が細くなった。苦笑に似た笑いとともに坂東がつぶやいた。「それこそ問題だろう。今後の昇進もパアかもな。だが世のなかがもう少し安定したら、きみらがうちの娘に会うぐらいは……」

いきなりフロントガラスに蜘蛛の巣のような亀裂が走った。重くけたたましい機銃掃射の音が鳴り響き、坂東の全身から血飛沫があがった。呻きを発した坂東はのけぞったが、それ以降の全身の振動は、無数の被弾に揺さぶられているにすぎない。

瑠那は結衣とともに後部座席の床にうずくまった。仰ぎ見ると坂東の肉体が無残に粉砕されていくのがわかる。瑠那は慄然とし、声ひとつあげられなかった。茫然とするあまり、頭の位置がやや高かったのだろう、結衣の手が瑠那を強引に伏せさせた。

結衣に抱かれながら瑠那は震えた。あるいは結衣の震えが伝わってきているのかもしれない。機銃掃射はいっこうにやまない。車体がみるみるうちに破壊されていく。けれども前方からの攻撃である以上、ガソリンタンクを撃ち抜くのは容易ではない。爆発を恐れ、ただちに車外に飛びだすのは愚行だ。たちまち狙い撃ちされる。

急に静かになった。結衣の反応は早かった。わずかに身体を起こすと、側面のドアを蹴った。すでに何千何万発の弾を食らい、穴だらけになったうえ変形した車体から、ドアが外れて勢いよく飛んだ。

脱出しかけた結衣が動きをとめた。前部座席に視線を向ける。助手席にぐったりとした坂東の後頭部と、投げだされた腕が見えている。ここから顔がたしかめられないのは幸いかもしれない。頭骨だけでも数十発は撃ち抜かれていた。ヘッドレストに空いた穴から、脳髄が滴り落ちている。即死はあきらかだった。

結衣の目が潤みだした。瑠那の胸にも哀感が鋭くこみあげた。泣きそうになるのを堪えるだけでも至難のわざだ。こういうときの感情は理性で抑えられない。時間を戻したい、そんな虚しい衝動に駆られるばかりになる。無力感が押し寄せてくる。ゲリラ部族の伝令と整備係として採用された幼少期を思いだす。目の前で大人が死んでいくのに、ひときわ弱い自分が生き残り、なにもできない。

「行こ」結衣が唸るような声でうながした。すばやく車外へと滑りでる。

瑠那も油断なく結衣につづいた。愕然とする光景がひろがっていた。機銃掃射はこの一帯の隅々にまで及んでいた。すべての緊急車両が蜂の巣にされ、うち数台が炎を噴きあげている。血まみれの死体もいたるところにあった。規制線の外でも報道陣や野次馬に、多数の死傷者がでたようだ。生存者の女性が泣き叫んでいた。周辺の建物に火の手があがり、火災がどんどん拡大していく。

生き残った警官たちも砂埃にまみれている。ほとんどは途方に暮れ、放心状態でさまようばかりだったが、一部が我にかえったようにこちらに向き直った。言葉のはっきりしない怒号を発し、数人が拳銃を向けてくる。

瑠那は苦い思いでたたずんだ。結衣と一緒にいる場所でまた惨劇が発生してしまった。優莉家は死神で疫病神。またひとつその根拠が増えた。

そう思ったとき、頭上になにかが飛んできた。迫撃砲で撃ち上げられたかのように、かなり高い位置まで舞い上がり、放物線を描きながら落ちてくる。物体が徐々にはっきりしてきた。立方体に近い直方体。金属製だが兵器には見えない。家電だった。電子レンジが至近距離に落下しつつある。

結衣がなにかに気づいたように、瑠那の肩をつかむと、一緒にしゃがみこんだ。さっきクルマから外れたドアを、盾のように頭上に掲げる。

とたんに電子レンジが青白い閃光とともに破裂した。空中で粉々に消し飛び、細かな破片が銃弾のごとく地上を襲う。棒立ちしていた警官らが頭部に破片を食らい、次々と突っ伏していった。

だが本当の悪夢はそこからだった。瑠那は胸もとに焼けるような熱さを感じた。手で触れると、胸ポケットにおさめたスマホが、異常な高温を発していた。とりだしたとたん画面が割れ、亀裂から火花が散った。

周りの緊急車両からも蟬の合唱のような音がし、そこから一転して静寂が包んだ。

赤色灯はすべて消え、回転もとまった。点いていたヘッドライトやハザードランプもいっせいに消灯した。規制線の向こうで生き残りのテレビクルーが慌てふためいている。カメラやスマホが大急ぎで投げ捨てられる。やはり熱を帯びたらしい。そればかりか機械類のすべてが機能を失っている。

上空ではヘリが制御不能に陥っていた。メインローターが失速し、全機が蚊のように落ちてくる。ほとんどは遠方に墜落し、轟音とともに火柱を噴きあげた。一機はすぐ近くの瓦屋根を突き破り、民家へめりこんだ。

黒焦げになった電子レンジが地面に跳ね、近くに転がった。開いたドアのなかに剝きだしの基板や、小型バッテリー類が見てとれる。

瑠那は思わず声を震わせた。「電磁波パルス……？」

「そう」結衣は盾の代わりにしたドアを投げ捨てた。「D5が開発した改造法。わたしも父に習った」

知っている。結衣が武蔵小杉高校事変を切り抜けられた決め手だときく。何者かはこの近辺の家で、いくつかの家電部品を組み合わせ、なんと上空まで届くEMP爆弾に改造した。迫撃砲のように飛ばす仕組みも、なにかその辺りにある物の応用だろう。すなわち敵は武装せずとも、身の周りの機器や道具を用い、大量破壊兵器すら造りだしてしまう。優莉家の専売特許と思いきや、それを可能にする者といえば……。

周辺を見まわしたとき、低層ビルの屋上が目に入った。機銃が台座に据えられ、俯角(ふかく)にこちらを狙っている。射手は武装兵だが、その横に制服姿の女子高生が立っていた。膨らんだ頰がここからでもわかる。恩河日登美だった。

日登美は水道管とおぼしき鉄製のパイプを肩にかけていた。直径約十センチ、長さ一メートルほどで、ずしりと重そうだ。円筒はまっすぐこちらに向けられていた。なにをこしらえたのか、あるていど想像はつく。

円筒の口が火を噴いたとき、瑠那と結衣は同時に身を翻し、全力疾走で退避した。スクラップと化した車体の屋根を飛び越え、崩れかけた家屋をくぐり抜け、ふたりは猛然と駆けつづけた。

瑠那は走りながら振りかえった。着弾はさっき瑠那たちがいた場所だった。そこを中心に凄(すさ)まじい炎の渦が発生し、真っ赤な旋風となり一帯を吞(の)みこんだ。車両や家屋の残骸(ざんがい)、生存者らが天高く舞いあがり、瞬時に焼き尽くされていく。まさしく業火にちがいない。

とんでもない破壊力だった。ここまでの大規模なフラッシュ火災を、たった一発で引き起こす携帯兵器は、どの国の軍隊にもありはしない。ナフサに増粘剤を添加し充(じゅう)

塡した油脂焼夷弾の類いか。近い発想なら瑠那も持てるが、日登美の知識と応用力はさらにその上をいく。手加減知らずでもある。いまや街全体が火炎地獄と化していた。熱風に追いつかれまいと、ふたりで必死に走った先に、けさ凜香が乗り捨てた自転車があった。

結衣が飛び乗るや前傾姿勢でペダルを漕ぎだした。「後ろに乗って！」

瑠那は後ろの荷台に横向きに座り、結衣の背に抱きついた。競輪選手並みの加速だった。周りの家々が炎に包まれていくなか、焼け落ちる寸前の住宅を突っ切り、広めの車道にでる。さっきのＥＭＰはここまで達していたらしい。動かなくなったクルマが列をなし、ドライバーらが困惑顔でさまよっている。

「おい」中年男のドライバーが怒鳴った。「あいつ優莉結衣じゃねえか⁉　売国奴の小娘め」

ほかのドライバーも同調した。「ああ、そうだ。あいつのしわざかよ。架禱斗の妹が！」

ふたりのドライバーの罵声はそこまでだった。たちまち絶叫に変わった。瑠那が振りかえると、どのドライバーも炎に呑まれていた。みな必死に逃げ惑うが、クルマのガソリンタンクも次々に爆発し、誰もが身体ごと吹き飛ばされていった。

瑠那は結衣の背に顔をうずめ、声を殺しながら泣いた。坂東が死んだ。大きな理解者を失ってしまった。なにもかも優莉匡太の思惑どおりになっている。運命を変えるすべはないのか。

13

岡山出身の六十五歳、梅沢和哉は総理官邸の地階、危機管理センターにいた。オペレーションルームや情報集約室と強化ガラスで隔てられた、対策本部会議室の円卓を、閣僚らとともに囲んでいる。ガラスの向こうのモニター群には、日本のテレビ各局にＣＮＮやＢＢＣを加えた、いずれも報道特別番組がリアルタイムで映しだされている。どの画面にも都内各地の凄惨な光景があった。

梅沢は業を煮やしていた。だがそのこと自体にはさして胸は痛まない。現代の狭い世界で、海を隔てた向こうでは、ずっと戦争や紛争がつづいてきた。シリアかリビア、あるいはウクライナのような無法地帯と化している。シビック政変のように、それが日本に持ちこまれる事態も、特に驚くべきことではない。ＥＬ累次体による革命は、多くの国民の血を流すのと引き換えに、強国日本の樹立をめざすものだった。実現していれば、いまテレビが報じるぐらいの戦禍は、全国各地にひろがっただろう。

　とはいえきょうの惨劇について梅沢は関知していなかった。ＥＬ累次体の最高会議、定時定例総会でも、このような計画が議題になった記憶はない。

　隣に座る三十三歳、息子の梅沢佐都史が、おずおずと話しかけてきた。「ちょっと話があるんだけど」

「あとだ」梅沢は息子と目も合わせなかった。縁故採用で秘書官に登用したものの、佐都史は不祥事つづきで国民の不信を買い、解任せざるをえなかった。とっくに一般人に戻った息子を、総理がなぜ侍らせているか、一部の閣僚は不満げな態度をしめしてくる。

　佐都史もＥＬ累次体のメンバーだ。社会情勢分析チームの一員でもある。なにが起きているかを知るためにも、息子を同席させないわけにはいかない。ただ佐都史はいつも見当ちがいの発言で父親の足を引っ張ってくる。この場では黙らせておくにかぎる。

　警察庁長官は陣頭指揮に追われ、危機管理センターには来ていない。官僚のひとりが円卓の脇に立った。「昨夜から発生した爆発による犠牲者は、ＩＴエンジニアやプログラマー、声紋鑑定家、携帯キャリア社員などさまざまです。デジタル庁の開発室やサーバーを筆頭に、相互にまったく関連性のない個人宅や職場が、一斉攻撃の標的になったわけです」

うろたえる反応をしめす列席者らは、EL累次体と無関係の閣僚にかぎられる。梅沢親子と同じくEL累次体に属する面々は渋い顔だった。

別の官僚が駆けてきた。「荒川区東日暮里四丁目と台東区東上野二丁目での武装攻撃で、警察官や消防士百十七名の死亡を確認。一般人の死傷者数はこれからです。東日暮里四丁目の事件発生現場は、優莉凜香が暮らす児童養護施設でもあります」

またもざわつく閣僚は、やはりEL累次体メンバー以外に限定された。梅沢は腸が煮えくりかえる思いで無言を貫いた。この武装勢力はいったいどこから現れたのか。公安からの報告によれば、優莉家の兄弟姉妹は昨晩、特にめだった動きはみられなかったという。とりわけ警戒すべき優莉結衣も、デジタル庁での爆発の発生時、自宅マンションにいたことが確認されている。杠葉瑠那が都内に暗躍したとの情報もない。ただしけさの武力襲撃後、優莉凜香は行方をくらましているようだ。

六十八歳の経済再生担当大臣、坂本善継が切迫した表情でいった。「総理。ただちに自衛隊の出動命令を……。まだ命令をお下しになっていないこと自体が問題です」

岩淵幸司防衛大臣が鬱陶しげに反論した。「二か所の現場のいずれも、武装集団はとっくに撤退し、姿を消したとの報告があります。陸上自衛隊による周辺の警備は配置が進んでおり、これ以上の出動命令は無意味です。戦うべき敵がいないのですから」

「総理！」坂本大臣が苛立ちをあらわにした。「矢幡前総理が失踪なさり、その代行に始まったからといって、あなたはもはや立派な総理なのです。失策つづきでは円安の急激な進行に歯止めがかかりません。事態収拾のためもっと思いきった対応を……」

五十七歳の隅藻長輔法務大臣が遮った。「失敬でしょう。総理には総理のお考えがあります」

にわかに円卓が紛糾しだした。おもにＥＬ累次体以外の閣僚らが血相を変え、口角泡を飛ばしあっている。岩淵防衛大臣も隅藻法務大臣もＥＬ累次体だ。どちらも苦虫を噛み潰したような表情で、しきりに梅沢の顔いろをうかがってくる。

内閣総理大臣が死亡または失踪、亡命、除名されたとき、内閣は総辞職しなければならない。憲法70条にそう定められている。矢幡の失踪にともない、梅沢は即座に臨時の総理大臣代行として就任した。

だがこの交代劇の直後、消えたはずの矢幡から梅沢のもとに、文書で連絡があった。

矢幡はEL累次体の革命路線について、常々反対の意思をしめしていたが、それは見せかけでしかなかったようだ。革命路線の陣頭指揮を執るため、政治の表舞台から退く、矢幡からそう伝えられた。身を隠した矢幡はそれ以降、EL累次体の会議に音声通話で頻繁に出席している。

政界でも梅沢の盟友だった矢幡は、EL累次体の精神的支柱であり、実質的に革命推進派の要でもある。矢幡のやることならまちがいない、誰もがそう信じながら追随してきた。死刑に処せられた優莉匡太の子供たちの抵抗により、重大な計画が頓挫しつづけたが、もう後には退けなかった。革命はいっこうに果たされず、国内の治安の乱ればかりが加速している現状だが、矢幡は想定の範囲内だといった。きっとなにか考えがあるはずだ。

しかしこの正体不明の武力襲撃はなんだろう。どんな勢力がなんの目的で動きだしたのか。警察に牙を剝くとは、まさしく国家への挑戦にちがいない。EL累次体はすでに裏社会の密輸銃器類の流通を掌握しているが、新勢力はそれ以外のどこで装備を調達したのだろうか。実戦慣れした武装兵はどうやって動員したのか。

ガラスの向こうのオペレーションルームから、若い職員がこちらを見ている。梅沢が見かえすと、職員は小さくうなずいた。

あの職員はＥＬ累次体の連絡係だった。いまの合図の意味はひとつしかない。梅沢は腰を浮かせた。「けさの武力攻撃以降、陸上自衛隊の警備も功を奏し、新たな緊急事態は発生していない。危機管理センターは稼動しつづけるが、閣僚諸氏はいったん各自の仕事に戻っていただこう」

坂本大臣が面食らう反応をしめした。「解散ですか？　いま国民は激しく動揺し、地域によってはパニックも起きています。ひきつづき事態の収拾にあたられるべきでは……」

岩淵防衛大臣が立ちあがり、さばさばした態度で坂本にいった。「パニックといっても幹線道路が渋滞したり、物販店が品薄になったり、避難所に人が押し寄せたりしてるだけだ。太平洋戦争でもシビック政変でも、わが国民は整然と運命を受けいれ行動してきた。諸外国のように略奪に走ったりはしない」

ＥＬ累次体非メンバーの閣僚らは戸惑いをしめした。だが現メンバーの閣僚は率先して席を離れていく。最後まで居残っていた坂本も、渋々といったようすで立ちあがった。

閣僚たちはぞろぞろと対策本部会議室をでて、エレベーターホールへと向かっていく。ただしＥＬ累次体メンバーの閣僚ら七人が、円卓の周りをうろつき、なにげなく会議室内に居残った。梅沢が別の通路に顎をしゃくると、メンバーらは歩調を合わせてきた。

通路を歩きながら、息子の佐都史がささやきかけた。「お父さん。あのさ」

「あとにしろ。ここでお父さんと呼ぶな」梅沢は廊下の突き当たりのドアを押し開けた。

地下の危機管理センター内における総理専用執務室。コンクリート壁に囲まれた六畳ていどの部屋で、デスクとパソコンだけが据えられている。当然ながら窓もない。最後に入った職員が内側からドアを閉めると、完全な密室になった。

梅沢は革張りの肘掛け椅子に座り、パソコンに向き合った。ほかのメンバーらは周りに立ち、一緒にモニターに目を向ける。本来は総理しか入れない部屋だが、いまは極秘裏に電話を着信した。メンバーにも立ち会う権利と義務がある。

卓上の掌紋センサーに梅沢が手をかざすと、音声通話がオンラインになった。梅沢はマイクに呼びかけた。「矢幡」

スピーカーから馴染みの声が応答した。「梅沢、忙しくさせてすまんな。ゆうべから危機管理センターで徹夜だろう」

「それはかまわないが……。矢幡。その口ぶりからすると、今回の事態を想定済みだったのか？」

「案ずるな」矢幡の声は落ち着いていた。「こっちで進めている計画の一環でしかない」

「……計画とはどんな計画だ。三体衛星が制御不能に終わって以降、ＥＬ累次体の軍事作戦の費用は厳しくなってる。いま進行中の計画はないはずだが」

「別口で部隊や武装を手配した。その点で心配はない」

不穏な空気が漂う。梅沢は周りのメンバーらを見上げた。誰もが眉をひそめている。梅沢はマイクに向き直った。「大勢の警察官が死んだ。なかにはＥＬ累次体メンバーも少なからず含まれていたんだぞ。なのにあの武力襲撃はきみの差し金だというのか」

「革命のためには大きな犠牲がともなう。承知のうえだろう」

「それはそうだが、いったいどんな計画なんだ。優莉凜香の児童養護施設を襲ったようだが、なにが目的だ？　昨夜から爆発の犠牲になったのも、ＥＬ累次体のメンバーばかり……」

矢幡の声が一方的に制してきた。「ＥＬ累次体の意思だ」

梅沢は妙に思った。「最高会議より上の決定機関があるのか……？」

「最高会議はきょう催す。定期定例会議のスケジュールからは外れてるが、メンバー全員に緊急招集をかけろ」

「それはまずい。私や閣僚らが危機管理センターを遠く離れるのは……」

「必要なことだと秘書官に説明を託し、うまく抜けだせ。梅沢。この国家の本当のリーダーシップは、国会や官邸にはないぞ」

もやっとした気分が生じる。国会や官邸になくとも、EL累次体にこそリーダーシップがある、その解釈に揺らぎはない。だが最高会議を取り仕切る立場の梅沢が、隠居の身の矢幡から詳細を知らされないまま、大規模な計画が動きだすのは納得がいかない。

梅沢はいった。「矢幡。ゆうべ犠牲になったメンバーらは、特に粛清の対象者でもなかっただろう。なぜ始末した？」

「この通話で理由は伝えられない。午後八時、いつもの会議場に主要メンバーを集めろ。そこで説明する」

「きみも出席するのか」

「いつもどおり音声通話でな」

周りの閣僚らがさかんに視線を交錯させる。どの顔にも困惑のまなざしがあった。

梅沢も腑に落ちなかった。

「なあ矢幡」梅沢は呼びかけた。「どんな事情があるにせよ、表向きには日本が武力テロにより甚大な被害を受けた、それが国際社会の見方だと思う。こうした計画には、事前に円の暴落を防ぐための根まわしが必要だが、今回はそれもおこなっていない」

「そのあたりのことはいっさい心配無用だ」

「実際に為替相場に影響がでているのにか……？　日本経済崩壊の始まりと評する向きもあるが」

「いわせておけばいい。計画の真意は会議の席であきらかになる。八時を楽しみにしてろ」

電子音とともに通信が途絶えた。開いたウィンドウに〝接続が切れました〟の表示があった。

六十一歳の廣橋傘次厚生労働大臣が動揺をしめした。「どういうことだろう。矢幡さんはどこから資金を調達した？　別系統の人脈や組織があるのか？」

三体衛星計画の責任者だった藤蔭文科大臣が首を横に振った。「あるはずがない。前の計画が成功すればアジアの勢力図が書き換えられる予定だった。新世界の国際政府樹立に備え、すべての権限はＥＬ累次体に一本化してあった」

岩淵防衛大臣がからかうようにいった。「計画失敗にともない、矢幡さんが重要な命令系統を分離したのかもな。まかせちゃおけんと判断したんだろう」

藤蔭が岩淵に食ってかかった。「それは私への当てこすりですか」

「よせ」梅沢は立ちあがった。「各方面に連絡をまわしておけ。重要な会議になるのはあきらかだ。矢幡のことだ、私たちの疑問に明確な答を用意しているだろう」

不服そうな面持ちながら、メンバーらは退室を始めた。全員を送りだしたのち、最後に部屋をでるのが、梅沢の義務だった。総理としてこの執務室内には責任がある。閣僚らが通路に消えていった。梅沢のほかに室内に留まっているのは、息子の佐都史だけだった。佐都史が振りかえった。「お父さん。ほんの一分で済む。時間をくれないか」

梅沢は苛立った。「なんだ」

すると佐都史はドアをそそくさと閉めた。執務室に梅沢親子はふたりきりになった。佐都史が声をひそめていった。「きのう爆発で犠牲になったメンバーだけど、うち数人と僕は知り合いだった。彼らはひとつの極秘チームとして動いてた」

「なに？　初耳だぞ」

「僕も偶然きいたにすぎない。矢幡さんからの直接の指示だったらしいけど、お父さんたちまで知らなかったなんて」

「……矢幡が極秘チームを編成して、なにをさせてたというんだ」

「デジタル庁の大容量サーバーを利用し、なんらかのアプリを作らせてた。携帯電話キャリア会社の固定コードブックもハッキングで入手してる」

「殺害されたメンバーの顔ぶれで作成可能なアプリとは？」

「声紋鑑定家まで交ざってるからさ……。たぶんボイスチェンジャーとか」

不快な緊張が梅沢の胸のうちにひろがった。黙って息子の顔を見つめる。佐都史は真剣な表情で見かえした。

「わかった」梅沢はドアへ向かいだした。「もうなにもいうな」

「お父さん。固定コードブックとリンクしたボイスチェンジャーってことは、特定の誰かの声を……」

「もうよせ！　いまは不用意に口をきくな」

佐都史がさも不満そうに言葉を切った。だが一喝したのは息子を守るためでもある。梅沢はドアを開けた。佐都史を先にだしたのち、梅沢も通路に歩を進めた。

ボイスチェンジャーだと……。あれはたしかに矢幡の声だ。ずっと疑いもしなかった。それでもひとつの懐疑が生じると、こうまで不安が掻き立てられるものなのか。

ナショナリズムは内部の欺瞞に弱いといわれる。独裁者の偽善に振りまわされた末、国家が衰退の一途をたどる。同じ轍は踏まないと誓っていたはずだ。だがすでに始まっていたとしたら。

14

凜香は目をうっすらと開けた。硬い床に突っ伏しているとわかる。最初に感じたのは床の冷たさだった。てのひらでさすってみると、コンクリート敷らしい。どこかの土間だろうか。

寝返りをうち仰向けに横たわった。天井を見上げる。なんとも異様な光景があった。ここは円錐形の部屋だった。底面の直径は十メートル前後、壁もコンクリートの打ちっぱなしだが、上へ行くにつれて円周が狭まっている。頂点は二十メートル以上の高さにあるように見える。

照明は壁面の埋めこみ式のみ。そのせいで薄暗い。外が見える窓は皆無だが、高さ三、四メートルほどの位置に、大きなガラスが嵌めこんである。円錐の内壁に沿っているため、表面が湾曲したうえ斜めになっていた。ガラスの向こうは別の部屋で、人影がいくつか居並び、こちらを見下ろしているのがわかる。

起きあがろうと頭を起こしたとき、自分の身体が目に入った。なぜ床を冷たいと感じるのか理解できた。一糸まとわぬ裸にされている。全身切り傷や痣だらけだった。

凜香は頭を床につけ、低く唸りながら寝そべった。鼻を鳴らし、ひとりつぶやいた。

「またこういうのかよ」

ここはガス室かなにかか。中坊のころ動画配信で観た『シンドラーのリスト』を思いだす。原宿にサリンを撒くにあたり、アウシュビッツのガス室の場面が参考にならないかと、邪な考えで鑑賞した。凜香の感性では戦争の悲惨さよりも、素っ裸の収容者らが全員無修正だったことのほうが、記憶に強く残っていた。あれの出演者たちは事前に、ちゃんとそういう撮影だときかされていたのだろうか。あとで訴えたりしないのか。そんな見方しかできない凜香のほうが不謹慎なのか。

もうひとつの可能性はのぞき小屋だった。ここは性的暴行をガラス窓から見物させる、悪趣味な施設かもしれない。反社にはなんでもありうることを、凜香は幼少期から知り尽くしていた。

金属がこすれる音がした。凜香は寝たまま身体の向きを変えた。さっきは気づかなかったが、凜香が頭を向けているほうの壁に、鉄扉が嵌まっていた。金庫室のようなハンドルが付いている。それがゆっくりと回った。解錠したらしい。扉はゆっくりと手前に開いてくる。

足を踏みいれてきたのは三人のスーツだった。巨漢の奥目、スキンヘッド、巻き髪の女。漉磯と芦鷹、それに猟子だ。顔ぶれがわかった時点で凜香は跳ね起きた。三人は半開きのままの扉を背に立ち、じろじろと凜香を眺めた。凜香は羞恥心よりも、体裁の悪さに苛立ちを募らせた。男の目より女の目のほうが気になる。三人ともわざわざ埃ひとつないスーツに着替えたようだ。

凜香は罵った。「わざわざめかしこんで裸の女を見下そうってのかよ。変態の所業だろが」

誰ひとりとして表情を変えない。眉間に皺が寄るわけでも口が歪むわけでもない。凜香は自分の発言のせいで、いっそうマウントをとられたような気分になった。憤怒がこみあげてくる。凜香は生理的に最も腹立たしい存在、猟子に挑みかかった。

ところが猟子に達するより早く、芦鷹が凜香の髪をわしづかみにした。激痛に凜香が暴れると、芦鷹は膝蹴りを腹に見舞ってきた。一瞬呼吸がとまった。激しくむせたときには、芦鷹の手から突き放され、ふらふらと猟子の前に追いやられていた。すかさず猟子が左右の手刀で滅多打ちにしてきた。裸に食らう打撃は、着衣状態の何倍も痛烈だった。嘔吐しそうになると、猟子から飛び蹴りを浴びせられた。凜香はまたふらつき、今度は漉磯に接近していった。巨漢の漉磯がこぶしで凜香の頬を殴打した。凜香は床に叩き伏せられた。

　地肌に感じる痛みがいちいち身体じゅうにひろがる。そのこと自体もむかつくが、無力感と情けなさに、勝手に涙が滲みだした。そんな自分がいっそう頭にくる。無様を晒して、こいつらを喜ばせてどうする。馬鹿どもなんかほっとけ。

　猟子の声が反響した。「そろそろ日登美を呼んだらいいんじゃね？」

「だな」芦鷹が鉄扉のほうを振りかえった。「恩河」

　鉄扉からほっそりした制服が入ってきた。膨らんだ頬のまんまるとした童顔、つぶらな瞳。高一ぐらいだろうが幼児のような面構えだった。紺いろのブレザー、赤いネクタイ、チェック柄のスカート。苗字が恩河で名は日登美か。

　芦鷹がまた凜香の髪をわしづかみにする。凜香が暴れると、漉磯と猟子が左右の腕を掌握し、磔のような体勢に引き立てた。身をよじろうとも拘束状態から抜けだせない。

　日登美が目の前に立った。生意気に品定めするような視線を向けてくる。両腕が自由にならない代わりに、凜香は片脚で蹴りを繰りだした。

ところが日登美はその蹴りをすばやくつかんだ。凜香は脚をひっこめようとしたが、日登美の握力は思いのほか強かった。脚は宙に浮いたままになった。

無表情の日登美が、つかんでいる凜香の脚を、さらに高く引きあげた。凜香の股のあいだを眺め、日登美はさして興味もなさそうにきいた。「あんたさ、年端もいかないうちから売春してたんじゃなかった？　のわりには綺麗だよね、まだ」

頭に血が上ると同時に、顔が火照ってくるのを自覚する。凜香は日登美を睨みつけた。「買春するロリコンのクズどもは童貞ばっかなんだよ。幼女が相手だったら無理にセックスなんかせずに、ほかの方法でイキたがるだけだし」

「あー」日登美が淡々と問いかけた。「手とか口とか？」

「おめえもどうせ経験あるんじゃねえのか」

芦鷹が前にまわりこみ、手の甲で凜香の腹を殴打した。内臓破裂には至らないていどに力を加減している。それでも凜香は激痛とともに咳きこんだ。うずくまりたくても、漉磯と猟子に両腕をつかまれていて、直立を余儀なくされる。日登美が手を放したため、片脚は下ろせたが、膝を曲げることさえできない。

日登美がいった。「不安をおぼえてるみたい。帯広のヤヅリを全滅させるぐらいの暴れ者なのに、なに怖がってんの」

凜香は吐き捨てた。「怖がってなんかいねえ」

「マワされるのを心配しちゃいないよね。もともと児童売春婦だったんだし、ヤられるぐらい平気でしょ」

「脅しになるかどうかっていえば、ならねえ」

「だろうね。んー」日登美は頭を掻いた。「わたしね、〝それな〟って言葉を使うおっさん嫌い。SNS弁慶がそんな三文字を打とうもんならぶっ殺したくなる。脳が膿(う)んでやがる思いあがりの馬鹿の典型。実際に何人か探しだして殺してやったし」

「……なんでそんな話?」

「べつに。ただ思いついたから。ってかあんた、すなおに育たなかったんだね。屁理屈(へりくつ)で理性の皮を分厚くしちまって、ひねくれた根性のまま歳を重ねてる。それってお父さんの教育に邪魔だから」

父親に言及されるだけで胸騒ぎがおさまらなくなる。凜香の声は震えだした。「教育ってなんだよ」

「歳とともに厚かましくなった部分は取り払って、ピュアな心でお父さんと向きあいなよ」

「いってることがわかんねえんだよ。人を裸にしといて意味不明な能書き垂れんな」

するとてつとびら鉄扉から白衣がワゴンを押しつつ入室してきた。高齢女性の看護師らしい。ワゴンの上には薬品の瓶や注射器が並んでいる。

不穏な空気が漂う。凜香はきいた。「なにしやがるつもりだよ」

日登美が答えた。「瞰野古墳のケシ畑で作ったヘロイン。EL累次体から提供してもらった。あんたヤクは？」

「やめろよ！」凜香は取り乱し、全力でもがいた。「んなもん射つな！」

「むかしやったことがあるでしょ。でも多幸感は得られなくて、怖い幻覚ばかり見るから、以後はやめたんだよね。しかもその後は禁断症状に苦しんで、死ぬ思いまでして。そんときの何倍もの量を射っとく」

「よせってんだ！」凜香は必死で抵抗した。「なんでそんなことするんだよ」

「だからお父さんの教育だって。わたしたちはきょうだいみたいなもんだからさ。聞き分けのない子には、親の教育の手助けをしてあげないと」

「やめ……」腕にちくりと刺す痛みが走った。凜香は歯を食いしばった。「う……」

注射器が空になるまでプランジャが押しこまれた。液体の冷たさが体内を駆けめぐっているのを感じる。早くも頭のなかがぼんやりとしてきた。

漉磯らが凜香を放りだした。凜香はまた硬い床につんのめった。なぜか今度はさっきほど痛くなかった。

不明瞭にぼやけつつある視界に、立ち去る日登美の背が映っている。漉磯ら三人がつづく。全員が鉄扉の向こうに消えていく。ほどなく鉄扉は閉ざされ、ハンドルが回転した。

誰もいなくなった。凜香ひとりだけが残された。いや、そうではない。ぞろぞろと群がってくる奴らがいる。酒くさい。英語のスラングばかりが飛び交う。どいつもこいつも軍人もどきのような制服を着ている。ラングフォード社の男どもだった。

男が鼻息荒くベルトを緩め、ズボンを下ろした。俯せに凜香の上にのしかかってくる。下腹部に激痛が走った。凜香は悲鳴をあげたが、ほかの奴らが下品な笑い声を発しつつ、両腕と両脚を押さえこむ。もがいても逃げられない。股のあいだを抉り穿つ痛みに加え、吐き気までがこみあげてくる。凜香は激しく身体を揺すられた。

「やめろ」凜香は泣き叫び暴れた。「やめやがれ！」

ふいに両手が自由になった。寝返りをうったとき、男たちは消え失せ、円錐形の室内だけがあった。

誰もいないのか。いや、さっきはたしかにいた。凜香は荒い呼吸とともにガラス窓を見上げた。

ガラスの向こうに居並ぶ人影が数を増やしている。よく目を凝らすと、漉磯や芦鷹、猟子が加わっていた。日登美の姿は確認できない。

凜香は上半身を起こした。とたんに背後からまた汚い英語がきこえてくる。誰かの手が凜香の口を塞いだ。力ずくで仰向けに引き倒される。さっき耳にしたのは英語のはずだった。なのに取り囲むのは外国人ではなかった。権晟会のゴミどものアホ面が、勢揃いで凜香を見下ろしてくる。

ひとりが薄ら笑いを浮かべながらいった。「まず俺からだ。俺にヤらせろ」

途方もない恐怖と不快感、憎悪、反感がいちどに押し寄せる。凜香は目を固くつぶり、激しく身体を揺すった。「放せ！　やめてよ！」

ふと妙に静かになった。凜香は目を開けた。

コンクリートの天井だが、さっきまでとはちがう。四角いうえに、窓から陽光が射しこんでいる。身動きできないのは、ガムテープでぐるぐる巻きにされたからだ。ミイラ状態になった凜香は、仰向けに横たわったまま、指一本浮かせられなかった。そんな凜香をのぞきこむ顔がある。結衣だった。

凜香は怒りとともに声を張った。「死ねクソ姉！」

結衣は醒めた表情で見下ろした。「ガムテープで口もふさがれたい？」

「マジで死ね。死ね死ね死ね死ね死ね！　ゴミクズ結衣。人殺しの変態ブス。不細工。正真正銘の死神、貧乏神。単細胞生物！」

上半身が跳ね起きた。束縛に打ち勝った。というよりガムテープが消え、凜香はまた全裸に戻っていた。

夜空がひろがっている。原宿の雑居ビルの屋上だった。目の前に結衣が立っていた。手にした散水ノズルを凜香に向けてくる。

高圧洗浄モードらしい。噴射された猛烈な水圧を顔面に受け、凜香はのけぞった。手足をばたつかせたが、結衣は執拗に凜香の顔を狙い、強烈な噴射を浴びせつづける。凜香は裸でのたうちまわるしかなかった。

「やめろ！」凜香は息苦しくなり、両手を振りかざした。「結衣姉、やめやがれ。やめろってば。どうしていつもいじめるんだよ！」

噴射はとまった。凜香は泣きじゃくっていた。円錐形の室内、床が乾いている。そのことを知っても安らぎはなかった。

ガラス窓を仰いだ。はっと息を呑んだ。漉磯らとともに見慣れた姿が立っていた。

身体にぴたりと合った黒シャツは、むかしの趣味のままだ。厚い胸板が浮かびあがっている。いくらか歳をとったのが、この距離からでもわかる。刈り上げた頭に浅黒い顔。鋭い目つきに高い鼻、薄い唇だが大きな口、発達した下顎。

凜香は立ちあがれなかった。見上げる窓に涙ながらにうったえた。「助けてよ。お父さん、助けて。結衣姉がいじめる。助けて」

スピーカーから響き渡るような優莉匡太の声が、凜香の耳に届いた。「自分でなんとかできねえのか」

「無理。みんないじめる。権晟会とか、ラングフォードとか、あんな奴らに好きにされて……。痛いよ。気持ち悪いよ。怖いよ……」

「凜香。おめえはひとりでなんとかなる」

「できないんだってば！　瑠那みたいに天才じゃねえし。結衣姉が馬鹿にしてくる。篤志兄も架禱斗兄も。わたしなんにもできないもん！　まだちっさいから！」

「落ち着け、凜香」父の声がこだました。「いま下りてく」

「来て」瑠那は窓に手を差し伸べた。「来てよ。お父さん。早く」

たぶん折檻を食らう。それでも父は頼りにできる。気に食わない奴を難なく殺してくれる。結衣姉の命までは奪わないだろうが、めいっぱい苦しめるのはまちがいない。いままでも何度か父に泣きついてきた。

そう思うと動揺が静まってくる。安堵が睡魔を招く。凜香は急速に眠りに落ちていった。

意識が遠ざかり、また戻るさまは、かなり唐突に感じる。以前にいちどだけヤクを打ったときがそうだった。時間の経過をまるで自覚しない。いまも同じだ。それにともなう不快感も、以前に味わったとおりなのを、凜香は明瞭に思いだした。

「うわ！」凜香は横たわったまま痙攣し、ただ大声でわめき散らした。「うわああぁ！」

禁断症状については、むかし経験したのち、ネットで知識として得た。原理を知ったうえでなら、努力で症状を緩和できるのでは、そんなふうに感じたこともあった。いま無駄だとはっきり認識できた。わかっていても苦しい。痛い。怖い。裸の全身を切り刻まれるようだ。

耐えがたい苦痛にさいなまれながら、凜香はひたすら叫びつつ、身をよじることしかできなかった。円錐の内壁が中心へと迫ってくる。このままだと押し潰されてしまう。

ふと気づくと、漉磯と芦鷹、猟子が見下ろしていた。いつの間にか凜香のいる床に降り立っていた。父の姿はない。

凜香は手で空を搔きむしった。「だしてよ！　お願い。ここからだして！」

三人の返事はなかった。なにやら目配せしあい、揃って鉄扉へと立ち去っていく。

「まって」凜香は床を這い、泣き喚きながらうったえた。「置いてかないで！　連れてってよ。ひとりにしないで！」

だが漉磯らは退室していき、鉄扉が閉ざされた。凜香は転げまわった。仰向けになり、後頭部を浮かせては、また床に打ちつける。そればかりを繰りかえした。自分の悲鳴が円錐に反響しつづける。叫んでいなければ恐怖に呑まれる。目をつむれば乱暴な奴らが現れる。

「ごめんなさい」凜香はひたすら泣きじゃくった。口を衝いてでる言葉は、ほとんど無意識のうちに、幼少期を再現していた。「ごめんなさい、お父さん。ごめんなさい、許してください。お父さん……」

15

まだ正午前だった。西日暮里駅に近いパークレジデンス濱川、八階の807号室には、教師の蓮實庄司と婚約者の桜宮詩乃が同居している。

室内の明かりは消えていた。筋骨隆々の身体を長袖シャツに包んだ巨漢、蓮實がリビングルームの窓辺に寄り、ブラインドの隙間から外をのぞいている。薄暗いダイニングキッチンで、詩乃はカップ麺をふたつ作り、テーブルに運んだ。ＩＨが機能しているからには、停電になっていないとわかる。

平日の昼間だった。本来なら学校に出勤している時間帯だろう。蓮實は唸りながら詩乃にいった。「テレビを点けてくれないか」

二十代後半、新卒ＯＬ風のナチュラルボブの詩乃も、きょうは勤めにでていない。いつも明るく活発な詩乃が、さすがに憂いのいろを濃くしていた。黙ってリモコンを操作する。

テレビの電源が入った。音量は抑えぎみだった。キャスターの声が荒川区と台東区での武装襲撃を報じている。優莉匡太の四女が消息不明であり、事件に関わっているとみて警察が行方を追っています、キャスターの声はそういった。

サイレンがひっきりなしにきこえる。詩乃が不安顔できいた。「庄司さんは除隊したんだし、声がかかったりはしないんでしょ？　いきなり呼びだされるなんて嫌」

「声がかからないのがむしろ変だよ」蓮實が深刻そうにつぶやいた。「予備自衛官にも準備を整えておくよう、連絡が入るぐらいの事態だ。特殊作戦群にいた俺がほっとかれる謂れはない。なのに電話一本かかってこない」

「わたしにとっては喜ばしいことだけど」

「陸上自衛隊のヘリや車両はちらほら見かけるけど、パトカーほどじゃない。最低限の警戒レベルだ。こんな非常時にはありえない。上が不自然に抑えこんでるとしか……」

詩乃は心細そうに蓮實に寄り添った。「いまはわたしだけを守ってほしい」

「もちろんそうする。外出禁止令もでてるしな。だけど生徒たちが心配だよ」

「それはそうだろうけど」詩乃がなまめかしい声でささやいた。「まず真っ先にわたしを慰めて」

ふたりは抱き合うというより絡み合い、互いに顔を近づけた。

黙って一部始終を見ていた結衣だが、肩を貸した瑠那が気を失いかけ、立っていられなくなったらしい。ふらついたせいで身体が壁にぶつかり、大きな音を立てた。

はっとした蓮實と詩乃が、目を丸くしこちらに向き直る。ずっと玄関にいた結衣は、気まずい思いとともに、半開きになった引き戸を横滑りに開けた。

「おい!?」蓮實が驚きの声を発した。「なんだ?　どうやってなかに入った?」

詩乃のほうは、ぼろぼろになった結衣と瑠那を目にするや、痛ましい表情を浮かべた。駆け寄ってきた詩乃が両手で瑠那を支える。「ああ、杠葉さん。またこんな目に遭って……。いったいなにがあったの？」

瑠那はぐったりとしていた。顔は痣だらけ、制服も切り裂かれ、ほぼ血まみれになっている。結衣のワンピースも同じありさまだが、瑠那のほうがダメージを受けていた。蓮實がただちに瑠那を引き受け、ソファに横たわらせた。瑠那は意識を失っていないが、安堵したせいか深くため息を漏らし、眠るように目を閉じた。

詩乃が小走りに棚へと向かった。「包帯と絆創膏を……」

結衣は立ったまま瑠那を見下ろした。妹を傷だらけにしてしまった。おそらく凜香も似たような状況か、悪くすれば命を落としているかもしれない。自責の念が胸のうちを鋭く抉った。

瑠那のわきにひざまずいた詩乃が、さっそく手当てにかかる。蓮實が結衣を見つめた。「きみも横になったほうがいい」

「だいじょうぶです」結衣は掠れぎみの声で応じた。「あのう、蓮實先生。わたしは……」

「優莉結衣だろ。顔は知ってる。与野木農業高校で妹と殺し合いの大喧嘩だったな」

あのときサリンプラントに突入してきた特殊作戦群に蓮實がいた。現在は日暮里高校の教諭だときいている。結衣の視線は自然に落ちた。「いろいろあって、凜香とは仲直りしてます」

「だろうな」蓮實がうなずいた。「あいつは口を開けば姉の自慢ばかりだ。最初は罵(ののし)ってるのかと思ったが、そのうち〝結衣姉〟の強さやクールさに憧(あこが)れてるとわかった」

結衣は力なく首を横に振った。「頼りにならない姉です」

「きみのせいじゃないだろう」

「いえ」結衣は虚空を眺めながらささやいた。「父が生きてることに気づかなかったんですから」

詩乃が目を瞠(みは)り蓮實を仰ぎ見た。蓮實も絶句する反応をしめしている。

だが蓮實は、いま詳細をたずねること自体、愚問だと感じたらしい。険しい表情が和みきらないものの、玄関のほうへ視線を投げかけると、日常会話のようなトーンで蓮實がぼやいた。「ピッキングできないディンプルキーだったのに」

結衣は顔をあげず、ただ小声でつぶやいた。「もともと絶対にできないわけじゃありません」

「下のエントランスもオートロックだったろ?」

「防犯カメラには映らない方法で入りました。その点ではご迷惑をおかけしません。

……ここに来たこと自体が迷惑でしょうけど」

　蓮實が穏やかな物言いで応じた。「馬鹿をいうな。俺は優莉凜香の担任だ。きみら姉妹にも深い関わりがある」

　詩乃は涙ぐんでいた。「恩人でもあるでしょ。杠葉さんたちがいなかったら、いまごろ死んでた」

「……そうだな」蓮實が暗く沈んだ面持ちで同意した。「なあ、優莉結衣さん。野暮な質問は控えたいが、ひとつだけ教えてくれ。ＥＬ累次体にしてやられる杠葉じゃないと思うが……。きみもな」

「いえ」結衣は重苦しい気分から抜けだせなかった。「ＥＬ累次体じゃありません。父に育てられた奴らです」

「なに？　そりゃどういうことだ。優莉匡太が死刑に処せられず、いままでずっと生きてて、きみらみたいなのをほかにも育成してたってのか」

「しかも矢幡前総理になりすましてＥＬ累次体を操ってます」

「寝耳に水だ。にわかには信じられんが……。なんでそんなことが起きてる？」

「公民で習ったとおりです。国家が行き詰まるとナショナリズムが台頭します。強い日本にしたいという矢幡さんの目的は正しかった。平等も約束してくれましたから…

…。じつのところEL累次体の前身は、保守系の理想を追求する、政財界のトップの集まりだったようです。でもシビック政変をきっかけに変貌して……」

「ああ。EL累次体には極右や極左の過激派や、ついには中国共産党の裏切り者まで合流してるんだろ。ナショナリズムは流されやすい。途中から独裁者が私利私欲のために扇動し、常識なら歯止めがきくはずの残虐行為にまで足を踏みいれちまう。歴史が証明してる」

「シビック政変により、良識ある大人たちを追い詰めてしまったのは、わたしたちの兄です。父は国家の混乱と腐敗、行く末の滅亡だけを望んでる。優莉匡太の子供は全員、そのための尖兵なんです」

「きみたちはちがうだろう……」

「なにもちがいません。国家に楯突くように育てられたのがわたしたちです。法を無視して人を殺すのが当たり前になってた。やめようにもEL累次体に染まった政府は野放しにできないから……。永遠に抗いつづけるしかない。世間から恐れられる優莉家として」

　詩乃が信じられないという顔になった。「子供にそんなことを望む父親がいるの？国の治安を悪くして、犯罪や貧困が増えて……。そういう世のなかにするためだけに、優莉匡太が生きつづけてるの？」

　蓮實がため息まじりにいった。「ありうるよ……。子供のきみらの前でいうのは憚られるが、優莉匡太は逮捕時、反社会性パーソナリティ障害と診断されてた。社会の規範を破り、他人を欺いたり権利を侵害したりするのが、生き甲斐であり本質だ。なんのためにそうするのかときいたところで、答えなんかないんだ」

　結衣はささやいた。「発症の原因は五割の確率で遺伝だとか……」

「きみらはちがう。反社会性パーソナリティ障害の病因には、遺伝だけでなく幼少時の虐待も挙げられてるし……」

　蓮實の声は徐々に小さくなっていった。結衣たちが父親と同種の人間でないとするには、否定の根拠が乏しく、むしろ裏付けが増えるばかりだと悟ったのだろう。

　警察に保護されて以降、結衣も凜香も精神鑑定を受けてきた。セロトニン異常に基づく衝動的攻撃性は、姉妹ふたりとも証明されている。他者の痛みを無視する幼児期に育ち、思春期には反社会的行動を当然と考えるに至った。優莉匡太の子は人殺しになる運命だった。

　あきらめは絶望と同義でしかない。いまになって強くそう思う。結衣はいった。

「EL累次体の幹部も、強国への理想を突き詰めるあまり、異常性の自覚に鈍くなってるんでしょう。正義を貫いてると信じてる。わたしたち優莉家こそが悪だから……。わたしたちも殺しをやめられない。自分が正しいと錯覚したこともある……」

「無責任にきみらが正しいとはいえないが……。いや、法の下じゃ凶悪犯か。だからといって法が正義ってわけでもない。とはいえ、いま国家はEL累次体に狂わされてるしな」蓮實が頭を掻きむしった。「戦時中に軍部が下した命令の善悪を、いまになって問うみたいなもんだ。なんともいえん。それより……」

「なんですか」

蓮實がテーブルに顎をしゃくった。「カップ麺、食べないか」

湯を注いだあと放置されたカップ麺がふたつある。どちらも蓋の隙間から湯気が立ちのぼっていた。

結衣はうつむいた。「お腹は減ってません」

「そういうな。きみと杠葉で食え。少しは体力が戻る」蓮實がため息をついた。「運命って話なら、誰でも多少なりともある。俺も教員を志したが、生徒みんなを勤勉で真面目にするなんて、ただの理想でしかないと常々感じる。理想を追いかけるだけの日々が虚しくなったりもする」

「……先生の本音をきいたら、がっかりする生徒もいるでしょう」

「難しいな。優莉凜香を更生させるのを第一の目標に掲げたが、国のほうがうんと悪いせいで、彼女の犯罪を見過ごしてばかりの始末だ。つくづく教師として無力感にさいなまれる。みんなそんなふうに生きてるんじゃないのか？　悩みのスケールは、人それぞれちがうだろうが」蓮實がどこかとぼけた真顔できいた。「食べないか」

笑みがこぼれるほどではなかったが、ほんの少し心の閉塞感が是正される、そんな気がした。蓮實には初めて会うものの、凜香や瑠那からきかされていたほど、そそっかしい大人には感じられなかった。むしろ話すたび気持ちが楽になる。教師だからか。あるいは蓮實も、銃を手に人を撃った経験の持ち主だからだろうか。

カップ麺に手をつけるかどうかはわからないが、椅子に座るぐらいはいいかもしれない、結衣はそう思った。テーブルに向かいながら結衣はいった。「突然お邪魔してごめんなさい」

「前もって電話をくれてれば、もうちょっとましな食事を用意したのに」

「わたしも瑠那も、ＥＭＰでスマホを破壊されたので……」

窓を覆うブラインドから射しこむ陽光に、微妙なちらつきが生じた。ここは八階だ、飛行物体の接近はいうにおよばず、壁をよじ登る者がいたとしても、結衣の聴覚なら容易に気づきうる。鳥のはばたきにもそれなりの音をききつける。いまはまったくの無音状態だった。

にもかかわらず窓の外に黒い影が現れた。この階と同じ高さの空中にぴたりと静止している。自然現象ではない、人為的な意思を感じる。

同時に蓮實も直感したらしい。ソファの瑠那を看病する詩乃に、蓮實が覆いかぶさるように伏せた。詩乃が驚きの声を発するより早く、ロケット砲の発射に特有の甲高いノイズを耳にした。

室内に真っ赤な雷光がほとばしり、いきなりの爆風が横殴りに襲った。雑多な物が撒き散らされ、凄まじい勢いで炎の壁が押し寄せる。太陽に飛びこんだような灼熱地獄のなかで、結衣は倒したテーブルの陰にうずくまり、両手で耳をふさいだ。耐火耐熱仕様のテーブルでないことは百も承知だった。反射的に避けるべきと考えたのは炎や熱ではない、飛んでくる無数のコンクリート片だった。マンションの外壁が吹き飛ばされた。家具類も粉々になり、無数の破片が炸裂弾のごとく、横倒しのテーブルに打ちつけてくる。

爆風は数秒でおさまった。黒煙が濃厚に立ちこめる室内は、もはや瓦礫だらけになっていた。結衣は軽く咳きこんだ。酸素が急激に失われてもおかしくないはずが、ふつうに息ができる。気密性が高いマンションの部屋にしてはおかしい。空気が流入していた。半壊状態のテーブルを押しのけると、キッチンがあった辺りの外壁に大穴が空き、外の風景が見えていた。

詩乃や瑠那を物陰に退避させたのだろう、蓮實の巨体が駆けてきて、結衣の隣で片膝をついた。荒い呼吸とともに蓮實がきいた。「無事か?」

「いまのところは」結衣は応じた。

「なんだか知らんが命中精度の低い兵器だったみたいだな。おかげで助かった」

「いえ」結衣は顎をしゃくった。「敵が狙ったのはキッチンです」

「キッチンだと?」蓮實がそちらに視線を向け、表情をこわばらせた。「ああ……。そうか」

電子レンジが跡形もなく吹き飛ばされ、もう手製EMP爆弾は作れない。IHクッキングヒーターとグリル鍋があれば爆発を起こせる。塩ビ管と小麦粉で粉塵爆発を利用した簡易バズーカもこしらえられる。けれどもいまはどれも手に入らない。結衣が思いつく二十や三十の対処法は、キッチンの破壊によりすべて封じられた。

結衣は焦燥に駆られた。「先生。銃は?」

「ない」蓮實も切羽詰まったようすで答えた。「無法者じゃないんだ。きみこそ持ってないのか」

「凜香じゃないんで」結衣は崩落した壁の向こう、空中を漂う物体に気づいた。

鳥肌が立った。なんの音もしない理由がわかった。直径一メートルほどの黒い球体は、気球もしくは大型風船だった。奇妙なことに球体の下部に、ルンバのような円盤状の機器が備わっている。しかもその下にあるのは大小さまざまな発射管だった。赤いレーザー光が結衣と蓮實のいる辺りを照射した。

レーザー照準器なのはあきらかだった。ふたりは同時にそれぞれ別方向へ飛び退いた。気球下部の発射管が火を噴き、室内に機銃掃射してくる。けたたましい銃撃音とともに、弾幕が部屋のなかを蹂躙(じゅうりん)する。瓦礫がさらに粉砕され、激しい砂嵐と化していく。

足場が悪すぎる。しかも靴を脱いでいた。結衣は蹴つまずき突っ伏した。隠れられる物陰がない。レーザー光がみるみるうちに迫ってくる。

だが結衣が狙い撃たれるより早く、噴煙のなかから人影が飛びだしてきた。瑠那だった。床に積もった瓦礫から出刃包丁をつかみあげ、壁に開いた大穴に駆け寄るや、気球めがけ投げつけた。ナイフ投げの要領で手首のスナップをきかせた。常人ならさほど威力はでないが、瑠那の筋力は異常発達している。刃は弾丸のごとく空気を切り裂きながら飛び、大型風船の側面を貫通した。ガスを噴出させた気球がたちまち萎(しぼ)み、重力に引かれ落下していった。

　瑠那が息を乱しながら振りかえった。ぼろぼろの見た目は変わらないが、あるていど体力を回復したらしい。結衣のもとへゆっくりと歩み寄ってくる。憔悴した顔で瑠那がきいた。「だいじょうぶですか、結衣お姉ちゃん。蓮實先生も」

　リビングルームがあったほうから人影が這ってきた。詩乃は頭から粉塵をかぶり、全身真っ白になっていた。「もう！　ひどい。ニトリで揃えたばかりの家具がめちゃくちゃ」

「しっ」蓮實が詩乃に静寂をうながした。「杠葉。いまのはなんだ？」

「バローンです。気球とドローンのハイブリッド」

「あー」結衣は納得した。「下にくっついてるドローンの羽根は、高度や方向を調整するだけで、ほとんど稼動しないのね」

「そうです」瑠那がうなずいた。「標的を狙える位置の真下でローターを停止し、気球の浮力だけで垂直に昇ります。だからいっさい音がしなかったんです」

「ドローン単体より重い物を運べるし」

「ええ。武蔵小杉高校事変型の機銃ドローンは、5・56ミリ弾が百発ていどの搭載だったそうですが、いまのバローンは12・7ミリ弾だったようです。弾数も多そうだったし、ロケット砲まで搭載してます」

結衣が幼少期に教わったレベルよりも進化しているばかりか、高校生だったころの兵器類ですら、すでに過去の遺物になりつつある。のみならず敵は結衣の戦法を熟知していた。同じ知識を有するばかりでなく、最新のバージョンにアップデート済みだった。

ふと疑念が脳裏をかすめる。優莉匡太の側近らは当然、瑠那の生い立ちも知っているだろう。彼女の投げナイフが弾丸並みの威力になりうるのも予測できた。瑠那がいることがわかっていて、バローンを至近距離で滞空させるとは不用意すぎないか。

そう思ったとき、壁に開いた穴の向こうに、縦長の楕円がせり上がってきた。シューッと気体を送りこむ音がする。結衣の肌を悪寒が駆け抜けた。さっきガスが抜けた風船のほうは、ただのゴム布と化し、ドローンから垂れ下がっている。予備の風船が膨れあがり、完全な球体になるや、無駄なゴム布は切り離された。バローンはいまや完全に復活し、発射管のすべてがこちらを向いていた。

瑠那が走りだした。「逃げてください！」

蓮實はとっさに詩乃を横抱きにし、もはや間仕切りが失われた隣の部屋へ、全力で退避していった。結衣と瑠那も大きく飛び退いた。ロケット砲が撃ちこまれ、ふたたび凄まじい爆発を巻き起こす。炎の混ざった疾風が吹き荒れ、部屋と内通路を隔てる壁をぶち抜いた。

　叫びや悲鳴がきこえる。半ば瓦礫に埋もれていた結衣は顔をあげた。内通路には住民が逃げ惑っていた。結衣は歯を食いしばり立ちあがった。両膝を擦りむき血が滲んでいたが、かまってはいられない。

　瑠那と蓮實が詩乃を助け起こしている。詩乃は顔をくしゃくしゃにして嗚咽を漏らしていた。結衣はそこに駆け寄った。

　剝きだしになった内通路に蓮實が目を向けた。「屋上へ逃げる手だな」

　同感だった。階下へ向かおうとすれば、混雑する階段で足止めを食うだろう。バローンは自在に浮遊する。視野の狭い空間に閉じこめられているよりは、屋上のほうが状況の把握に有利だ。むろん狙い撃ちされる可能性も高まってしまうのだが。

　誰ひとり靴を回収できる状態にない。靴脱ぎ場もシューズボックスも瓦礫の下だ。四人は内通路の混乱のなかにでた。マンションは十四階建てで、階上の住人も階段を下ってくる。結衣は先陣を切り、避難民の流れに逆らい、階段を駆け上っていった。

　途中で足もとの瓦礫のなかに、理想的な物が落ちているのを見つけた。それを左手に握りこむ。勘が正しければきっと役に立つ。

最上階に達した。火災報知器のベルが鳴り響いている。さらに階段を上り、階段塔の内部に到着する。鉄扉を開け放ち、結衣は屋上に躍りでた。

はっと息を呑(の)む。屋上から仰ぎ見る空に、忌まわしい黒い球体が浮かんでいた。さっきのバローンだった。結衣たちが屋上へ向かうのを予期し、すでに先まわりしている。

階段塔からでてきた詩乃が、空を見上げるなり悲鳴を発した。蓮實は詩乃を連れ、排気ダクトの陰に身を潜めた。

機銃掃射に追いまわされ、結衣と瑠那は同じ方向へ逃げた。非常用自家発電設備を盾に、ひとまず姿勢を低くする。バローンがまわりこんでくるのなら、こちらも横移動して位置を変えつづければいい。機銃はなんとか防げる。ただしロケット砲を撃ちこまれたらひとたまりもない。

瑠那がきいた。「結衣お姉ちゃん、気づきましたか？　下部ドローン部分の側面に、巾着(きんちゃく)袋みたいな物がずらりと並んでます」

「ええ。風船の予備でしょ。まだ十個近くもある」

「風船を割ったところで、繰りかえし浮上してくるだけですね」

「ガスはどうやって供給してるの？」

「中国がアメリカに飛ばした偵察用気球と同じ、たぶん空気中から水素を抽出する仕組みでしょう。だからボンベは必要ないんです」

「水素……。ヘリウムじゃなくて？」

「空気中に含まれるヘリウムはわずか5ppmです。分離して抽出しようにも、風船を膨らますには足りなすぎます」

なら予測したとおりの策を試してみる価値はある。結衣は瑠那に問いかけた。「もういちど風船を割れない？」

「蓮實先生の協力があれば……。やってみます」瑠那は駆けだした。瞬時に全力疾走に達する。ジグザグに走り、機銃掃射を巧みに躱しつつ、蓮實と詩乃の隠れ場所へ逃げこんだ。

もういちど風船を割る、その理由を瑠那は結衣にたずねなかった。とっくに想像がついているのだろう。瑠那が蓮實になにかを伝えた。蓮實は物陰からバローンのようすをうかがっている。屋上の床、数メートル離れた場所を、直径五センチぐらいの銅管が這っている。そこへ駆け寄りたがっているようだ。だがバローンがしきりに狙うため、容易に全身を晒せない。

結衣は物陰から飛びだした。バローンがすぐさま向きを変えた。たちまち機銃掃射が追いまわしてくる。こちらに引きつけておき時間を稼がねばならない。結衣は屋上にあるさまざまな設備のあいだを駆けめぐった。物陰から物陰へと身を移し、レーザー光に照準を定められる事態を、間一髪で回避しつづけた。

そのあいだも瑠那らの作業を横目にとらえていた。蓮實のたくましい腕が、銅管のひとつをつかみあげ、力ずくで引っぱり破断させた。そのまま大きく仰角に捻じ曲げる。冷媒配管だとわかる。室内機と室外機のあいだでフロンに熱を運搬させるパイプだった。

瑠那はそこへ突進していった。斜め上方に向いた管の口を、真正面にとらえる位置へ、直進で接近した。後方から機銃掃射が追いあげてくる。瑠那が太いボルトをパイプの口に押しこみ、蓮實とともに退避した。

レーザー光が背中に落ちる感触がある。照準が定まった。結衣は頭から滑りこむように伏せた。

数秒にわたり口を塞がれ、管のなかに溜まっていたフロンが、一気に噴出しボルトを吹き飛ばした。簡易的な高射砲だった。管の仰角から目視で当たりをつけ、ボルトが発射後に描く弾道上に、結衣はバローンを誘いこんだ。狙いどおり背後で大きな音が響き渡った。ボルトは気球を突き破った。振りかえると風船が萎み、バローンが屋上に落下してくる。ところがもう予備の風船が膨らみだしていた。

結衣はバローンへと駆けだした。全力疾走しつつ、左手に握った紙マッチを開く。すべては片手で済ませる。一本を引きちぎらず折り曲げ、頭薬を側薬にこすりつけた。点火したマッチを元どおりに伸ばし、ほかのすべてのマッチの頭薬を燃やす。結衣は高々と跳躍し、火種をバローンの穴に投げつけた。

閃光が視野を真っ白に染めた。気球の中身は不燃性のヘリウムでなく水素だ。爆風が結衣の顔を殴った。脳震盪を起こしそうなほどの音圧が、またも瞬時に聴覚を奪い去る。耳鳴りとともに結衣は後方へと飛ばされた。さっきまでバローンが浮かんでいた空間に、巨大な火球が膨張している。衝撃波が屋上の設備を根こそぎ破壊していく。屋上の床材が剝がれ、タイルがばらばらに吹き飛ぶなか、結衣は手すりから外へ投げだされた。全身が落下の風圧に包まれる。数階下のバルコニーに衝突し、そこの手すりにしがみつくことで、地上への転落は免れた。だが痺れるような痛みが少し間を置き、じんわりひろがってくる。

頭上から大量の火の粉が降り注ぐ。結衣が見上げると、爆発後の屋上に激しい火災が生じていた。熱のせいでてのひらに汗が滲みだす。手すりも滑りやすくなってきた。

瑠那や蓮實、詩乃がどうなったか気になる。だがヘリの音をききつけた。地上もなにやら騒々しい。避難民や野次馬を蹴散らすように、黒塗りの大型車両がエントランス前に滑りこんできた。武装兵の群れが繰りだし、マンション内に突入してくる。

あいかわらず治安を平気で踏みにじる奴らだった。警察にしてもEL累次体の息がかかっている。いまこの国ではなにひとつ頼れない。

結衣はバルコニーからひとつ下のバルコニーへと飛び下りた。迫り来るヘリの音が、報道機関か警察、あるいは敵のいずれにせよ、ここに留まるわけにはいかない。ビルの外側を一階ずつ下降していき、隣の低層マンションの屋上と同じ高さに達した。そちらへ飛び移ると、さらに二階建て住宅の瓦屋根へと跳躍した。靴を履いていないため、足の裏に激痛が走る。靴下に血が滲んでいた。爪が割れたかもしれない。

自己への呵責がやまない。蓮實と詩乃のふたりを巻き添えにしてしまった、真っ先にそれが悔やまれる。瑠那も心配でならない。どうすればいい。いまはもうひとりになってしまった。なにもかも父に先を読まれている。

ひとけのない路地へと飛び下りた。結衣はなおも走りつづけた。意識せずとも視界が涙にぼやけだす。悲嘆に暮れている場合ではない。運命に打ちひしがれてもいられない。だがなにをどうすれば道が開けるのだろう。

16

大ホールは和洋折衷の内装が施され、雛壇状の机と座席が埋め尽くす。シンポジウムに使われることが多いときくが、きょうこの大学は休学中だった。そもそも夜八時をまわっている。にもかかわらず雛壇はほぼ満席になっていた。顔ぶれは高齢者ばかりで、ほとんどが質のいいスーツを着ている。

国家の命運を左右するＥＬ累次体の最高会議。最前列には政府閣僚のメンバーがずらりと並ぶ。梅沢は息子とともに、その列の中央に着席した。

ＥＬ累次体が政治的秘密結社だという自覚はある。しかしシビック政変のような非常事態を招いた戦後日本には、血を流してでも実現せねばならない革命が急務だった。梅沢はずっとそう信じて疑わなかった。だがきょうは心中穏やかならぬものがある。

後ろの列の会話が耳に届いた。「ハン・シャウティンと側近は？　来てないのか」

別の声が応じた。「帰国しとるよ。中国共産党の全国代表大会が迫っとる。習近平の前ではおとなしく猫をかぶるつもりだろうな」

さらに別の声が揶揄するような口調でいった。「どだい無理だったんですよ。戦争も知らない若造の閣僚が陣頭指揮を執って、全面戦争を引き起こそうなんてね」

梅沢は自分と同じく最前列にいる、五十二歳の藤蔭文科大臣の横顔を一瞥した。いまの会話がきこえたのだろう、藤蔭は苦々しげに唇を噛んでいた。

息子の佐都史が後ろを振りかえった。「全員揃ったようですね」

ざわめく雛壇を梅沢も見上げた。総勢千と八十七名。政界や経済界、宗教界などを代表する重鎮ばかり。三体衛星計画の頓挫以降、やや人数が減ったものの、依然として革命を推進する強力な組織にはちがいない。

「諸君」矢幡元総理の声がスピーカーから響き渡った。

雛壇が静まりかえった。全員が居住まいを正し、誰もいない演壇を注視する。

矢幡の声が淡々と語りかけてくる。「末端のメンバー宅やデジタル庁の爆破について、なにが起きているのかと訝る向きも多いかと思う。じつはＥＬ累次体にとって潜在的脅威となる、内部からの妨害工作について、実行犯らがあきらかになった。緊急対処が必要となり、これら該当メンバーを粛清した」

どよめきがひろがる。政治学者で国立大学総長の七十一歳、樫枝忠広が卓上のマイクで発言した。「矢幡さん。そういう情報はどこから……。この最高会議こそＥＬ累次体のすべてと考えてきましたが、それはちがうのですか。内部からの妨害工作というのも、具体的にはどんな内容ですか」

矢幡の声が答えた。「まだ話せない。諸君のなかにも疑惑の残るメンバーがいるからだ。引きつづき定期定例会議ではＥＬ累次体の革命計画について、粛々と議論が進むことを希望する」

梅沢は息子の佐都史に視線を向けた。佐都史も硬い顔で見かえした。同感だと梅沢は思った。はぐらかされてばかりではいられない。

「なあ矢幡」梅沢は卓上マイクを通じ語りかけた。「ずっと身を隠しているが、いまどこだ？」

「きいてどうする」

「きみが失踪したときには驚いた。だが私に総理の座を譲ったうえで、きみ自身は裏でいろいろ手を尽くすため、表の政治から退いたとの説明に納得した。しかしどうも最近のきみは……」

「なんだ」

「隠しごとが多すぎる」梅沢はため息をついてみせた。「情報をすべて開示しあうのがＥＬ累次体の原則だっただろう。なのに独断で粛清まで……。優莉凜香の児童養護施設を襲撃した武装兵も、どこから動員した勢力なんだ。法治国家としては無視できん」

「法治国家」矢幡の声がからかいに似た響きを帯びた。「法を超越し革命を果たすためのEL累次体のはずだが」

「それは最高会議で全会一致をみなければ実行できない前提がある。いまも司法にはれっきとした権限をあたえている。市街地への武力襲撃となると、EL累次体の総意でないかぎり、ただのテロ行為になるぞ」

「メンバー相互の信頼も基本理念にあったと思うが」

「なら」梅沢は語気を強めた。「信頼の証を提示してほしい」

「なにを望む?」

「姿を見せろ。きみの指定する場所、どこへでも迎えを送る」

大広間は沈黙した。スピーカーからの音声が途絶えた。列席者らが神妙な顔を見合わせる。かちりと耳に残るノイズがきこえた。

佐都史がささやいた。「通信がオフラインになった。向こうの操作だ」

もし対話を一方的に打ち切ったのなら、矢幡の素性はいよいよもって怪しくなる。梅沢は列席者らにどう説明すべきか迷った。猜疑心ばかりを広めてよいものだろうか。EL累次体は一枚岩でなければならない。だが多くのメンバーにとって、矢幡は精神的支柱でありつづけている。そこに信頼を置けない理由について、全員と共有しておくべきでは……。

物音がした。一同の視線が演壇のわきを向いた。とたんに驚嘆の声があがった。梅沢もそちらを見た。思わず愕然とし立ちあがった。列席者らも次々と腰を浮かせる。

大広間の出入口とは異なるドアから、ひとりのスーツが歩みでてきた。ネクタイをきちんと締めている。黒く染めた髪には丁寧に櫛を通してある。六十代半ばとは思えない若々しい顔には、少しばかり疲労のいろはのぞくものの、独特の精悍さが備わる。

矢幡嘉寿郎前総理がゆっくりと近づいてくる。本人にまちがいない。その後ろにつづくのは女子学生だった。エンジとグレーのツートンカラーの制服はたしか日暮里高校。長い黒髪に縁取られた色白の小顔に、凜とした表情がある。令嬢然とした優雅な足どりで、雲英亜樹凪が矢幡に歩調を合わせる。

雛壇の通路を白髪頭の和装が駆け下りてきた。雲英グループ名誉会長、雲英秀玄が目を瞠った。「亜樹凪。前総理と一緒だったのか」

亜樹凪はかしこまって頭をさげた。矢幡が梅沢の前に立った。落ち着き払った態度は以前と変わりがない。

梅沢は信じられない気分で声をかけた。「矢幡」

「しばらくぶりだな、梅沢」矢幡の穏やかなまなざしが梅沢の隣に移った。「佐都史君も立派にお父さんの補佐を務めてくれてる」

佐都史はしきりに目を泳がせていた。ばつの悪そうな顔を梅沢に向けてくる。梅沢は息子を見かえし、無言のうちに沈黙をうながした。

隅藻法務大臣が興奮ぎみに挨拶した。「矢幡さん、おひさしぶりです」

「ああ、隅藻君。廣橋君や藤蔭君もいるな。大変な状況だと思うが、梅沢君のリーダーシップを信じて頑張ってほしい」

梅沢は矢幡を見つめた。「きみも人が悪いな。ずっと裏にいたのか」

「すまない。警戒しなきゃいけないことが多々ある。今後は信頼の置けるメンバーとして、雲英亜樹凪さんに伝令をお願いしようと思う」

雲英秀玄が感嘆の声を発した。「亜樹凪。名誉なことだ」

顔を合わせたからには、ぜひともじかにきいておきたい。梅沢は問いかけた。「矢幡、さっきの件だが、もっと詳しく話してくれないか」

「すまないが、信頼してくれとしかいえない。ときがきたらすべて伝える。それまでは諸君のほうで、革命計画の立案と資金調達、実行を滞りなく進めてほしい」

「矢幡。……これまでの無線通話は、ぜんぶきみか？」

しばし間があった。矢幡の表情が和んだ。「なにをいうんだ。ほかに誰がいる？」

狐につままれたような気分になる。だが目の前にいるのは本物の矢幡でしかない。矢幡がいうからには緻密な計算があるのだろう。この場で情報を開示できないのにも、れっきとした理由があるにちがいない。

「では」矢幡が立ち去る素振りをしめした。「申しわけないが各方面との調整がある。藤蔭君、先日の失敗は気にするな。私はきみをA級戦犯だなんて思っちゃいない。梅沢、また会おう」

少しばかり胸にひっかかるものがあった。半ば茫然としながら梅沢は応じた。「あ……」

矢幡が踵をかえし、さっきのドアへと戻っていく。列席者らは雛壇を離れ、矢幡を取り巻きつつ追いかけた。誰もが昂ぶった表情で、矢幡さんと声をかける。みなEL累次体の行く末に不安を感じている。いみじくもこの光景に表れていた。メンバーが頼るのは梅沢でなく、やはり矢幡でしかなかった。

まだ十九歳の亜樹凪が、まるで秘書のように矢幡に付き添う。梅沢は息子とともに自分の席から動かず、矢幡と取り巻きがドアに達するのを、ただじっと見守った。開いたドアの向こうに武装兵が待機し、かしこまった態度で矢幡を迎えるのが見えた。EL累次体のメンバーらは、武装兵のアサルトライフルを目にし、そこで足をとめるしかない。矢幡と亜樹凪がドアの向こうへ消えていった。ドアは固く閉ざされた。

佐都史がおろおろと告げてきた。「お父さん。こんなことはまったく想像も……。だけど粛清されたメンバーには、人畜無害な連中も多く交ざってたんだよ。どうにも腑に落ちない」

ほかの列席者らはそう思っていないようだ。表情は一様に明るかった。取り巻きに加わっていた藤蔭文科大臣が、感極まったような声を張りあげた。「矢幡さんがひそかに援軍を手配してくれたんだよ。きっとそうだ！」

大勢の声が同調する。梅沢はひとり椅子に腰を下ろした。すなおに考えれば、藤蔭のいうとおりだと解釈できる。だが政治家の資質にすなおさなど必要だっただろうか。

17

矢幡はほの暗い通路に戻った。両側はコンクリートの壁で窓ひとつない。天井には吊り下げ式のモニターがある。通路の前後には武装兵が整然と列をなす。大広間と通路を隔てるドアが閉じて以降、すべてのアサルトライフルが矢幡を狙い澄ました。

銃口を向けられるのにも慣れてきた。矢幡は唸った。「雲英さん。会議にはきみのおじいさんもいた。事実を偽って良心が咎めないか」

亜樹凪は仏頂面で見かえした。「祖父は祖父、わたしはわたしです。EL累次体は日本の未来のためにあるけど、わたしは上位組織に招かれました」

「上位組織か」矢幡は憤慨せずにはいられなかった。「国を扇動し過ちに走らせる優莉匡太を、きみは崇めるというのか」

「優莉結衣の信奉者であるあなたも、ごく近い心情の持ち主でしょう。匡太さんの教えがなければとっくに死んでました。結衣もあなたも、わたしも」

武装兵の列が通路の両脇に退き、衛兵のように中央を向いた。花道を別の女子高生が歩いてくる。囚われの身の矢幡にとっては、もう長いつきあいだったが、素性についてはいまだにわかっていない。恩河日登美が矢幡の前に立った。

丸みを帯びた両頰、幼女っぽさに満ちた童顔が、いつもどおり生意気な口をきいた。「矢幡。余計なことを喋らなかったのは褒めてやる」

じれったい気分でモニターを見上げる。画面には群衆が映しだされていた。密閉された空間にすし詰めになった老若男女が、戦々恐々と辺りを見まわしている。母親らしき女性に抱かれた幼児が泣き叫ぶようすが見てとれる。ただし音声はなかった。どの顔にも怯えや憂いのいろが浮かんでいる。閉め切った鉄扉に面する人々が、必死にこぶしで叩きつづける。鉄扉はびくともしない。

場所はわからない。だが優莉匡太の武力襲撃部隊は、どこかの街で住民を大量に拉致し、ガス室送りにしたという。アウシュビッツと同じように、室内に殺人ガス〝ツィクロンB〟を充満させ、大量虐殺を図ることが可能だときかされた。

矢幡は吐き捨てた。「約束だ。あの人たちを解放しろ」

「あせんなって、矢幡」日登美は胸ポケットから小さな物体をとりだし、矢幡に手渡してきた。

小さなリモコンだった。○と×、ふたつのボタンだけが付いている。

日登美がいった。「どっちかのボタンが鉄扉の解錠。もうひとつのボタンは毒ガス噴射」

「ふざけないでくれ。解錠のボタンはどっちだ？」

「『君が代』が国歌に定められて四半世紀以上経っている。○か×か」

「解錠のボタンを教えろ」

「正解のボタンを押せば人質は解放される。前総理として知性を試されてると思えばいい。人並みに学んでりゃ国民を救える。さっさと押しなよ。ほっといてもあと数秒で毒ガスが噴出するからさ。五、四、三、二……」

指先が震える。だが人々を見殺しにできるはずがない。まちがいは許されないが、常識で考えれば答はひとつしかない。ただしいざとなると迷いが生じる。自分を信じるしかなかった。矢幡は×を押した。

ブザーが鳴った。矢幡はどきっとした。けれどもモニターのなかで、鉄扉が室外へと開け放たれた。群衆が雪崩を打つように、いっせいに脱出していく。

安堵のため息が漏れた。いくつものアサルトライフルが自分を狙っているのも忘れ、矢幡は額に滲んだ汗を拭った。

「さすが」日登美が真顔でつぶやいた。「明治には仮に国歌と銘打たれただけ。法律で国歌と定められたのは平成十一年だよね」

矢幡のなかに怒りがこみあげた。「こんなことをして楽しいか」

日登美はリモコンをつまみとると、背後に投げ捨てた。「矢幡。もうあの人に会ったんだからさ。結衣の父親だよ？　あの人を信頼しなよ」

「政府を路頭に迷わせるな。国家の崩壊を招くぞ」

亜樹凪がひとりごとのように平然といった。「それもいいかもね」

「なんだと？」矢幡は亜樹凪に食ってかかった。「きみは日本が滅んでもいいっていうのか。秩序が乱れ、人が次々と死んでいくだけだ」

「いちどみんな死んで、才能ある新しい世代だけで再出発するべきでは、そう思えるんです」亜樹凪の冷やかなまなざしが見かえした。「祖父もＥＬ累次体も愚鈍と知りましたから」

矢幡は絶句した。父親の雲英健太郎(けんたろう)が暴走した過去を考慮し、亜樹凪には同情の余地があると思ってきた。だが優莉匡太に感化され、極端な虚無主義に走ってしまったのか。

日登美があどけない面立ちに似合わない、刺々(とげとげ)しい物言いで告げてきた。「おまえを生かしておいてよかった、矢幡。匡太さん賢い。おかげで梅沢が当分は怪しまねえもん。増税ばかりの時点で、あいつの馬鹿さはわかってたけどさ」

18

瑠那は息があがる苦しみを久しぶりに味わっていた。発作がおさまってからはこんな状況に置かれたことはない。それでも足をとめるわけにいかなかった。傾きかけてきた陽射しの下、血が滲むぼろぼろの制服で、ひとけのない路地を選んでは駆け抜ける。靴を履いていないうえ、片足の靴下は脱げてしまい裸足だった。足の裏をたしかめる気にはなれない。ひりつく痛みだけで皮が剝けかけているとわかる。

　サイレンはあらゆる方向からきこえる。付近の民家はもう住民がいる気配もない。避難命令がでて、どこか自衛隊が守る場所に集められたようだ。一帯が停電しているせいで、街頭防犯カメラも機能していないのは幸いだった。ただしどの家に侵入しようとも、家電はまったく機能しない。水道を借りるにも庭先の立水栓にかぎる。宅内で休もうとするときを狙い、敵が襲撃してくるかもしれない。外にいなければ緊急事態を察知しづらい。

　阿宗神社が焼失した跡地の近く、仮住まいのアパートに近づいた。自宅に戻るのが危険きわまりない行為なのは承知している。それでも義父母が気がかりだった。義父は公務員ゆえ、いまも区役所にいる可能性が高い。義母は部屋にいたはずだが、警察に身柄を拘束されてはいないだろうか。強制連行の有無はたぶん、室内の痕跡から判断できる。

　無人の路地を慎重に横切り、アパートの外階段の上り口まで来た。階段に足をかけるのをためらう。二階の外廊下は狭い。待ち伏せに遭ったら圧倒的に不利だ。

ところがそのとき、二階でドアが開く音がした。なんと瑠那の住む部屋のドアが開き、斎服姿の義母、芳恵が姿を現した。まるで出張神事にでもでかけるような装いだった。特にあわてたような素振りもない。

瑠那は面食らいながら声をかけた。「お義母さん」

芳恵がこちらを見下ろした。目を丸くした芳恵が、痛ましい表情で駆け下りてくる。

「まあ、瑠那。そんなありさまになって……。どうしたっていうの」

「お義母さん。避難してないの……?」

「そりゃ瑠那を置いてはいけないでしょ。お義父さんも帰ってきてるのよ。さあ、なかへいらっしゃい。階段上れる?」

「平気。だけど……」

まるで夢でも見ているかのような気分になる。あるいは死にかけの幻想か。血まみれの瑠那を見て、義母はたしかに驚いたようすだったが、腰を抜かすほどではなかった。なぜ一定の冷静さを保っていられるのだろう。これまで瑠那が殺し合いに身を投じてきたことを、義父母はいっさい知らないはずなのに。

二階に着いた。ドアを入ると停電のせいで薄暗かった。ダイニングテーブルに座っていた義父の功治が、茫然とした面持ちで立ちあがった。なんと義父までも斎服姿だった。

「瑠那」功治が芳恵よりはあわてる態度をしめした。「怪我をしてるじゃないか。すぐ病院へ……」

「だいじょうぶです。ぜんぶ切り傷やかすり傷ですから。それよりお義父さんも、なんでここにいるの？　斎服まで着て……」

功治はいくらか落ち着いたようすで、奥の部屋へ向かいだした。「そっちで話そう」

やはり明かりの点かない六畳の和室で、芳恵が手早く枕とフトンを用意した。横になるよううながしてきたが、瑠那はきちんと正座した。同じく畳の上に座る義父母と向かい合う。

芳恵がふと思いついたように、また腰を浮かせかけた。「お茶、ぬるくなってるけど、飲む？」

「いえ」瑠那の戸惑いは深まった。「避難命令がでたでしょ？」

「ああ」功治がうなずいた。「区役所からは帰らされたよ」

「……非常時なのに区役所の職員が？」

「みんなはまだ働いてる。避難所の運営とかいろいろあるからね。お義父さんは帰っていいといわれた」

いっそう不穏な空気が漂う。瑠那は功治を見つめた。「誰かの遷霊祭でもあるんですか」

「いや。なんでそんなことを？　ああ、この服か。神職として人と会わなきゃいけないときには斎服でないと」

ますますわけがわからない。瑠那はきいた。「誰か訪ねてきたんですか？」

芳恵が憂いのいろを浮かべた。「昼過ぎに警察の人たちがね……」

斎服の理由はわからないが、やはり警察が来ていた。瑠那はため息を漏らした。瑠那のことで義父母に捜査の手が及んだのか。そのレベルで動く警察となると、たぶんEL累次体メンバーか、その息がかかった連中にちがいない。

瑠那は言葉に詰まった。「あのう……。警察の人たちはどんなことを……？」

功治が穏やかなまなざしで見つめてきた。「心配は要らない、瑠那。なにがあったかはわかってる」

「……はい？」

「気にすることはないんだ。外でなにが起きようとも」

異様な静寂にサイレンが交ざる。緊急車両はこちらに向かうでもなく、また遠ざかってぃった。ヘリの爆音も去来する。そんななかで義父母は、ふだんと変わらない物静かな態度のままだった。

義父母がまのあたりにしているのは、あちこち切り裂かれた制服を着た、全身血まみれの瑠那だった。気遣いはたしかに感じられる。瑠那が帰った直後には驚きもしめしてくれた。しかしまるで学校を早退したときと同じぐらいの反応だ。

瑠那は不安とともにたずねた。「警察はわたしを逮捕しに来たんでしょ？」

功治の顔の皺は、いつもより深く刻まれることもなく、ただ世間話のような口調で応じた。「逮捕すると息巻いてたよ。あの警察官はまだ日が浅いんだろうな。自分たちの上に立つ者こそ、国を滅ぼそうとする元凶で、瑠那に救われたことをわかってない」

動悸が加速していくのを自覚する。瑠那は義父から目を逸らせなかった。「救われた？」

「ああ。三体衛星だったか。瑠那はみんなにとって命の恩人だよ。お義母さんもお義父さんも、誇りに思う」

ひとことも声がでない。瑠那は混乱した。三体衛星は存在自体が公表されていない。有明の総合体育館での騒動も報じられず、日暮里高校の生徒や教師は、すべてをテロ訓練にすぎなかったととらえている。義父母がどこからそんな情報を知りえたのだろう。

ほかにも聞き捨てならないことがある。瑠那は問いかけた。「警察の上に立つ者って……?」

功治があっさりといった。「EL累次体だろう」

意識が自然に遠ざかろうとする。気をしっかり持たねばならない。激しい動揺を抑えながら瑠那はきいた。「なんのことですか」

「瑠那も知ってのとおり、彼らは愛国心を履きちがえてる。まるで戦前の軍部だよ。テロによる革命を志すなんて、本当に程度が低い」

芳恵が哀感を漂わせた。「〝異次元の少子化対策〟だっけ、大勢の女の子が犠牲になったでしょ? お義母さんたちには穢(けが)れを祓(はら)い清めることしかできないけど、瑠那はほんとに偉い」

功治も真顔でいった。「総理や閣僚がEL累次体に染まろうが、国家の犬たる警察が逮捕をちらつかせようが、瑠那は堂々としてりゃいい。そんな大人たちよりずっと上、神様の子みたいな立場だからな」

身体の震えがとまらない。瑠那は功治を見つめた。「なんの話ですか」

ため息をついた功治が芳恵に目を向ける。芳恵は黙って視線を落とした。

「じつはな」功治が瑠那に向き直った。「瑠那に打ち明けなきゃいけないことがある」

「……なんですか」

「初めて凜香さんが神社に来たときな。瑠那が義務教育を終える歳になったから、実のお父さんが誰なのか、教えなきゃいけない。凜香さんはそういっただろう？」

本当は実父の素性など、瑠那もとっくに承知していたが、あのころはまだ知らないふりをしていた。「はい……」

あのとき義父は瑠那に告げてきた。瑠那のお父さんは優莉匡太といってね。悪いことを多くして、警察に捕まって……。もう処罰されて、この世にいない。

いま瑠那の目の前にいる功治は、どこかちがった面持ちをしていた。「お義父さんとお義母さんは、瑠那の実のお父さんを知ってる」

「知ってるって……」

「会ったんだよ。何度もね」

どう抑制しようにも冷静ではいられない。瑠那はうわずった声を発した。「な、なんで？」

「教誨師だったんだよ。優莉匡太さんの」

血管が凍りつき、心臓までが凝結したかのようだった。また気を失いかけている。瑠那は自我をつなぎとめようと躍起になった。

「きょ」瑠那はつぶやいた。「教誨師……」

功治は淡々といった。「匡太さんが神道を希望したわけじゃなかったが、仏教は嫌だといったらしい。それで話がきた。死刑執行の日まで繰りかえし会ったよ。言葉を交わすうち、匡太さんの真意がわかってきた。それとともに世のなかが前とはちがって見えた」

「お義父さん……。それは、あの……」

「だんだん気づいてきたんだよ。この人が死刑になるのは社会の損失だとね。国のほうがまちがってるんだ。教誨師のお義父さんやお義母さんだけじゃなく、会った人たちはみんなそう思った。医師や検察事務官もみんな……」

優莉匡太は七つの半グレ集団を束ねた。暴力団とちがい、本来なら義理にも人情にもうったえられない半グレを、すべて傘下におさめた。のみならず友里佐知子や市村凜、あらゆる悪女と関係を持ち、その仲間たちもみな味方につけてきた。

凜香がいった。これぱっかりは言葉で説明してもわからねえだろな。赤の他人だろうが立派な大人だろうが、じっくり膝を交えて話せば、優莉匡太の虜になっちまう。ふしぎなワルの神通力っていうか、あれがあるから親父は怖えんだ。

瑠那は胸が張り裂けそうだった。「お義父さん……。そんなのは洗脳されてるだけ……」

ふたりの瞳孔は開ききり、やけに黒目がちになっていた。芳恵の顔には微笑があった。「あのね、瑠那。あなたはわたしたちにとって、かぐや姫だったの」

「かぐや姫……？」

「匡太さんから預かったあなたを、わたしたちはたいせつに育ててきた。成人する前に高天原へ昇っていく運命ときかされてたから、いつも悲しくてね。だけどあなたは生を得たでしょう。実のお父さんのもとに帰るときがきたの」

「やめて」瑠那はいつしか涙ぐんでいた。「やめてください。なんで匡太さんなんて呼ぶんですか。凶悪犯だといったでしょう。死刑になったって……。お義父さんもお義母さんも、嘘をついていたんですか」

功治がため息まじりにいった。「瑠那。匡太さんはもう現世を超越したようなお方だ。この世を俯瞰して見ている。瑠那の寿命はわずかで、二度と会わないと思っていた。凛香さんにも知らせられなかったしな……。だがいまはちがう。匡太さんは瑠那を迎えようとしてるんだよ」

「わたしは自分で命を得たんです！　生き長らえるすべを自分で見つけました。お義母さんやお義父さんと、ずっと一緒に暮らしたい。なのになんで優莉匡太のところに送ろうとするの……？」

「瑠那」功治の声のトーンは変わらなかった。「瑠那は偉いよ。奇跡を成し遂げたんだから。瑠那のおかげで同じ病に苦しんでた子も助かった。命を救うなんて、まさに神様に仕える巫女じゃないか」

鈍重な衝撃が胸のなかにひろがった。耳を疑う言葉だった。瑠那は震える声を絞りだした。「まさか……。わたしの机のなかにあった薬を……」

あの調合薬を瑠那の部屋から持ちだし、優莉匡太の一派に提供したのは……。義父母だったのか。

芳恵が感慨深げにささやいた。「あの明るくて優しそうな子……恩河日登美さん。瑠那にとても感謝してたの。日登美さんは匡太さんと血がつながってないけど、お父さんみたいなものだから、瑠那ともいいきょうだいになれるって」

断固として受容しかねる言葉が、義母の口から発せられ、いつまでも頭のなかで反響する。瑠那はいつしか足を崩し、尻餅をついた姿勢で後ずさっていた。涙に視界が幾重にも波立つ。ぼやけて見える義父母が腰を浮かせ、瑠那ににじり寄ろうとする。まるで勝てない敵に追い詰められたかのように瑠那はすくみあがった。

予兆めいた不安がなかったわけではない。安産祈願だけが専門のはずの阿宗神社が、例の闇カジノを経営していた鵜森組を筆頭に、反社の祈禱依頼を受けていた。義父母にはどこか危ういところがある、そう感じることもしばしばあった。けれどもまさか、優莉匡太の教誨師だったなんて。死刑執行の日にも立ち会った以上、義父母は欺瞞に加担していた。優莉匡太が死んだと偽るための欺瞞に。

「だめ」瑠那はつぶやきを漏らした。「こんなのってない……。ひどいよ」

功治の物言いは依然として穏やかだが、多少なりとも苛立ちが籠もりだした。「瑠那は賢いんだからわかるだろ。この国は根本的に改まるときにきてる。神社本庁なんて威張り散らすだけで、神様への感謝を忘れてるじゃないか。瑠那が杢子神宮にひと泡吹かせたときいて、お義父さんは胸がすく思いだったよ」

「やめて」瑠那は泣きながら虚しく繰りかえした。「もうやめて。ききたくない」

芳恵の声もどこか仕方なさそうな響きを帯びてきた。「瑠那がそういうのも無理ないけど、世間は偏見にとらわれてるでしょ。国ごとまちがってるせいなのよ。匡太さんのもとへ帰れば、瑠那にもわかる」

匡太のもとに帰る。あまりに衝撃が強すぎ、もはや呼吸すら追いつかない。瑠那は泣きながら語気を強めた。「やめてっていってるでしょ！」

「瑠那！」功治が声を荒らげた。「匡太さんは子供たちを遠くから見守るだけだが、ただひとり瑠那は例外だといってる。架禱斗君も篤志君も、結衣さんも凜香さんも、みんな匡太さんの思惑どおりに育った。唯一想像を超越したのが、外国に預けた瑠那だそうだ」

「やめてってば」

「ほかの兄弟姉妹がみんな、俗世間に送りこんだ匡太さんの使いだとすれば、瑠那は父親に寄り添うことが許される、たったひとりの娘なんだ。匡太さんのところにいれば瑠那も……」

「やめて！」瑠那は絶叫とともに立ちあがった。和室から駆けだし、ＬＤＫを横切ると、靴脱ぎ場でスニーカーを履いた。足の裏に電気に似た痛みが走ったが、ここに立ちどまってなどいられない。義父母があわてぎみに追いかけてくるからだ。

急ぎ玄関ドアを開け放った。とたんに武装兵と鉢合わせした。二階外廊下に三人の敵兵がいる。うちひとりはドアのすぐ外に立っていた。瑠那を見るやアサルトライフルで狙い澄まそうとする。

怒りが猛然と瑠那の身体を突き動かした。両手で下からすばやくアサルトライフルをすくいあげ、瞬時に奪取する。敵は接近戦術に長けていた。ただちにコンバットナイフを引き抜き、踏みこみ距離を詰めてくる。瑠那は銃剣術の要領で、アサルトライフルを縦横に操り、銀いろの刃が振り下ろされるのを連続で阻んだ。銃尻で敵の喉もとを強く突く。のけぞった敵の陰に隠れ、残るふたりに銃を撃たせない。すかさず瑠那は跳躍しながら高い蹴りを浴びせた。三人がドミノ倒しになる。階段を続々と新手の敵が上ってくるが、ひとまず外廊下の三人をまとめてねじ伏せ、いちばん上になった敵の首に銃口を突きつけた。

芳恵のささやく声が耳に届いた。「瑠那……」

瑠那はわずかに振りかえった。開いたドアから義父母が顔をのぞかせるのを、視界の端にとらえた。表情は凝視するまでもない。

躊躇の念は一秒に満たなかった。瑠那はアサルトライフルのトリガーを引き絞った。銃声が轟いた。セミオートで発射された弾丸が、三人の首や頭部をいちどに貫通した。大きなゴミを投げ捨てたときのように、三人は折り重なった状態で脱力しきった。

義父母が慄然としたのを気配で感じる。だが瑠那は視線を向けず、アサルトライフルをフルオートに切り替えると、階段を上ってくる敵の群れに掃射した。プロテクターが保護しない箇所を狙い、容赦なく銃弾を浴びせた。血飛沫を噴きあげ、叫びを発し、武装兵らが階段を転落していく。

次になにが起きるかを瑠那は予測済みだった。路地に停まった黒塗りの軍用車両は無人のはずがない。乗員の武装兵がみな降り立とうとも、運転手ひとりだけは居残っている。実際、運転席のドアが弾かれたように開き、敵兵が躍りでた。仰角にアサルトライフルを構えてきたが、撃ち合いでは俯角が有利なうえ、瑠那のほうが先に狙いを定めていた。トリガーを引き、反動とともに薬莢が射出されたとき、敵兵のヘルメットのなかで頭部が破裂した。瑠那はゴーグルの下のわずかな隙間を確実に狙い撃っていた。

兵員輸送車には護衛の二輪がつくのがセオリーだ。思ったとおり兵員輸送車の陰から、カワサキKLRの軍用型バイクが走りでた。銃でこちらを狙おうとしたりはせず、一目散に走り去ろうとする。味方を呼ぶつもりだろう。瑠那はバイクに乗る武装兵を狙撃した。外すはずもない。バイクは派手に転倒し、火花を散らしながら路面を滑った。投げだされた武装兵も激しく転がり、ぐったりと突っ伏した。

上空と周辺家屋に目を配る。ほかに脅威がないのを確認し、ようやく瑠那は義父母を振り向いた。

ふたりとも完全に怖(お)じ気づいている。怪物でもまのあたりにしたかのようだ。これまで瑠那に向けられたことのないまなざしだった。今後はずっと変わらないだろう。もう以前のようには戻れない。

義父母の斎服姿は、演劇部の『竹取物語』の終盤で、翁(おきな)夫婦が着る衣装に似ている。瑠那は外廊下から階段へ連なる死体を眺めた。武装兵たちが月からの使者、義父母が翁夫婦。皮肉なものだった。文化祭のだしものが人生の真実を示唆していたとは。

瑠那は外廊下の手すりを乗り越え、地面に飛び下りた。アサルトライフルのストラップを肩にかけ、バイクを引き起こすと、スカートの裾(すそ)をたくしあげ跨(また)がった。ヘルメットはない。道路交通法を気にする世のなかではなくなった。

エンジンはかかっていた。瑠那はもういちど義父母を一瞥(いちべつ)した。視線が合うだけで、ふたりとも身を退く反応をしめす。これでいいと瑠那は思った。心置きなく別れられる。

スロットルを吹かし、瑠那はバイクを疾走させた。悲哀に追いつかせまいと速度をあげた。向かい風に心が冷えてくる。イエメンで物心ついたときから日本へと、自分探しの旅がつづいた。ようやく終着点が見えてきた。運命はいつも残酷だ。生き長らえるべきではなかった。

19

黄昏(たそがれ)どきを迎えた。わずかに赤みを残す空の下、住宅街は暗がりに沈んでいる。街路灯がひとつも点灯せず、窓明かりも見あたらない。信号までが消えていた。ひとけのない一帯に、真の闇が訪れようとしている。

結衣はひとりきりで民家の庭先に侵入した。日が暮れるまでは建物の屋根を渡り歩き、ヘリの音をききつけては飛び下り、木立のなかに隠れた。公園のベンチの下に身を潜めたりもした。明るいうちは屋内に隠れたくなるが、実際には包囲されやすいため、人目につきそうな屋外のほうが安全だった。ただし夜には状況が変わってくる。敵が暗視装置を用いていた場合、外の移動は目にとまりやすくなる一方、こちらからは気づきにくい。

小ぶりな戸建ての一階玄関わき、掃きだし口に近づいた。セコムのステッカーが貼ってあるが、停電状態では警報器も作動しない。サッシ窓に肘鉄(ひじてつ)を食らわせ、ガラスを割ると、手を挿しいれ解錠した。

誰の家か知らないが侵入した。室内は真っ暗だが、ほどなく目が慣れてくる。まず玄関の靴脱ぎ場へ赴き、手ごろな靴を探した。住人は女性だったのか、あいにく高めのヒールが大半を占めている。動きやすそうで結衣の足にもフィットするのは、黒のダンスシューズだけだった。スニーカータイプではなく本革製で、たぶんジャズダンス用だろう。贅沢はいっていられない。結衣はダンスシューズを履き、そのまま部屋へ引きかえした。

キッチンへ向かうと、蛇口をひねったものの、水はでなかった。停電だけでなく断水もしている。手早く引き出しを開け閉めし、出刃包丁とテーブルナイフをとりだした。T字型のワインオープナーは、握りこめばメリケンナイフのように使える。それらを掻き集め、掃きだし口の近くへ戻ると、床に座りこんだ。刃物類は左手が届く範囲に散らばらせ、どれもすぐつかめるようにしておく。

ワンピースの裾からのぞく膝に、軽く指先で触れてみる。両膝とも擦り剝いていた。結衣は小さく唸った。満身創痍とはこのことだ。こうして休息をとり始めると、かえって痛みがぶりかえしてくる。とはいえ無駄に体力を消耗できない。いくらか回復しておく必要がある。

これまでのどんなときよりも辛い。ホンジュラスや北朝鮮で孤立しようとも、もう少し心を強く持っていられた。真実を知るのは苛酷すぎる。

架禱斗のタリバン入りを考えれば、気づいて当然だった。ただし深く突き詰めて考えるのを、故意に自制してきた。いまになってそう感じる。目を背けてきた。臆測（おくそく）を働かせるだけでも怖かった。父が生きている可能性を一パーセントも悟りたくなかった。

悪夢が現実になってしまった。もう認めねばならない。ここは父の作った箱庭のなかだ。生まれてからずっとそうだった。一歩たりともでられないばかりか、箱庭を囲む柵（さく）はどんどん高くなっていた。

ふいに野太く低い男の声が耳に届いた。「結衣」

びくっとし顔があがる。寒気が全身を包んだ。父親の声だった。幻聴ではない、はっきりときこえた。

「結衣」ふたたび優莉匡太の声が響き渡った。

静寂にこだまする声。結衣は窓ガラスを振りかえった。解錠のために割ったガラスの穴から、スピーカーのように濁った音声が響いてくる。

防災無線は停電時にも使えるよう整備されている。目を凝らすと家々の上に、細い塔が突きだしていた。頂点で四つの拡声器が四方を向いている。

こういう防災行政無線の塔において、つないである電線は電源用にすぎず、塔の途中にあるアンテナで無線を受信する。六十メガヘルツ帯で住民向けの広報として活用されるが、区役所の送信室に優莉匡太が来ているとは思えない。何者かが録音を流しているか、ただスマホをマイクに近づけているにすぎない。

優莉匡太の声が拡声器から響きつづける。「結衣。俺はいま子供のいる場所に、それぞれ語りかけてる。父親としてな」

篤志や伊桜里がいる地域にも、その恐ろしげな声を響かせたというのか。さらに年下の弟や妹たちにはどうなのだろう。

古いニュースの記録映像が繰りかえし放送され、世間は優莉匡太の声を知っている。逮捕前にはインタビューにも堂々と答えていたからだ。都内各所の防災無線で音声が流れた以上、誰もが優莉匡太の生存を知った。しかも子供たちを支配下に置いているようにうそぶいた。結衣たち兄弟姉妹はそれぞれの地域で孤立を余儀なくされる。公安に身柄を拘束される子もいるだろう。抵抗できる年齢ならともかく、そうでなければ虐待も同然だった。幼い子供たちは父親の悪影響も少なく、そのぶん反社会的な行為は教わっていない。いっさい罪がない一方、危機を切り抜けるすべも知らない。

匡太の声がつづいた。「優莉家の子供は法になど縛られねえ。国のほうこそ法破りの常習なのをよくわかってるからな。結衣、好きなだけ暴れろ、殺せ。単細胞のゴミ政府と、それに与する奴ら全員を八つ裂きにしろ」

矢幡前総理の声として入手した録音に、当初から違和感をおぼえた理由がはっきりした。言いまわしや声の高低、強弱が父そのものだった。なんの変換もない声できくと、それだけで脈拍が亢進してくる。

「結衣」父の気怠そうな物言いは、まさしく幼少期にきいたままだった。「その辺りに住む奴らは近くの小学校を避難所にしてる。閉じこめて火を放つのが道理だ。おまえも合流して陣頭指揮を執るなり手伝うなり、好きにしろ。いままで殺してきた大勢のカスどもと同様にな」

ふいに外の景色の一部がぼうっと明るくなった。もはや真っ暗に等しい空の、かぎられた範囲がオレンジいろに照らされる。そちらの方角だけ家々のシルエットが判然としてきた。背景がおぼろにでも光を帯びているからだ。

静けさのなかをかすかな喧噪が風に運ばれてくる。ごく小さくしかきこえないのは、それなりに距離があるせいだった。聴覚に集中すると、必死に助けを求める絶叫や、悲鳴ばかりがこだましていた。

結衣は悪態をつき、出刃包丁を左腕の袖に挿しこんだ。ほかの刃物類は、ここで待ち伏せするのでなければ、携帯武器に向かない。サッシ窓を開け放つと、結衣は庭を突っ切り、路地へと駆けだした。

　さっきは死んだように静まりかえっていた住宅街だが、いまはサイレンが徐々に大きくなる。火災を見てとったらしく、即座に地元の消防が駆けつけたようだ。所轄警察もこのゴーストタウンをパトロールしていたのだろう。ならきいたはずだ、優莉匡太の声を。ＥＬ累次体の関係者だろうがなかろうが、警察組織は今夜、確証を得た。優莉匡太は生きている。

　問題はＥＬ累次体の精神的支柱、矢幡前総理が優莉匡太のなりすましであり、しかもそれをメンバーが知らないことだ。優莉匡太がボイスチェンジャーを使用した証拠は提示できない。もっとも、揺さぶりをかけることは可能かもしれない。矢幡前総理から直接、テロの実行命令をきいたのか。そんな質問をぶつけられれば、少しは状況も動きうる。ただし下っ端相手では意味がない。該当するのは梅沢総理ぐらいか。

　いや。父のことだ。どうせもう梅沢に矢幡を会わせている。矢幡は梅沢の前で、余計なことをいっさい口にしなかっただろう。国民を人質にとられているかぎりは。

　火柱が夜空に立ち上るさまが、視界のなかで大きくなってきた。火災現場に近づいた。いまや人々の叫びもはっきり響き渡っている。入り組んだ路地を抜けたとき、いきなり眼前に学校の校門があった。熱風が吹きつけ、目も眩むような赤い光に晒された。

　結衣は立ちすくんだ。体育館が激しい炎に包まれている。内部にあがった火の手が外にまで及んだのではない。その逆だった。高い位置にある窓ガラスはいっさい割れていないものの、外壁を炎が舐めていく。可燃性の液体を大量に外壁に吹きつけ、点火したにちがいない。

　校庭には白いテント屋根があり、避難所の受付だったとわかる。だがどういうわけか、職員たちは逃げ惑うばかりで、誰も体育館の扉に駆け寄ろうとしない。ここを守っているはずの自衛隊も見あたらない。

　絶叫や悲鳴は体育館のなかからきこえてくる。屋外のほうのパニックは闇に溶けこみ、容易に視認できなかった。目を凝らしている暇はない。危機が迫ったら察知し対処する。自分の直感にかけるしかない。

　結衣は猛然と体育館へ走った。外壁を炎が覆い尽くすものの、鉄製の観音開きの扉は、火の勢いがさほどではない。耐火性がほかより高いのだろう。把っ手をつかもうとしたが、とんでもない熱さだった。結衣は足で蹴り開けるべく、靴底で把っ手にキックを浴びせた。しかしびくともしない。扉は施錠されている。ほかの扉もすべてそうか。

背後から女の叫ぶ声がきこえた。結衣は振りかえった。火災を背にすると、さっきまで闇に埋没していた校庭が、ぼんやりと照らしだされて見える。二重のパニックがあきらかになった。避難所の職員らに対し、武装兵の群れが立ち塞(ふさ)がり、絶えず銃で威嚇している。恐怖にすくみあがった職員や一般市民たちが、続々と逃亡していく。

校舎の手前には迷彩服の数十人が倒れていた。周辺地域を守備していた自衛隊の一個小隊だろう。武装兵の奇襲を受けたのか、すでに全滅していた。

けたたましいサイレンの合奏が接近してくる。校庭に滑りこんできたのは無数の赤色灯だった。パトカーや消防車、救急車が大挙して押し寄せる。だが武装兵らはなんのためらいもなく、緊急車両に一斉射撃を開始した。フルオート掃射の銃火が辺りを青白く点滅させる。パトカーは次々に破壊されていった。榴弾(りゅうだん)発射器が火を噴き、消防車を粉々に爆破した。寸前に脱出した消防士らは、警察官たちとともに蜂の巣にされていく。

容赦ない攻撃が唐突に開始された。武装兵らが防波堤となり、緊急車両群は体育館に近づけない。

激しい憤怒(ふんぬ)が結衣の胸のうちを満たす。結衣は武装兵に突進しようとした。

ところが鉄扉の内部から叩(たた)く音がきこえた。結衣は息を呑(の)み、その場に静止した。

助けを求める声がする。幼児の泣き叫ぶ声も耳に届く。

扉を開放しなければ、なかにいる人々は全員丸焼けになる。現状でも内部は灼熱地獄にちがいない。火が外壁を突き破るのを待たずとも、床下の部材が発火温度に達すれば、自然に燃えだしてしまう。しかもすべてが焼き尽くされる前に、酸欠が命を奪う。

結衣は焦燥に駆られた。扉は溶接されている。こじ開けるのは不可能だった。かといって武装兵の榴弾発射機を奪い、扉を撃った場合、大勢が犠牲になる。人々に下がるように扉越しに呼びかけても、耳を傾けられるとは思えなかった。

なんにせよ武装兵を倒し、銃火器類を奪わないことには、なにひとつ始まらない。結衣は扉の前を離れようと身を翻した。

ところが目の前にひとりのスーツが立っていた。巨漢の三十代で奥目だった。男は武器も持たず悠然といった。「結衣。漉磯ってもんだ」

結衣は妙な状況に気づいた。武装兵らは緊急車両を破壊するばかりで、ひとりもこちらに向き直ろうとしない。結衣が駆けつけてからいまに至るまで、意図的に無視されていたと気づかされる。

漉磯が暗がりに目を向けた。「猟子、こっちだ。芦鷹も来い」

特に急ぐようすもなく、ふたつの人影がゆっくりと歩いてきて、漉磯の左右に立った。いくらか若いスキンヘッドが芦鷹だろう。巻き髪で片目を隠した二十代の女が猟子にちがいない。

　三人の姿は炎に照らされ、赤く明滅していた。漉磯が語りかけてきた。「結衣。父親のメッセージはきいたな？　俺たちに指示は？」

　結衣はたずねかえした。「指示って？」

「あの人の実娘(じつじょう)だから敬意を表してやる。ここの指揮を執りたきゃ好きにしろ。傍観を決めこむなら勝手にすりゃいい。警官や消防士を血祭りにあげるのを手伝いたければ、銃を選ばせてやる」

「装弾数の多いやつない？　あんたらと武装兵どもを一掃しなきゃいけないし」

「わかってねえな。昼間もそれで凜香をボコる羽目になった。おめえにはそうしたくねえ。架禱斗とのきょうだい喧嘩(げんか)の勝者を、少なからず尊敬してるからな」

「尊敬の念があるなら、いますぐこの扉を開けて立ち去りなよ」

「あー」漉磯が頭を掻(か)いた。「だから直接関わりたくはなかったんだよ。おめえがそういう態度をとるのがわかりきってたからな。親父さんとともに俺たちは高みの見物をきめこんで、この混沌(こんとん)とした国が朽ち果ててくさまを見下ろしてりゃよかった。なのにおめえらが親父さんの存命に気づくからさ」

「あんたたち雲の上の人？　ならそのまま昇天させてやる」

漉磯が愉快そうに笑った。「でたな、結衣の決め台詞。親父さん譲りって意味じゃ、架禱斗よりセンスがある。あの人の遺伝が強いのは架禱斗じゃなくて、おめえだな」

瞬時の激昂が衝動的に結衣を前進させた。漉磯との距離が急速に縮まる。左の袖から滑りでた柄を握り、逆手に握った出刃包丁で漉磯の喉もとを掻き切る、そのはずだった。だが猟子が瞬時に間合いに踏みこんできて、結衣の足を引っかけながら、仰向けに押し倒した。

体勢を崩しかけたとき、猟子の技がどんな原理で重心をずらしたのか、結衣は正確に理解できた。幼少期に教わった体術だからだ。技が深くかかり、けっして抜けだせないことも、倒れる前にわかっていた。成長してからこの感覚にとらわれたことはない。猟子の動作は結衣並みにすばやかった。

いま猟子の右手は結衣の胸倉をつかみ、地面にしっかり押しつけている。結衣の右腕は猟子の片膝の下だった。両足をばたつかせても逃げられない。ただし左手だけは投げだされ自由になる。この技の唯一の欠点だった。

しかしそこもスキンヘッドの芦鷹がフォロー済みだった。芦鷹の靴が結衣の左腕を踏みつける。巧みに橈骨神経を圧迫していた。腕が強烈に痺れ、まるで力が入らない。

漉磯が近くにしゃがみ、結衣の左袖から包丁を抜きとった。刃を結衣の首筋に軽く当て、肌をなぞりながら漉磯がいった。「どっちの技もおめえにはお馴染みだろ。なのにあっさりかかっちまう気分はどうだ。あの人におんなじことを習っても、俺たちのほうが実戦的に鍛えてる」

結衣は内心戦慄していたものの、声を震わせることなく応じた。「架禱斗の間抜けな艦隊も、あんたたちが沈めてくれりゃよかった」

「いや。手だしする気なんかさらさらなくてな。あのまま架禱斗のシビック政権が完全に樹立してたら、それはそれで親父さんも満足でよ。中東じゃしょっちゅう起きてることだし、平和だった街並みが内戦で地獄と化すのもよくある。日本がそうなりゃ親父さんも喜ぶ」

「あんたたちはそんな馬鹿親父にへりくだって生きつづけるの」

「法を超越して贅沢な暮らしを満喫できてるからな。権力やら富やら、つまらん価値観にとらわれず、好きなだけ浪費し、満足がいくだけ奪う。モノも女も、命もな」

「あー。馬鹿親父は十年以上前からそういう演説をぶってた。取り巻きも同じく馬鹿面ばっか」

「おめえも俺たちと同じじゃねえか。ただ自分が一匹狼だと錯覚してただけで、生き方はまるっきり共通してる。いいか、警告しとく。俺たちに牙を剝こうなんて思うな。いままでどおりに生きろ。愚鈍な政治家どもの国と争ってろ」

「断わったら?」

「おい結衣。俺たちゃ同類、兄弟姉妹みたいなもんだ。いま国民は戦々恐々としてる。親父さんの声をひさしぶりにきいたし、しかも子供に呼びかけてたからな。おめえにはもう帰る場所がねえんだよ。俺たちと一緒に来い。いい暮らしがまってる」

「悪いけどさ」結衣は醒めた気分で漉磯を見上げた。「大学サボるわけにいかない。あんたらみたいなプー太郎じゃないし」

漉磯の奥目が鋭い光を帯びた。包丁の刃が結衣の喉にしっかりと這う。いつでも包丁に体重を乗せられるよう、漉磯が前のめりになった。「俺たちゃプーじゃなくてな。れっきとした社会的地位がある」

「どんな職業を隠れ蓑にしてるの」

「結衣ともあろうもんが、優莉家の運命から逸脱しようってんなら、生きてる資格はねえ。ここで死ね」

「馬鹿親父がそうしろって?」

「ああ。ききわけがなかったら処分して来いといわれた。結衣、十秒だけまってやる。腹をきめろ。パンピーになって大学通いなんてあきらめやがれ。悪魔の申し子として、これからも梅沢政権とEL累次体を苦しめつづけろ」

両腕の感覚がいっこうに戻らない。猟子と芦鷹が的確に神経を圧迫している。胸倉をつかむ猟子の手は鉛のように重かった。両脚だけは自由だが、可動範囲のどこを蹴ろうと、現状からの脱出には役立たない。

漉磯が凄みのある顔を近づけてきた。「十秒経った。残念だな、結衣。おめえの命に終止符を打てて光栄だ」

刃が喉もとに食いこんでくる。徐々に肌が裂けつつある。結衣は全身に力をこめようとしたが、身じろぎひとつできない。

視界をなにかがかすめた。夜空を超高速で飛んできた影が、燃え盛る体育館の屋根近くに迫った。窓にぶつかるやガラスを突き破り、館内へと消えた。銃撃音が響き渡るなかでも、ガラスの割れる異質な音を、漉磯ら三人は敏感にききつけたらしい。揃って頭上を仰ぎ見た。

両腕の圧迫が緩んだ。結衣は神経に感覚を取り戻そうと躍起になった。いまの影は隣の校舎の屋上から飛んだ。卓越した運動神経の持ち主が、充分に助走をつけたうえで踏みきれば、飛べない距離ではない。すなわちいまの影は……。

くぐもった瑠那の声がきこえた。「結衣お姉ちゃん、どいてください！」

いきなり鉄扉が吹き飛んできた。爆風の初速で瞬時に、体育館の内側から扉に、榴弾発射機による砲撃が食らわされたとわかった。爆発の光に漉磯の顔が照らしだされた。驚愕のいろがひろがる。猟子や芦鷹とともに三方向へ跳躍し逃れた。そこまでわずか一秒足らず。鉄扉二枚が炎に包まれながら水平に迫ってくる。結衣は海老反りになり、背筋力と脚力だけで跳ね起き、前方に転がった。鉄扉が結衣をかすめるように飛び、校庭に叩きつけられた。衝突を間一髪逃れた結衣は、なおも転がりつづけ、俯せの姿勢でようやく静止した。

鉄扉が吹き飛んだ出入口から群衆が駆けだしてくる。体育館内にいた避難住民らだった。阿鼻叫喚とはまさにこの光景にちがいない。誰もが絶叫しつつ校庭を横切り校門へと向かう。老若男女が入り交ざり、みな着の身着のままというありさまだった。親に手を引かれた幼児もいる。火災にともなう煙に咳きこむ姿も多々あった。

むろんその事態を見過ごす武装兵らではなかった。いっせいに向き直り避難住民らを阻みにかかる。だが敵部隊の最前線に、瑠那が榴弾を撃ちこんだ。目も眩む白光が閃き、グラウンドの土が放射状に炸裂、爆心近くの武装兵らを粉砕した。熱風が吹き荒れ、火の粉が舞い散るなかでも、砲撃の正確さがわかる。爆発が避難住民らを巻きこむことはなかった。

瑠那はあちこち切り刻まれた制服姿のままだった。敵から奪ったのは榴弾発射機付のアサルトライフルだけではないようだ。ストラップに吊ったノーマルのアサルトライフルを、結衣に投げ渡してきた。「弓手を頼みます」

結衣はTAR21を両手で受けとった。指先に痺れは残るものの、銃撃が可能なぐらいには回復した。弓手とは敵陣の左半分という意味だ。左手でトリガーを引き、右手で前床を支える結衣には、左に位置する敵勢こそ狙撃しやすい。

完全武装した敵兵に対し、フルオート掃射はありえない。致命傷を与えられないうちに、たちまち全弾を撃ち尽くしてしまう。結衣はセレクターをセミオートに切り替えた。姿勢を低く保ち、ジグザグに駆けめぐることで、敵勢の銃弾を躱しつづける。すばやく小刻みにトリガーを引きつつ、セオリーと直感にしたがい、敵兵らの防弾箇所以外を狙い撃ちしていった。敵に先制攻撃させてから、クロスカウンターのように銃弾を躱し、確実にひとりずつ倒していく。ただちに十数人を即死に至らしめた。

なおも続々と敵が押し寄せてくる。しだいに押されぎみになり、アサルトライフルでは仕留めきれなくなった。それでも結衣は動じなかった。妹の行動を視界の端にとらえていたからだ。瑠那の発射した榴弾が、残り少なくなった敵兵を、まとめて一撃で吹き飛ばした。瑠那のアシストが結衣の危機を救ったものの、彼女自身に隙を生じさせた。本来なら瑠那が仕留めるはずだった至近の敵兵ら数人が、ここぞとばかりに瑠那を狙い澄ます。ただし結衣はそんな敵兵たちに狙いをつけていた。瑠那に群がろうとする武装兵を、手早く狙撃し一掃した。

背後で体育館が轟音とともに燃え盛る。結衣はアサルトライフルを構え、周囲を警戒しつつ後退した。見るかぎり武装兵は殲滅したようだが、警察や消防にも無事な姿がない。死体ばかりが校庭を埋め尽くす。結衣と瑠那は依然として孤立無援だった。

なにより漉磯ら三人が姿を消している。逃走したとは思えなかった。どこか近くに潜んでいるはずだ。結衣は暗がりに銃口を向けつつ、同じ体勢をとる瑠那と合流した。ふたりで三百六十度の全方向をカバーする。結衣は弓手つまり左半分。瑠那が馬手すなわち右半分。

結衣は警戒をつづけながら瑠那にきいた。「あんたにも防災無線が?」

「もっとよくない報せを受けました。教誨師の翁夫婦から」

翁夫婦。結衣は瑠那の横顔を一瞥した。悲痛のいろがそこにあった。

なるほど、かぐや姫か。優莉匡太が瑠那を迎えようとするのは、吸収させた中東での実戦的知識を、一味に分け与えるつもりだからだ。おそらく瑠那の義父母は、匡太が死刑になる前に、とっくに取りこまれていたのだろう。教誨師ゆえ死刑囚との面会が可能だった。結衣にはそこまで見当がついた。

動揺を覆い隠すように、瑠那はいつも以上に低い声でつぶやいた。「蓮實先生や詩乃さんの行方がわかりません。停電で報道もたしかめようがないし」

瑠那と一緒にいることを祈ったが、やはり離ればなれか。いまは妹を励ましたかった。結衣は根拠のないことを口にした。「きっとどこかで生きてる」

「やさしいですね、結衣お姉ちゃん。凜香お姉ちゃんも無事だといってもらえませんか」

「いくらでもいってあげるよ。それで心が落ち着くなら」

周囲に敵の気配がない。避難住民らも逃げおおせたらしく、校庭は火炎の燃え盛る轟音以外、すっかり静寂に包まれている。ただ屍が累々と横たわるのみだ。結衣と瑠那は同時に体育館を振りかえった。さまざまな物質が焼けるにおいが混ざり合う。巨大な炎が外壁から屋根へと広範囲に燃えつづける。鉄扉を失った出入口の奥をのぞく。闇のなかに火の手があがっているようすが、ちらほらと見てとれる。ついに内部も発火しだした。

瑠那が出入口に銃を向けた。「さっきの三人はなかですね」

三人にどういう意図があるかはわからない。しかしあいつらは火災の真っ只なかに身を隠している。放置すれば焼死してくれるような間抜けでもない。向こうから姿を消していながら、こちらが逃げるのを許さないという、沈黙の脅迫をも感じさせる。どうせ結衣と瑠那が立ち去ろうとすれば、地の果てまでも追ってくるだろう。追われる側は不利だ。だからこそここで決着をつける。

結衣はアサルトライフルを構え、体育館の出入口に歩を進めた。瑠那も横並びに前進する。出入口の前まで来た。まず瑠那が先に入り、ただちに片膝をつき、低い姿勢で内部を警戒する。結衣も突入し、立位で周囲に銃口を向ける。

瑠那がこの銃を奪取したのは昼間だったのか、暗視スコープがついていない。しかし体育館内のそこかしこで出火しているため、ぼんやりと明るかった。空間は雑然としていて見通しが悪い。避難所用の段ボール製間仕切りが、いたるところに設置され、無数の壁を形成している。何百ものブースに区分けされていた。各ブースにもキャンプ用テントがひろげてある。通路には飲料水やカップ麺の段ボール箱が山積みになっていた。救援物資が支給される予定だったのだろう。

結衣と瑠那は慎重に通路を前進していった。行く手の果てには舞台があるが、やはり燃焼し始めている。黒煙が濃厚に漂う。一酸化炭素が増えていると感じる。ともすれば意識が朦朧としてくる。

ふいに舞台上に動きを見てとった。巨漢の漉磯が誰かを抱えてきた。人質はスーツ姿だがネクタイをせず、ワイシャツの襟もとのボタンを開けている。後ろ手に縛られ、汗だくの顔をこちらに向けた状態で、舞台の床にひざまずかされた。本来はきちんと整えた髪が、いまは乱れがちになっている。

結衣は衝撃を受けた。矢幡前総理。

矢幡の憔悴しきったまなざしが、しばし虚空をさまよっていたが、やがて結衣に焦点が合った。驚愕の面持ちで矢幡が声を張った。「優莉さん!?　優莉結衣さんか！」

立ちあがりかけた矢幡の後頭部に、漉磯が拳銃を突きつけた。「ひざまずいてろ。動くな」

結衣はアサルトライフルで狙いを定めようとした。まだかなり距離がある。ふだんなら人質をとられていようが、ためらいなく敵の頭部を撃ち抜く。それで救いだせる自信がある。

けれどもいまは事情が異なる。火災のせいで視界が陽炎のごとく揺らいでいた。結衣は瑠那にささやいた。「撃てる？」

瑠那が唸った。「いまは難しいです」

熱せられた空気が膨張し、密度が薄くなるたび、光の屈折率も絶えず変化する。目に映るものが不安定すぎ、視野に確たる信頼が置けない。一瞬の狙撃には致命的だった。漉磯はそこまで計算にいれている。

「撃てよ」漉磯が挑発してきた。「撃ってみろ」

結衣は足をとめた。「矢幡さん。ご無事ですか」

矢幡のやつれたようすは、武蔵小杉高校でのできごとを想起させる。今度は拉致も長期にわたっているせいだろう、すっかり痩せ細っていた。それでも矢幡は強がるように声を張った。「これぐらいはなんでもない。きみと一緒に乗り越えた地獄にくらべればな」

漉磯が冷やかにいった。「結衣にとっちゃそうでもねえだろうよ。親父さんが生きてたのを知ったいまはな」

結衣のなかで心がぐらついた。父の死を疑わなかった前といまでは、集中力にすら差が生じてきている。

瑠那が小声で告げてきた。「結衣お姉ちゃん。惑わされないでください」

「わかってる」結衣はアサルトライフルを構えつづけた。

矢幡が切迫した表情で見つめてきた。「結衣さん、すまない。私は知らなかった。きみの父親が……存命なのを」

こんな状況下にもかかわらず、結衣は数秒にわたり目を閉じた。そうしなければ自我を保てない。ふたたび目を開けたものの、舞台上はさらに燃えひろがり、狙いを定めるのはいっそう困難になっていた。

結衣は震えがちな声を絞りだした。「矢幡さん。父に会いましたか」

「会ったとも」矢幡がこわばった顔で応じた。「思いのほか私を恨んでるとわかった」

「かつて優莉匡太を逮捕できた功労者として、総理に再選されたからですよね」

「ああ。美咲が彼の潜伏先を、匿名の手紙で第三者を装いつつ、私に密告した。私は警察庁長官にそれを伝え……。結果的に逮捕につながった」

それが報じられると矢幡の支持率も急上昇した。けれども本当は、匡太の愛人だった美咲が、夫を総理に復帰させるため、情報を売ったにすぎなかった。友里佐知子や市村凜ら、ほかの愛人に子供を孕ませるばかりの匡太に、美咲は愛想を尽かした。十代半ばだった架禱斗を出国させる一方、自分がファーストレディになるために、匡太を踏み台にした。じつは匡太が死から逃れ、ひそかに架禱斗を後押ししていたことも知らず、美咲は慢心した。息子の架禱斗とともに、シビック政権の玉座につけると信じきっていた。

結衣は矢幡に語りかけた。「EL累次体メンバーは、あなたを中心に動いてると信じてます」

「政財界の愛国保守同盟なら、たしかに私が牽引してきた。だがシビック政変後のEL累次体という結社に私は反対した。私の名を騙り、操っていたとは……」

漉磯がぞんざいな声を響かせた。「自意識過剰だ、前総理。おまえの役割など微々たるものにすぎん。あの人が声を変えたぐれえで、充分に役割が務まるわけさ。EL累次体の阿呆どもは、みずから迷走を招いたんだよ。国が弱体化すると自分たちの権力も揺らいじまうからな。私利私欲のため焦りまくり、革命なんかに走りやがった」

矢幡が背後の漉磯に怒りをぶつけた。「革命を煽ったのは優莉匡太だろう。あんな男の手先になって楽しいのか」

「最高に楽しい毎日を過ごしてる。なにものにも縛られない生き方ってのは素晴らしすぎる」漉磯の視線がまたこちらを向いた。「だろ？　結衣」

漉磯は結衣も同じ穴の貉だと強調している。矢幡が結衣を信じてしまったのは、EL累次体が匡太の指図を鵜呑みにする現状と、なんら変わらないと示唆していた。優莉家に心を許せば国家崩壊の危機につながる。あくまで敵対者。漉磯は結衣と矢幡の分断を図っている。

　矢幡は結衣をまっすぐ見つめた。「きみはちがうと信じてる」

　結衣の胸にこみあげてくるものがあった。「わたしも矢幡さんはほかの政治家とちがうと思ってます。ＥＬ累次体に染まった政府とはちがう」

　ふと矢幡の目が瑠那に向いた。「妹さんか？」

　瑠那はアサルトライフルを下げることなく答えた。「六女の瑠那です」

「そうか」矢幡がため息をついた。「結衣さん。優莉匡太の子であっても、多くはきみと同じく純粋で、ただ父親の影から逃れたがってるだけだろう。きみには仲間がいる。頼む。この国を本来あるべき姿に……」

　心が押し潰されそうだった。結衣は泣きそうになった。「わたしは人殺しです。あなたとの約束さえ破っちゃってる」

「いまは非常事態だ。法自体が機能してない。きみが銃をとるにも謂れがある」矢幡は厳かに告げてきた。「結衣さん。私には子供がいないが、きみのような娘がいればとどれだけ思ったか……」

「戦後最悪の殺人魔でもですか」

「だから更生を誓ってくれたじゃないか。けれども私はあのとき、真実に気づいていなかった。この国を覆う大きな闇に……」

灑磯が口をはさんだ。「そういうな。統合教会はおめえら与党政権を、多額の献金と大量の票で支えてきたんだぜ? 感謝してくれてもいいじゃねえか」

結衣の胸のうちがざわついた。「統合教会?」

「おめえが吹っ飛ばした本部なんて、合法的事業のための飾りにすぎん。俺たちこそ統合教会の本体なんだよ」

「……あー。政財界に近い宗教法人を優莉匡太が乗っ取ったわけ。教団を隠れ蓑にするアイディアを友里佐知子からパクったうえで」

「調子がでてきたな、結衣。政府に深く浸透するのに宗教組織ってのは有意義でよ。反LGBTで神社本庁とも足並みが揃って、EL累次体の成立に大きく寄与させてもらった。カネに目がねえ先生方には想像もつかなかったんだよ。庇を貸して母屋をとられるとはな」

それで政府の情報も優莉匡太に筒抜けだったのか。かつての恒星天球教の戦略と同じだ。

矢幡が切実にうったえてきた。「結衣さん、わが党と統合教会は一九六〇年代からのつきあいだ……。当時の政府は、過熱する学生運動に対抗するため、反共同盟の成立を必要としていた。韓国の統合教会がそこに力を貸してくれたんだ。しかしそこに悪魔が潜むとは予想外だった」

漉磯が声高にいった。「なにが予想外だ。恒星天球教やオウム真理教にしてやられたくせに、学ばねえ国家だな。おい結衣。周りを見てみろ。じきに体育館全体が焼け落ちる」

結衣は沸々とたぎる闘争心とともに、逆に冷静さを取り戻してきていた。「漉磯。おまえら統合教会の葬式って、火葬でいいの？」

「イャッホー！」漉磯が興奮ぎみに歓声を発した。「ようやくでたな結衣の本調子！　ザ高校事変じゃねえか！　このところの瑠那は優等生くささが鼻についてよ」

瑠那が醒めきった態度でつぶやいた。「これでもまあまあ苦労してるんですけど」

漉磯は拳銃を矢幡の後頭部に向けたままだった。「ふたりとも優莉家の才能を証明しろよ。猟子と芦鷹を倒してこの舞台まで来たら、前総理の解放を考えてやってもいい」

その言葉が告げ終わると同時に、結衣は側面からの風圧を感じた。スキンヘッドの芦鷹がハイキックを見舞ってきた。気づくのは早かったが、蹴りの速度が尋常ではなかった。結衣のアサルトライフルは弾き飛ばされた。飛び道具にこだわりすぎると隙が生じる。落とした銃は放棄し、結衣は身を翻すと、芦鷹との距離を置いた。

静寂は戻らなかった。瑠那にも猟子が襲いかかったからだ。組み合ったふたりが段ボール製の間仕切りを突き破り、近くのブースへ倒れこんだ。

結衣も通路を挟んだ反対側のブースへ駆けていった。出入口になる隙間からなかに入ると、雑多な物に蹴つまずいた。前のめりに突っ伏したが、結衣は俯せのまま床にある物を手で探った。カセットコンロがあった。だがカートリッジ式のボンベ缶に予備は見あたらない。ボンベ缶を火に放りこんでおけば、簡易的な時限爆弾になるが、あいにくこのブース内にはまだ火災が及んでいない。

とはいえボンベ缶の予備がない場合にもやり方がある。結衣はそれを実践した。コンロの受け皿である五徳を取りはずし、裏返しにセットしたうえで点火する。これでコンロ内の温度が急上昇し、ボンベ缶の爆発につながる。芦鷹が追ってくれば爆発に巻きこめる……。

だが結衣が身体を起こそうとする寸前、なにかがコンロに命中した。五徳はコンロから外れ、離れたところに転がった。コンロも衝撃で安全装置が働き消火した。

かなりの威力で命中した物体は、未開封の缶詰だった。芦鷹はすでにブース内に踏みこんできていた。足もとの缶詰の山を蹴り崩し、ひと缶ずつ垂直に蹴り上げては、まるで装塡された砲弾のように結衣に投げつけてくる。勢いのあるサイドスローで投擲された缶が、結衣の胸と腹をつづけざまに抉った。激痛に結衣はうずくまった。

芦鷹は缶一個を片手でもてあそんだ。「缶詰は投げ方により凶器になる。おまえ父親から習わなかったのか」

痛みがおさまるまで結衣は顔をあげなかった。「サイドスローで手首のスナップをきかして横回転。架禱斗が得意だった」

「あー、幼女じゃろくに力も加えられないか。俺たちがなぜ銃を使わないかわかるか？　おめえを試せってよ」

「ホンジュラスでもヴコールって馬鹿がおんなじことをいってた」

芦鷹のそばの段ボール壁が燃えだした。火がまわってきたらしい。それを一瞥した芦鷹が鼻を鳴らし、結衣に視線を戻した。「ボンベ缶があれば、この火に投げこんで、俺を爆発に巻きこめるって？　あいにくカセットコンロも、あっちに遠く離れちまったな。おめえにはどうにもできねえよ」

数個の缶詰が連続して飛んできた。結衣はそれらをまともに食らい、またも打ちのめされ、別の方向に倒れた。なんとか顔をあげたとき、芦鷹は缶詰の蓋を開けていた。

わずかに蓋が持ちあがった缶詰をサイドスローで投げつけてくる。結衣は躱しきれなかった。缶詰は結衣の片頬をかすめ飛んだ。蓋が刃物になり、結衣の頬は横一文字に浅く切り裂かれた。手で触れてみると血が滲んでいた。

芦鷹は不用意に距離を詰めようとせず、その場に留まったままいった。「たいしたことねえな、結衣。缶詰ごときでダウンかよ。あの人は娘のおめえを買いかぶりすぎ……」

結衣がこの方向に倒れたのには理由があった。ボンベ缶はなかったが、避難所にありがちな別のアイテム、石鹸大の立方体をつかみ投げつけた。

傍らの火のなかに投げこまれた物体が、モバイルバッテリーだと気づいたのだろう、芦鷹が表情を険しくした。「畜生」

手榴弾並みの爆発が生じ、飛散する破片が芦鷹をもろに襲った。致命傷につながったかどうかはわからない。結衣はすでに手近な段ボール壁を破り、ほかのブースへ逃げこんでいたからだ。

武器になる物を求め、結衣はいくつかのブースを抜けた。やがてほかの避難住民用ブースとは雰囲気の異なる場所にでた。ホワイトボードや携帯拡声器、全身用姿見などが置いてある。避難所の運営側用ブースにちがいない。

結衣がブース内を物色するうち、ふいに背後の段ボール壁を突き破り、人影が飛びだしてきた。振りかえる間もなく、背後から透明ラップが結衣の顔を覆った。息ができないままラップに締めつけられる。鼻も口も塞がれていた。結衣は苦しくなりもがいたが、真後ろにいる敵はいっこうに動じない。

芦鷹の声が背後で唸るようにいった。「てめえはどうあっても殺す」

ラップをつかむ両手の甲が見えた。無数の金属片が突き刺さり血まみれだった。それが芦鷹の負傷ぐあいだろう。爆発を食らう前よりは腕力の低下がみられる。しかしそれでも抜けだせない。透明ラップを用い、背後から標的を襲うわざは、父から直接指導された。芦鷹はセオリーどおりに動いている。次はラップを両手のなかで紐状に細くし、首を絞めてくるだろう。窒息させるには時間がかかりすぎるからだ。

顔を覆うラップが取り払われ、急に呼吸が可能になった。しかし予想どおりラップは紐と化し、結衣の喉もとを絞めあげた。結衣はいっそう苦しくなり身悶えした。頑丈な紐が首筋に深く食いこみ、手でひきちぎることもかなわない。

芦鷹が昂ぶった声を響かせた。「どうだ。声ひとつだせねえだろ。この迷路みてえな無数のブースじゃ、瑠那もおめえを容易に見つけられねえ。助けを呼んでみろよ。掠れ声しかでねえだろうがな」

自慢げな物言いが腹立たしい。技の効果ぐらい知っている。悪態をつきたくもなるが、じつのところ声がでない。このままでは十秒で脳が酸欠状態になる。早くも意識が遠ざかりだした。

だが瑠那を呼ぶすべがないと、芦鷹が確信したのは大きな過ちだった。結衣は手もとの雑多な物のうち、使えるアイテムに目をつけていた。ホイッスルをつかみあげ、唇に当てるや、勢いよく吹き鳴らした。けたたましい音が体育館じゅうに鳴り響いた。

芦鷹がぎょっとする反応をしめした。その直後、段ボール壁を突き破り、瑠那が飛びこんできた。その勢いのまま出刃包丁を振り下ろす。両手がふさがっていた芦鷹はなすすべもなく、頭頂部に刃を突き立てられた。

絞めあげる力が緩んだ。結衣は尻餅(しりもち)をつき、芦鷹から距離を置いた。スキンヘッドにツノのごとく包丁の柄が突きだしている。愕然(がくぜん)とした面持ちのまま凍りついた芦鷹が、その場に両膝(りょうひざ)をつくと、前方にばたんと突っ伏した。

20

瑠那は乱れた呼吸を整えるべく、深く息を吸いこんだ。芦鷹の死体を見下ろす。俯せたまま痙攣すらせず、ただ周りに血の池がひろがっていく。

そこから少し離れた床に結衣が倒れていた。瑠那は結衣に駆け寄った。

「結衣お姉ちゃん」瑠那は呼びかけた。「だいじょうぶですか」

「平気」結衣はぼんやりと見かえしたが、その目がいきなり見開かれた。「後ろ!」

はっとして振りかえったとき、猟子が折り畳み椅子をスイングしてきた。瑠那は直撃を受け、身体ごと吹き飛び、いくつかの段ボール壁を突き破った。床に叩きつけられたのち、激痛とともに横たわった。

猟子がブースに乗りこんできた。瑠那は痛みを堪え、ただちに立ちあがると、猟子に蹴りを浴びせようとした。だが猟子はその動きを予期していたらしく、すばやく姿勢を低くし、手刀で瑠那の軸足を払った。瑠那はまたも派手に転倒した。

あわてて起きあがろうとしたが、猟子の靴が瑠那の胸部を踏みつけた。とたんに身体が痺れ、身動きすらかなわなくなった。

「だらしない」猟子が見下ろしながら、刃渡りの長い草刈鎌を拾った。「なにをどう使えば人を殺せるか、どんなふうに殺すか、あの人から徹底的に教わってる。なのにあんたたちはなに?　やってることが幼稚園レベルのまま」

「あいにくわたしは父の顔すら知りません。イエメンにいたので」

「ゲリラの本場で培われた技を盗んでこいっていって、あの人はいってたけど、てんで話にならない。いまさらあんたからなにを学べるんだか……」

饒舌(じょうぜつ)な喋(しゃべ)りが命取りだと理解していない時点で、ゲリラの日常に悖(もと)る。瑠那は近くに落ちている革製ケースが、キャンプ用の包丁セットだと知っていた。ギザ刃の牛刀を引き抜き、猟子の腕を切りつけた。悲鳴をあげた猟子が身を退かせる。瑠那は床に後転しつつ、革製ケースからもう一本の包丁をつかみだした。左右に一本ずつ包丁を握り、ブースの隅に立った。

猟子も油断なく立ちあがり、鎌を日本刀のごとく両手で構えた。「はん。二刀流？両手に意識が分散するから、こけおどしにしかならない。父親のもとで育てば常識を習えた」

瑠那は右手の包丁を順手、左手の包丁は逆手に握った。「異国の地で学べることもあります」

「減らず口はそれまでにしなよ」猟子が鎌を振りあげ襲いかかった。「あんたを殺して名をあげてやるから！」

だが瑠那の身体は自然に突き動かされた。左の包丁で敵の鎌を叩き落とし、右の包丁で突きを放つ。猟子が躱そうと身をよじらせたとき、がら空きになった脇を左の包丁で斬り裂いた。苦痛に表情を歪めた猟子が反撃に転じると、鎌を持ったせいで自由にならない手首を狙い、すばやく縦横に斬りつけた。どうにもならなくなった猟子が業を煮やし、後退しながら蹴りを繰りだすや、その足首に刃を突き立て、膝までざっくりと斬り裂いた。

猟子が絶叫しつつ脚をひっこめ、慄然としながら後ずさった。瑠那は左右の包丁を十字に構えた。

歯ぎしりしながら猟子は呻いた。「そいつはいったいなんの……」

瑠那はいった。「イスラム圏で秘伝のターヒル双剣術。優莉匡太が知るはずもない」

畏怖をのぞかせたものの、猟子はやけっぱちに反撃してきた。振りまわされる鎌を包丁で弾くたび火花が散る。鎌の動きは剣術の天然理心流に近かった。ただし重心が定まっていないのは、片脚に深手を負ったからだろう。ひとつの刃で敵を防ぎ、生じた隙をもうひとつの刃で狙うのが、ターヒル双剣術の奥義だった。猟子の肩、腰、太腿を次々と斬り裂いていく。猟子は負傷するたび悲鳴とともによろめいた。必要な腱を数か所にわたり切断したため、猟子は鎌を振りあげるのも不可能になった。無理やり身体を起こそうとした猟子の手から、鎌が後方へ飛び、段ボール壁の向こうに落ちた。猟子は丸腰になった。

愕然とした面持ちの猟子が凍りついた。すでに全身血だらけの猟子に対し、瑠那は包丁を握る両手を下ろした。とどめを刺す必要はない。

ところが猟子は巻き髪に隠れた片目に、あろうことか二本指を突っこみ、眼球を引き抜いた。義眼だった。それをすばやく投げつけてくる。瑠那は反射的に飛び退いたが、義眼は至近距離で破裂した。細かく分離した金属片が瑠那の身体に突き刺さった。瑠那は自分の悲鳴をきいた。転倒した瑠那は両脚の麻痺に気づいた。立ちあがれない。義眼の金属片には毒が塗ってあったようだ。

仁王立ちの猟子が高らかに笑った。「いけ好かない小娘。外国帰りを鼻にかけてると……」

いきなり猟子が呻きを発し、大きくのけぞった。目を剝き前方に倒れてくる。その背にはL字形の鎌が深々と刺さっていた。

鎌は縦回転で飛んできたにちがいない。段ボール壁に開いた穴の向こうに、投げた直後の姿勢で、結衣が立っていた。

床に突っ伏した猟子はぴくりとも動かなかった。絶命はあきらかだった。瑠那は二本の包丁をスカートベルトに挿し、痛みに耐えつつ立ちあがった。この種の毒の効果は一時的な麻痺でしかない。ふらふらと結衣に歩み寄る。

結衣も疲労困憊のありさまだった。肩で息をしながら結衣がいった。「いいことが起きる音源ってやつ、ティックトックできいたばかりだったのに」

「それ高一のクラスでももう廃れてますよ」

「ほんとに？　どれぐらい？」

「推しチュロスやクリームうどんていどには」

「そのへんも流行り終わったって初めてきいた」結衣は歩きだした。「大学に入ると疎くなる」

瑠那も慎重に歩調を合わせた。「早く進学したいです。わたしもクラスの会話についてくのは苦手で」

段ボール壁の陰に隠れつつ、次々とブースを突っ切っていく。しばしば燃え盛る炎に行き当たる。火災の範囲がいっそう拡大していた。たちまちひからびるほどの熱風に包まれる。飛んできた火の粉を地肌に受けるたび、火傷がひりつくものの、切り傷の痛みのほうが勝る。願わくは闘いつづけるかぎり感覚の鈍化がつづいてほしい。

アサルトライフルを探したが見つからない。武器の発見より早く、ふたりは舞台近くのブースから通路にでた。炎に包まれた舞台上は演劇の特殊効果のようだった。主役が退場せず居残っているせいかもしれない。ひざまずく矢幡の後頭部に、巨漢の漉磯が拳銃(けんじゅう)を突きつけている。

こんな状況下で漉磯が粘ったのは、勝利の報告を確信していたからにちがいない。こちらを見下ろす漉磯の奥目は威厳に満ちていた。ところが瑠那と結衣を見たとたん、表情が険しくなった。

漉磯の鋭い眼光が、なにが起きたかを無言のうちに問いかけてくる。結衣は黙っていた。瑠那もひとことも口をきかなかった。

視線がぶつかりあううち、漉磯は事実を察したらしい。汗だくの顔に動揺のいろが濃くなった。矢幡のほうは対照的に安堵(あんど)をのぞかせた。瑠那たちへの気遣いのまなざしも向けてくる。怪我のていどを知りたがっているようだ。

そんな矢幡の心境に気づいたのか、漉磯は激昂(げっこう)しだした。矢幡の背を突き飛ばし、舞台の床に俯(うつぶ)せにさせると、拳銃で狙い澄ました。漉磯が怒鳴った。「ＥＬ累次体の暴走はすでに狂乱の域だ！　矢幡が死のうが失速しない。むしろ奴らは弔い合戦に沸く！」

結衣がはっと息を呑(の)んだ。瑠那も焦燥に駆られた。漉磯はあきらかに逆上している。

矢幡は俯せの状態から顔をあげ、必死に声を張りあげた。「結衣さん！　優莉匡太のいう不変の蒼海桑田とは……」

　だが漉磯は矢幡の背に向け発砲した。矢幡は苦痛のいろとともにのけぞったが、さらに数発の銃撃が浴びせられた。矢幡はぐったりと倒れこんだ。

　瑠那は衝撃に包まれた。結衣が悲鳴に似た叫びを発するのを、瑠那は初めて耳にした。炎のなかに突っ伏す矢幡を残し、漉磯が舞台から飛び下りた。

「小娘ども」漉磯が憤然と近づいてきた。「血筋などより新たな才能のほうが上だ。おめえらの死でそれを証明してやる」

　距離が詰まると巨体がいっそう大きく見える。瑠那は身構えようとしたが、それより早く漉磯の回し蹴りが飛んできた。あまりにも速い。瑠那は痛烈なキックをもろに食らった。いちどの蹴りで瑠那と結衣は同時に吹き飛ばされた。それぞれ床に叩きつけられ、勢い余り激しく転がった。

　無防備に仰向けに倒れてしまった。瑠那がそう自覚したとき、漉磯の片手が瑠那の胸倉をつかみあげた。身をよじって抵抗しようにも、万力のような握力が喉もとを絞めあげてくる。なんと漉磯のもう一方の手には、同じありさまの結衣がぶら下がっていた。

　漉磯は左右の手に持ちあげた瑠那と結衣を、勢いよくぶつけ合った。瑠那は激痛にめまいをおぼえた。耳鳴りがおさまらないうちに、さらに二度三度と結衣に衝突させられた。結衣は鼻血を噴いていた。意識も朦朧(もうろう)としているのがわかる。たぶん瑠那自身も同じありさまだろう。それでもなお漉磯はシンバルのごとく、瑠那と結衣を力ずくで打ちつけた。

全身が麻痺しきり、腕も脚も動かせない。瑠那は脱力し、漉磯の手から垂れ下がった。結衣もまるで捕らわれの鶏だった。漉磯は瑠那を床に投げつけた。なすすべもなく瑠那は人形のように跳ね、長いこと転がった。

漉磯は結衣も投げつけようとしたが、ふとなにか思いついたように向きを変えた。近くの床が燃え盛っている。漉磯はそちらに近づいた。結衣を炎のなかに落とそうとしている。

自分でも思わぬ力が湧き起こり、瑠那は衝動的に跳ね起き突進した。だが漉磯は振り向きざま上段蹴りを放ってきた。瑠那は避(よ)けきれず胸部を蹴り飛ばされ、またも床に転がった。

炎に向き直った漉磯が、ぐったりした結衣を宙にかざす。火の上で揺り動かすうち、ワンピースの裾(すそ)が燃えだした。結衣は我にかえったらしく、熱さに堪えながら抵抗するが、漉磯の握力からは逃れられずにいる。

瑠那は憤りとともに立ちあがった。両手でスカートベルトから二本の包丁を抜き、ふたたび漉磯に駆け寄った。

漉磯が片脚を高々と振りあげた。瑠那の持った包丁も考慮済みらしい。軸足へと誘いこんでから、脳天に踵落としを見舞うつもりだ。ふつうの二刀流が相手ならそれで反撃できる。けれども瑠那はターヒル双剣術で重心を無作為に変え、舞踊のように身体を捻ると、落ちてきた脚の下面と側面に包丁二本を突き立てた。

絶叫した漉磯が痛みのあまり体勢を崩す。仰向けに倒れれば炎のなかに落ちる。それを避けんがため結衣を投げだした。結衣は段ボール壁を突き破り、近くのブースのなかに転がった。

漉磯は前のめりに炎から逃れた。驚くべきことに、片脚を二本もの包丁で刺されたにもかかわらず、漉磯は瑠那にこぶしを見舞ってきた。やたらリーチの長い腕のせいで、瑠那は顎にアッパーを食らい、またしても宙を舞った。

床に衝突したとき、痺れが一気にぶりかえし、関節が動かなくなった。まずい。瑠那が顔をあげると、漉磯が顔面を紅潮させながら歩み寄ってきた。あろうことか両手で脚の包丁を抜き去った。苦痛の形相で片足をひきずるものの、漉磯は逆手に持った包丁二本をかざし、一歩ずつ瑠那に近づいてくる。

漉磯が低い声でつぶやいた。「切り刻んで刺身にしてやる」

瑠那は肝を冷やした。さすがに逃れるすべがない。

だが段ボール壁の向こうから、ふいに結衣が躍りでた。その手にはアサルトライフルがあった。結衣が瑠那に大声で呼びかけた。「伏せて！」

とっさに瑠那が横たわると同時に銃声が轟いた。ところが漉磯もすばやい動作をしめした。片脚に深刻な痛手を負っているとは思えない走りで、別方向へと逃走し、段ボール壁の谷間に消えた。

結衣はアサルトライフルを構えたまま、瑠那のもとに駆け寄ってきた。周りは火炎地獄のうえ、三方の段ボール壁が視界を塞ぐ。漉磯がどこへ身を潜めたかわからない。

すると漉磯の声が反響した。「馬鹿が！　俺はなにもかも教わった。結衣、おめえがどうでるかはぜんぶお見通しだ。いますぐ殺してやる。覚悟しやがれ！」

声がどこからきこえてくるか不明だった。アサルトライフルをいたずらにフルオート掃射しても、一部の方角しか撃ち抜けず、たちまち弾切れに至る。漉磯の奇襲に備えるのは不可能に近い。

ところが結衣は平然と振りかえり、段ボール壁の一か所のみを、セミオートで銃撃した。三発がまとめて発射され、重低音の銃声が響き渡る。それきり銃は沈黙した。

弾痕ができた段ボール壁が、いきなり破れだした。漉磯が愕然とした表情で前のめりに倒れてくる。

「まさか」漉磯はアサルトライフルを投げだし、床に両手をついた。「選択的注意……。友里佐知子の遺伝かよ」

突っ伏した漉磯が動かなくなった。瑠那は言葉を失った。靴音などまるできこえなかったが、結衣の聴覚はちがうようだ。

結衣は俯せの漉磯に歩み寄った。セレクターをフルオートに切り替え、至近距離から漉磯の後頭部に掃射する。漉磯の頭骨は粉砕され、骨片とともに脳髄が飛び散った。瑠那はなんとも思わなかった。確実に殺しておくに越したことはない。

弾を撃ち尽くした結衣が、アサルトライフルを放りだした。炎が燃えるゴウゴウという音が響き渡る。熱風のなか巨体の死骸が突っ伏している。瑠那は結衣とともに舞台に向き直った。

ところが舞台の天井が炎に包まれ、一気に崩落してきた。爆発に等しい火柱が噴きあがる。瞬時に舞台上は瓦礫の山と火の海で埋め尽くされた。

結衣が悲痛に呼びかけた。「矢幡さん！」

舞台に駆け寄ろうとする結衣に、瑠那はとっさに抱きついた。「まって！　危険です」

「放して！　矢幡さんが……」

瑠那は両腕の力を緩めることなくいった。「結衣お姉ちゃん……。手遅れです」

舞台全体が激しく燃え盛る炎に呑まれていた。矢幡が銃撃を受けた時点で、まだ一命をとりとめていたとしても、這って位置を変えるのは不可能だっただろう。

ほどなく結衣は抵抗をやめ、ただ力なく立ち尽くした。舞台を満たす業火を茫然と眺める。

結衣は武蔵小杉高校事変で矢幡の命を救った。シビック政変後は矢幡の信頼を得た。しかしいま別離のときが訪れた。受容するのも困難な状況にちがいない。

地響きがした。舞台以外の天井も斜めに傾いている。鉄製の梁がかろうじて支えるものの、徐々に変形しつつあるのが、目視でもわかる。間もなく焼け落ちる。

瑠那は静かにうながした。「結衣お姉ちゃん……」

なおも結衣は炎上する舞台を眺めていたが、やがて視線が落ちた。瑠那とともに歩きだす。しだいに歩調があがった。ふたりとも全力疾走に転じた。あちこちに燃えひろがる炎を避け、舞い落ちる火の粉をかいくぐり、ひたすら出入口をめざす。

ようやく外にでた。夜の暗がりに光の残像がちらつく。ついいましがたまで、どれだけ熱かったかを思い知らされた。

校庭はまだ死体だらけだったが、遠方の闇に赤色灯の列が見えている。新たな緊急車両群が駆けつけようとしていた。瑠那と結衣は校庭を縁取る並木へと走った。植栽のなかにしゃがみ、ふたり並んで身を潜める。

結衣がささやくようにきいた。「舞台の天井が落ちる寸前、矢幡さんを見た？」

「……いえ。澁磯と争っていましたから」

「わたしもそう」

「でもほかに誰もいなかったし……。撃たれたときに亡くなったかも。そうでなくとも、きっとそのままでしょう……」

結衣は認めたくないのか、力なく首を横に振った。「瑠那。ここで別れたほうがいい」

驚きと不安が同時にこみあげてくる。瑠那はきいた。「なぜですか」

「あんたは優莉家だとバレてない。ＥＬ累次体が暴露するまでは……。わたしたちとはちがう」

「でも……」瑠那は切実にうったえた。「わたしも義父母のもとへは帰れません。学校が再開しても通えない」

「ほかにも生きてく方法がある。天才なんだからわかるでしょ。あんたにはもう身寄りなんか必要ない」

「結衣お姉ちゃんはこれから……。どうするつもりなんですか」

「まだわからない。だけど……」

「なんですか」

「なにもかも絶望ってわけじゃない」

瑠那の胸が悲哀に酸(す)っぱく痛んだ。結衣がなにをいわんとしているのかはわかる。父親にすべてを見抜かれているようで、じつは結衣には母親の血という切り札がある。だが結衣は沈黙した。それについて言葉にしようとしない。瑠那の実母が友里佐知子による人体実験の犠牲者だからだ。瑠那自身もそうだ。結衣は瑠那を傷つけまいとしている。

体育館を包む炎の放つ光はここまで届く。赤い揺らぎのなかで、結衣が潤みがちな目を瞬(しばた)かせた。「独り立ちできたのは、そもそも猛毒親が死刑になったおかげだった。でもそれじゃ駄目だった。自分で猛毒親から巣立たなきゃいけないんだね。そのことがよくわかった」

毒親の子に生まれた以上、みずから闘い、運命に抗(あらが)い、人生を手にいれるしかない。

毒親の子なら誰しもに訪れる決意は、結衣にとっても不可避だった。父親を同じくする瑠那にとっても。

とはいえ仮に優莉匡太を殺せたとしても、この国に平穏は訪れるだろうか。ＥＬ累次体はすでに暴走している。いや、外国育ちの瑠那からすれば、日本にはそういう構造的欠陥がある気がしてならない。過去の歴史の繰りかえしではないのか。

「……結衣お姉ちゃん」瑠那はささやいた。「矢幡さんに託された願い、どうすれば果たせるでしょうか。この国を本来あるべき姿に。そうおっしゃったけど、本来って……」

結衣はため息をついた。少しばかり冷静な面持ちに戻り、結衣はつぶやくように応じた。「瑠那。日本はとてもいい国。でも純粋だから悪意に振りまわされやすい。いまのところ優莉家だけがその悪意の象徴だけど……。変えていくのがわたしの人生」

瑠那は意外に思った。「希望を感じてるんですか」

「ええ。希望はある」結衣はうつむきながら静かに告げた。「生きてるかぎり希望はある……」

せつなさが瑠那の胸を満たした。結衣のなかにあるのは真意か、それとも強がりだろうか。どちらであっても姉とは離れたくない。不憫さや哀れみ、尊敬と愛情、姉妹ならではの親しみ。あらゆる感情が渦巻く。この世が平和であったなら。寄り添ううちふたりの手が絡みあった。結衣と瑠那は同時に抱き寄せあい、互いの身体を密着させた。姉がかすかに嗚咽を漏らすのをきいた。けれどもそれは一瞬にすぎなかった。結衣はずっと沈黙している。瑠那も泣きたいのを堪えた。

やがてふたりはそっと離れ、相手を見つめあった。全身傷だらけの姉妹。世間から孤立し、いまはここにいる。

結衣が小声で漏らした。「痛かった」

瑠那は笑った。「わたしも」

ふたりはゆっくりと立ちあがった。結衣が控えめにうながした。「行って」

突き放されたような寂しさをおぼえる。留まろうとするのは姉を傷つける行為だろう。結衣は瑠那のことを心から案じてくれているのだから。

後ずさりながら瑠那は、最後になにかをいいたかった。だがなにひとつ言葉にならなかった。結衣に背を向け、瑠那は小走りに駆けだした。気になってふと振りかえる。結衣の姿はもうなかった。

瑠那は速度をあげた。無我夢中で走りつづけた。希望はあると結衣はいった。そのひとことだけで充分だ。目の前が真っ暗だろうとまだ終わりではない。人生が辛いことなんて、幼いころからわかりきっている。なら道を切り拓くしかない。誰の子だろうと、どんなふうに育てられようとも。

21

総理官邸の執務室は、陽が落ちるや外が完全に見えなくなる。全面ガラス張りの大きな窓は、特殊な偏光性能により、いっさいの光の透過を遮断する。夜間に内部が丸見えになるのを防ぐ仕組みだった。いま梅沢がガラスの前に立っても、鏡のように映りこむ自分の姿があるだけだ。

眉間に皺の寄った顔をみずから眺める。梅沢はきいた。「たしかなのか」

ドアの前に立つ五十八歳、露桐泰義警察庁長官が告げた。「報告がありました。矢幡前総理は、西浅草小学校体育館で焼死の可能性が濃厚と」

視線が下向きになる。梅沢は振りかえらず露桐にいった。「ご苦労」

露桐の一礼する姿がガラスに映っていた。踵をかえしドアの外へ立ち去っていく。

執務室内には息子の佐都史が居残っている。うろたえながら佐都史が歩み寄ってきた。「矢幡さんはなぜそんなところに……?」

「わからん」梅沢はつぶやいた。「だがくだんの小学校がある町内で、防災無線が乗っ取られ、優莉匡太の音声が流れたとか。父親の呼びかけにしたがい、結衣が火を放った」

「死刑になったはずの男が生きてたなんて。優莉結衣もやはり、蛙の子は蛙だったんだな。架禱斗を殺したのも、優莉家の跡目争いにすぎないんでしょう」

腹立たしいかぎりだと梅沢は思った。露桐警察庁長官によれば、優莉匡太の死刑当日に立ち会った検察事務官や医官らは、みな死去してしまっているという。教誨師のみが生き残っているが、なんと優莉家の六女、瑠那の義父母だと判明した。優莉家がこの国の平和を乱す元凶であることは、もはや疑いの余地がない。

だがどうも胸にひっかかるものがある。最高会議に現れた矢幡が、立ち去りぎわにいった。〝藤蔭君、先日の失敗は気にするな。私はきみをA級戦犯だなんて思っちゃいない〟

A級戦犯とは、失敗をしでかした張本人のことを意味するのではない。あくまで平和に対する罪を犯した者のことだ。嘆かわしいことに、若手の国会議員にもこの誤用は広まっている。しかし聡明な矢幡にかぎってはありえない。

意図的にまちがえたのだろうか。矢幡はなにかを伝えたがっていたのではないか。

藤蔭がA級戦犯である、すなわち平和に対する罪を犯した者だと断ずるのなら、表現としてはむしろ正しいといえる。おおいに平和を乱してでも、アジアの勢力図を書き換える、それがEL累次体の革命計画だったからだ。だが矢幡は藤蔭をA級戦犯だとは思わないといった。誤用でないとすれば矛盾している。

ドアをノックする音がした。梅沢は応じた。「入れ」

岩淵防衛大臣が入室してきた。「総理。そろそろ危機管理センターへ参りませんと」

「行こう」梅沢は決断とともに振りかえった。

優莉家を殲滅するためには手段を選ばない。強国日本への革命もいよいよ急務になってきた。国民の血で払う犠牲も厭わない。第二の帝国を成し遂げなければ日本は終わる。

22

渋谷は曇り空だった。午前の空気は冷たく肌を刺す。街路樹も枯れ葉を散らし、細く寒そうな枝がうねっている。

瑠那はジャンパースカートにスカジャンを羽織り、キャップをかぶり駅前を歩いた。世のなかの暮らしは元に戻りつつある。人々が不安を抱えながら生きていることはたしかだが、それゆえ誰もがありきたりの日常を送ろうと努める。学校の授業も間もなく再開するらしい。

義父母とは連絡をとっていない。いまどうしているのだろう。休学が終わっても瑠那は登校できない。保護者不在のままでは通学できないし、義父母と対立したくもない。

EL累次体はすっかり政府のなかに埋没し、公には存在の気配すら感じさせない。その背後には優莉匡太が控える。今後も絶えず政府と優莉家の対立を煽(あお)ろうとしてくるだろう。瑠那が知らないだけで、結衣のもとにはもう挑発があったかもしれない。そんなとき結衣はどう立ち向かうのだろうか。

憂いを払拭(ふっしょく)できないまま、ハチ公前広場の雑踏のなかを歩きつづけた。スクランブル交差点へ向かいかけたとき、アナウンサーらしき厳かな声が響き渡った。「優莉匡太元死刑囚が生存しているとの可能性が伝えられてから、すでに二か月が経過しました」

信号待ちをする人々が、交差点に隣接するビルの壁面、大型ビジョンの数々を見上げる。どの画面にも同じ映像があった。顔写真が三つ並んでいる。優莉匡太、優莉結衣、それに肥満した力士のような容姿。最後のひとりだけ瑠那は面識がなかった。刈り上げた頭髪に低い鼻のゴリラ顔。見た目よりは若そうだ。二十歳そこそこだろうか。

アナウンサーの声がつづけた。「優莉家の次男、篤志容疑者は消息不明でしたが、澤舐(たくし)なる苗字(みょうじ)を名乗り、都内に潜伏していることがあきらかになりました」

あれが次男の篤志か。凜香が悪口ばかりいっていたのを思いだす。じつは兄への信頼と愛情の裏がえしだったのだろう。いまになってそう感じられる。

大型ビジョンの音声はスクランブル交差点に響き渡っていた。「優莉匡太元死刑囚が子供たちに呼びかけたことで、いわゆる優莉ファミリーの世襲制が明白になり、国家と敵対している構図が浮かびあがりました」

周りがざわつく。政治に無関心な若者たちでも優莉家は知っている。シビック政変の元凶は架禱斗ひとりではなかった。世間はそう認識している。生存していた優莉匡太の下、結衣を筆頭とする子供たち全員が、いまも日本の脅威でありつづける。兄弟姉妹のうち、幼少の者は保護されたが、年長者は逃げ延びている。いつテロを起こすかわからない危険な一族。

矢幡元総理の死は報じられていない。だがＥＬ累次体は確認済みだろう。復(ふく)

讐心に火がつき、突拍子もない革命路線にも弾みがつく。国家のトップはどんどん危険な思想にとらわれていく。なにか起きれば結衣たちが対処せざるをえない。しかし世のなかは結衣らの動きをこそテロと見る。

理不尽さに気が塞ぐ。瑠那は交差点に背を向けた。どこへともなく歩きだす。瑠那の名は報道に挙がっていないが、公安は優莉家の六女としてマークしている。尾行されないよう注意しながら歩くのも骨が折れる。名が報じられないのは十八歳未満であるがゆえだ。どうせいずれは禁が破られる。週刊誌にすっぱ抜かれたら、氏名を偽ってネットカフェに泊まるのも難しくなる。でもそうなったらそれでかまわない。結衣たちはそんな困難のなかを生きているのだから。

なによりも心配なのは凜香の安否だった。どこにいるのか知りたい。いまも無事だろうか。

駅の改札に向かいかけたとき、瑠那ははっとして立ちどまった。ハチ公前広場の真んなかに武装兵らが集まっている。周りの若者たちが野次馬気分でスマホカメラを向けていた。なにかのイベント用コスプレかと思っているらしい。

だが事実は異なる。瑠那たちを執拗に追いまわした、優莉匡太一派の武力襲撃部隊と同じ装備だ。

いきなりけたたましい銃撃音が耳をつんざいた。武装兵らのアサルトライフルが火を噴き、四方八方に掃射しだした。野次馬がばたばたと倒れだすに至り、周囲にパニックがひろがった。大勢の悲鳴が辺りにこだまする。誰もが広場を逃げ惑った。駅前交番から制服警官らが駆けつける。しかし武装兵らは容赦なく、警官たちを片っ端から射殺した。

血飛沫(ちしぶき)があがるたび無惨な死体が数を増やしていく。瑠那は憤りとともに駆けだした。武装兵の群れに突進し、隙を突き武器を奪うべく身構えた。

ところが距離が詰まるより早く、武装兵らはいっせいに瑠那に向き直った。瑠那は凍りつき立ちどまった。周りの人々が慌てふためきながら逃げ去る。まさに蜘蛛(くも)の子を散らすようだった。

優莉家の六女を殺しに来た、それが武装兵らの目的だった。敵勢がトリガーを引こうとしている。瑠那は選択を迷った。いまのうちなら逃げまわり、銃撃を翻弄(ほんろう)するのも難しくはない。だがそれでは人々に流れ弾が当たる。さらに犠牲者が増える。

そのとき民間人のなかのひとり、ネルシャツ姿の逞(たくま)しい二の腕が、武装兵ひとりのアサルトライフルを奪取した。かなり肥満した体型だが、機敏さからすれば体脂肪率は低いのかもしれない。肥満体はアサルトライフルを構えると、武装兵らをセミオートで次々に狙撃していった。防弾装備には一発も当てず、確実に急所のみを撃ち抜いていく。

太った青年がこちらに目を向けた。瑠那は思わずあっと声をあげた。ついいましがた街頭大型ビジョンで見た顔だ。優莉家の次男、篤志がアサルトライフルの銃口を空に向け、瑠那に手を差し伸べてきた。「来い。伊桜里がまってる」

本書は書き下ろしです。

高校事変17

松岡圭祐

令和5年 11月25日　初版発行

発行者●山下直久

発行●株式会社KADOKAWA
〒102-8177　東京都千代田区富士見2-13-3
電話　0570-002-301(ナビダイヤル)

角川文庫 23902

印刷所●株式会社暁印刷
製本所●本間製本株式会社

表紙画●和田三造

●お問い合わせ
https://www.kadokawa.co.jp/（「お問い合わせ」へお進みください）
※内容によっては、お答えできない場合があります。
※サポートは日本国内のみとさせていただきます。
※Japanese text only

ISBN 978-4-04-114480-0　C0193

◇◇◇

角川文庫発刊に際して

角川源義

第二次世界大戦の敗北は、軍事力の敗北であった以上に、私たちの若い文化力の敗退であった。私たちの文化が戦争に対して如何に無力であり、単なるあだ花に過ぎなかったかを、私たちは身を以て体験し痛感した。西洋近代文化の摂取にとって、明治以後八十年の歳月は決して短かすぎたとは言えない。にもかかわらず、近代文化の伝統を確立し、自由な批判と柔軟な良識に富む文化層として自らを形成することに私たちは失敗して来た。そしてこれは、各層への文化の普及滲透を任務とする出版人の責任でもあった。

一九四五年以来、私たちは再び振出しに戻り、第一歩から踏み出すことを余儀なくされた。これは大きな不幸ではあるが、反面、これまでの混沌・未熟・歪曲の中にあった我が国の文化に秩序と確たる基礎を齎らすためには絶好の機会でもある。角川書店は、このような祖国の文化的危機にあたり、微力をも顧みず再建の礎石たるべき抱負と決意とをもって出発したが、ここに創立以来の念願を果すべく角川文庫を発刊する。これまで刊行されたあらゆる全集叢書文庫類の長所と短所とを検討し、古今東西の不朽の典籍を、良心的編集のもとに、廉価に、そして書架にふさわしい美本として、多くのひとびとに提供しようとする。しかし私たちは徒らに百科全書的な知識のジレッタントを作ることを目的とせず、あくまで祖国の文化に秩序と再建への道を示し、この文庫を角川書店の栄ある事業として、今後永久に継続発展せしめ、学芸と教養との殿堂として大成せんことを期したい。多くの読書子の愛情ある忠言と支持とによって、この希望と抱負とを完遂せしめられんことを願う。

一九四九年五月三日

青春バイオレンス文学
激震の第三弾！

『JK III』

松岡圭祐

2023年12月22日発売予定

発売日は予告なく変更されることがあります。

角川文庫

新刊予告

écriture 新人作家・杉浦李奈の推論 XI

誰が書いたかシャーロック

松岡圭祐

2024年1月25日発売予定

発売日は予告なく変更されることがあります。

角川文庫

優莉結衣 高校事変 劃篇
松岡圭祐

角川文庫ベストセラー

角川文庫ベストセラー

千里眼の教室　松岡圭祐

我が高校国は独立を宣言し、主権を無視する日本国へは生徒の粛清をもって対抗する。前代未聞の宣言の裏に隠された真実に岬美由紀が迫る。いじめ・教育から心の問題までを深く抉り出す渾身の書き下ろし！

千里眼 堕天使のメモリー　松岡圭祐

『千里眼の水晶体』で死線を超えて蘇ったあの女が東京の街を駆け抜ける！　メフィスト・コンサルティングの仕掛ける罠を前に岬美由紀は人間の愛と尊厳を守り抜けるか!?　新シリーズ書き下ろし第6弾！

千里眼 美由紀の正体 (上)(下)　松岡圭祐

親友のストーカー事件を調べていた岬美由紀は、それが大きな組織犯罪の一端であることを突き止める。しかし彼女のとったある行動が次第に周囲に不信感を与え始めていた。美由紀の過去の謎に迫る！

千里眼 シンガポール・フライヤー (上)(下)　松岡圭祐

世界中を震撼させた謎のステルス機・アンノウン・シグマの出現と新種の鳥インフルエンザの大流行。一見関係のない事件に隠された陰謀に岬美由紀が挑む。F1レース上で繰り広げられる猛スピードアクション！

千里眼 優しい悪魔 (上)(下)　松岡圭祐

スマトラ島地震のショックで記憶を失った姉の、莫大な財産の独占を目論む弟。メフィスト・コンサルティングのダビデが記憶の回復と引き替えに出した悪魔の契約とは？　ダビデの隠された日々が、明かされる！

角川文庫ベストセラー

千里眼
キネシクス・アイ　(上)(下)
松岡圭祐

突如、暴風とゲリラ豪雨に襲われる能登半島。災害はノン=クオリアが放った降雨弾が原因だった!!　無人ステルス機に立ち向かう美由紀だが、なぜかすべての行動を読まれてしまう……美由紀、絶体絶命の危機!!

千里眼の復活
松岡圭祐

航空自衛隊百里基地から最新鋭戦闘機が奪い去られた。在日米軍基地からも同型機が姿を消していることが判明。岬美由紀はメフィスト・コンサルティングの関与を疑うが……不朽の人気シリーズ、復活！

千里眼　ノン=クオリアの終焉
松岡圭祐

最新鋭戦闘機の奪取事件により未曾有の被害に見舞われた日本。焦土と化した東京に、メフィスト・コンサルティング・グループと敵対するノン=クオリアの影が……各人の思惑は？　岬美由紀は何を思うのか!?

万能鑑定士Qの攻略本
編／角川文庫編集部
監修／松岡圭祐事務所

キャラクター紹介、各巻ストーリー解説、新情報満載の用語事典に加え、カバーを飾ったイラストをカラーで一挙掲載。Qの世界で読者が謎を解く、書き下ろし疑似体験小説。そしてコミック版紹介付きの豪華仕様!!

万能鑑定士Qの事件簿　0
松岡圭祐

舞台は2009年。匿名ストリートアーティスト・バンクシーと漢委奴国王印の謎を解くため、凜田莉子がもういちど帰ってきた！　シリーズ10周年記念、完全新作。人の死なないミステリ、ここに極まれり！

角川文庫ベストセラー